Salve FANTASIOSI AMICI, sono lieto di darvi il benvenuto in FANTASMILY, il magico e fantastico libro dell'immaginazione, dove per entrarci e per vivere tutte le sbalorditive LETTURAVVENTURE, c'è bisogno del Super Potere per eccellenza: La Fantasia. Vi auguro sogni d'oro, buona LETTURAVVENTURA.

"FANTASMILY"-"IL SOGNO AD OCCHI APERTI."

"SMILE-MAN"

PREFAZIONE

In un piccolo paesino del Minnesota vivono:

JOE MCARTHY, un tenace,introverso e credulone ragazzo di 17 anni dalla piccola corporatura,dagli "incasinati" capelli neri, dalla folta e rossiccia barba, dai profondi occhi azzurri, vestito da un eccentrico paio di scarpe rosse, da un pantalone di tuta grigio, da un imbottito giacchetto blu e da un'appariscente sciarpa gialla e che ha un'immensa passione per il calcio e per i super eroi e che a scuola purtroppo è vittima di bullismo e l'artefice è

JAKE MANSON, un viziato e arrogante bullo di 17 anni dalla muscolosa corporatura, dagli ammiccanti occhi marrone scuro, dai lunghi capelli castano sc

ro, vestito da stretti jeans alla moda e da una costosa giacca di pelle e che ha un fortissimo interesse per le auto da corsa;

MIKE MANSON, un prepotente e triste caporale dell'esercito americano di 47 anni dalla robusta e alta corporatura,dagli spenti occhi marrone scuro, dai brizzolati capelli corti e vestito da un'ordinaria uniforme militare;

DAVID SCOTT, il tranquillo e gentile amico di 17 anni di JOE, dalla magra e alta corporatura, dai piccoli occhi marrone chiaro, dai rettangolari e grandi occhiali neri da vista, dai corti capelli neri, da un bel paio di curati baffi, vestito da un paio di pantaloni neri e da una larga felpa blu e che ha una grande passione per il calcio, per la tecnologia e per i super eroi;

EMILY DAWSON, l'irraggiungibile e dolce amata di Joe di 17 anni, dalla minuta corporatura, dai lunghi e lucenti capelli rossi, dagli splendidi occhi verdi, dalle carnose labbra rosse, vestita da un elegante vestitino rosa e che ha una smisurata passione per il canto;

E MEE HAO, un coraggioso e testardo mago di 32 anni, dalla mingherlina corporatura, dagli egizi occhi verdi, dai cortissimo capelli arancioni, dall'incolta barba arancione, dalla particolare pelle arancione, da una sportiva t-shirt rossa e nera, da un paio di larghi jeans e da un paio di scarpe marroni che impugna un magico bastone giallo e che ha gli straordinari doni di trasformarsi in gatto, dal raso pelo arancione, e di teletrasportarsi ovunque desideri e che proviene da GIOMARE, un lontano, Pacifico,accogliente ,piccolo e multietnico pianeta della Via Lattea che è ricoperto d'acqua e su cui si ergono numerose e incredibili città, dal caratteristico odore di fieno, illuminate da una piacevole e Serena luce azzurra e dal rilassante SPLASH suono dell onde.

CAPITOLO I

"L'INCONTRO CON MEE HAO"

Per Joe è un giorno come gli altri, ma oggi mentre si sta recando, accompagnato da David, al campo di calcio per la partita del torneo scolastico, Jake vedendolo parlare con Emily, geloso, gli fa uno spiacevole scherzo, ridicolizzandolo davanti a tutta la scuola, però il ragazzo dalla folta barba, stufo delle sue continue prepotenze, determinato decide di affrontarlo;

JOE: 《ORC! Ora basta Jake. Non ho più intenzione di subire le tue prepotenze. Fatti avanti, non ho più paura di te!》

JAKE: 《HA! HA! HA! HA! Non vedo l'ora. Che aspetti?! Fatti avanti.》

E sleale il bullo, STOCK con un violento pugno allo stomaco, lo colpisce di sorpresa, iniziando così un'animata rissa tra YOWEEE! AAAH! le grida di acclamazione della folla

EMILY: 《SOB! Joe non me l'aspettavo proprio da te, pensavo fossi diverso, mi hai veramente delusa...》

E imbarazzato, l'introverso ragazzo non sapendo cosa risponderle, tristemente, si avvia verso casa, ma durante il tragitto viene incuriosito da una grande stella cometa che KAPAOW si schianta, violentemente, nel bosco vicino e non curante SSSHHH del violento temporale che si sta abbattendo sulla cittá, decide di avventurarsi nel piccolo, buio e silenzioso bosco dal forte odore di pioggia, trovando tra gli alberi un enorme e profondo cratere da cui, incredibilmente, fuoriesce un piccolo gatto rosso tigrato che gli si avvicina

MEE HAO: 《PURR! PURR! MIAO!》

e il giovane vedendo quell'indifeso gattino, intenerito, decide di accarezzarlo, ma appena gli tocca il morbido pelo, ecco che,inaspettatamente, FLASH si trasforma in un ragazzo e impaurito lo sventurato adolescente,mentre 《AAAH!》 urla a squarciagola, BLAST con un poderoso scatto, scappa il più lontano possibile da quella strana creatura, però sfortunatamente il bizzarro gatto SWOOOSH sa volare e perciò lo raggiunge in men che non si dica

MEE HAO: 《Ciao! Il mio nome è MEE HAO, vengo da Giomare e sono il mago più potente della Galassia. Perché scappi da me? Voglio solo parlarti.》

JOE: 《AHEM! AHEM! Ciao. Io sono Joe e c...c...come hai fatto a trasformarti? Come fai a volare? E perché parli?》

MEE HAO: 《Joe questo adesso non ha importanza, ciò che importa è che tu abbia preso i super poteri.》

JOE: 《EH? KOFF KOFF... Super poteri? Di che super poteri parli?》

MEE HAO: 《SSSH! Abbassa la voce, te ne parlerò in un luogo più sicuro, qui qualcuno ci potrebbe sentire...AH! Quasi mi dimenticavo di dirtelo, da adesso in poi ti dovrai prendere cura di me, fino a quando la Terra non sarà salva!》 ,

Ma per Joe è troppo; perciò spaventato e incredulo BLAST scappa via , nascondendosi, SBAM sbattendo la porta, in camera sua, dove sorprendentemente trova Mee Hao sdraiato sul suo letto

MEE HAO: 《EHI! Così cominciamo malissimo. Tu sei matto! Ti ho detto che devi prenderti cura di me, finché non si sarà sistemato tutto sulla Terra e per farlo, hai bisogno del mio aiuto; quindi non tentare più di scappare. È l'ultima volta che te lo dico!》

JOE: 《UAAA! Scusa, ma oggi per me è stata davvero una dura giornata e ho proprio bisogno di dormire; quindi a domani, Buona notte.》

ed esausto RONF RONF RONF si addormenta, concludendo finalmente la sua difficile giornata.

"CAPITOLO II"

"TUTTO NUOVO"

La mattina seguente Joe, incuriosito, da ciò che gli è accaduto e più tranquillo rispetto alla sera precedente, si sveglia prestissimo per fare chiarezza sull'accaduto; così comincia a tartassare Mee Hao di domande

JOE: 《Da dove vieni? Come hai fatto a trasformarti? Come fai a volare? Di che super poteri parlavi ieri sera? Perché solo tu sai che la Terra è in pericolo? E con precisione io che dovrei fare?》

MEE HAO: 《Te l'ho detto. Sono il mago più potente di tutta la Galassia. E il tuo compito è quello di salvare, con il mio aiuto, la Terra, ma non preoccuparti. Ti spiegherò tutto dopo scuola.》

JOE: 《HMMM! OK! Ci vediamo dopo allora, ciao!》

MEE HAO: 《AH! Mi raccomando. Non dire a nessuno ciò che ti è accaduto, meno persone sanno, meglio è.》

Il ragazzo dagli occhi azzurri arriva a scuola, TU-TUM TU-TUM TU-TUM con il cuore che gli batte a mille e un po imbarazzato per la rissa del giorno precedente, ma per la prima volta da quando conosce Jake, all'entrata non ha subito scherzi

DAVID: 《EHI JOE! Ieri sei stato un grande, gli hai dato proprio una bella lezione a quello sbruffone. Dammi il cinque amico!》

JOE: 《HMMM! Sì, se lo meritava, ma non ne vado fiero. Ha ragione Emily, la violenza non è mai la soluzione giusta...AH! Dopo scuola devi venire a casa mia, devo farti vedere una cosa impressionante che ti lascerà a bocca aperta.》

DAVID: 《OH! Cos'è che mi devi far vedere? Amo le sorprese! Non vedo l'ora che arrivi l'ultima ora!》

PROF: 《MCarthy e Scott silenzio o vi interrogo. È incredibile parlate in continuazione. Cosa avete di così tanto importante di cui parlare? BOH!》

DRIN DRIN DRIN

JOE: 《WOW! Finalmente è finita! Oggi la lezione di matematica è stata più noiosa del solito PUF! PUF!》

DAVID: 《UFFF! Hai ragione. Era interminabile! Dai Joe muoviti, smettila di fissare Emily. Sono curioso di sapere cosa vuoi farmi vedere. FORZA ANDIAMO!》

ed entusiasti i due amici BLAST corrono a casa, dove ad aspettarli c'è il GATTUOMO

MEE HAO: 《AH! Ciao Joe. Sei pronto a cominciare?...GULP! E chi è lui? Perché l'hai portato qui? Ti avevo espressamente chiesto di non dirlo a nessuno. La prima regola è di rispettare le regole. Adesso mandalo via.》

DAVID: 《EHI! Ciao. Io sono David, un amico di Joe. Tranquillo, non lo dirò a nessuno. Tu chi sei? E perché somigli ad un gatto?》

MEE HAO: 《Scusa, ma devi andartene. Non puoi restare. Qui c'è in gioco la vita di milioni di persone!》

JOE: 《Mee gli ho chiesto io di venire e se lui va via, vado via anche io. E ti assicuro che da me non avrai nessun aiuto!》

MEE HAO: 《HMMM! OK! Può restare, ma ad una condizione: Deve rimanere lì, senza fare domande.》

DAVID: 《YEEE! Grazie Mee. Te lo prometto, mi metto qui senza fiatare. Non sembrerà nemmeno che ci sia.》

MEE HAO: 《 VA bene, perfetto! Mettiamoci subito a lavoro! Joe ascoltami: Il tuo primo compito è quello di crearti e di sceglierti un costume e un nome da super eroe ed è importante che tu sappia che questo lavoro ti servirà principalmente per prendere più autostima in te; quindi coraggio a lavoro!》

e Joe, euforico, con l'aiuto dell'amico, si mette immediatamente a lavoro, confezionando, dopo TIC TAC TIC TAC TIC TAC quattro lunghe e ininterrotte ore, il costume

JOE: 《EHI MEE! Abbiamo finito,abbiamo finito! Guarda quant'è fico questo costume!》

MEE HAO: 《WOW! È splendido Joe, ben fatto. Questi pantaloncini gialli si abbinano benissimo a questa t-shirt bianca con le emoticon, con le scarpe rosse e con questa brillante maschera color oro. Ottimo lavoro, Bravo!》

JOE: 《EHEHEH! E ancora non hai visto il meglio...》

JOE E DAVID: 《 Terrestri i giorni bui sono finiti. Non abbiate più paura, perché in vostro soccorso adesso ci siamo noi: SMILE-MAN ed EMONJI!!!!》

MEE HAO: 《OOOH! Ragazzi questi sono proprio dei super nomi, fortissimi! Però Smile-Man per essere un super eroe a tutti gli effetti, ti manca ancora una cosa... questa è per te, ti servirà. È il BOOMERANG DEL SORRISO.》

JOE: 《EHI DAVID! Guarda è fantastica! Dammi il cinque!》

CLAP

MEE HAO: 《Smile-Man sono contento che tu sia così euforico, però ancora non sei pronto, ancora non sei un super eroe, perché ora che hai un nick-name, un costume e un'arma da super eroe per diventarlo, devi addestrati e ti confesso che non sarà affatto facile.》

SMILE-MAN : 《YEEE! Sono carico come una molla. Non vedo l'ora di cominciare! Gattuomo, ma non c'è nulla per Emonji?》

MEE HAO: 《EHM! Purtroppo no, mi dispiace. Non è nei piani che tu abbia un aiutante, però se Emonji vorrà aiutarci, può farlo, ma deve procurarsi tutto da solo.》

EMONJI: 《YAHOO! Grazie Gattuomo. Sei un grande. Mi metto subito a lavoro, ho già in mente delle straordinarie idee. Ciao Joe, ciao MEE a domani.》

Ed energico il ragazzo BLAST corre a casa e si mette immediatamente a lavorare al suo straordinario progetto.

CAPITOLO III

"L'ADDESTRAMENTO"

EMONJI: 《EH! Raga! Che ne dite del mio costume? Forte no?!》

JOE: 《WOW! È fortissimo David!》

MEE HAO: 《GASP! David devo farti i miei complimenti. È bellissima questa tuta color arancio, tempestata di smile e questa maschera nera. Bravo!》

EMONJI: 《OH! Raga,a proposito della maschera nera, dovete sapere che è elettronica ed è connessa ai computer della polizia,per essere sempre aggiornati su ciò che succede in città.》

JOE: 《OOOH! Emonji fattelo dire: sei proprio un genio. Grande!》

MEE HAO: 《OK! Adesso che siamo tutti pronti, andiamo nel bosco e cominciamo l'addestramento!》

E 《WHOOHO!》 《YEEE!》 《IUUUH!》 entusiasti i due super amici si dirigono, accompagnati dal Gattuomo, verso il bosco, dove inaspettatamente si imbattono in una strana, quadrata e cupa costruzione in mattoni dall'intenso odore di disinfettante, dal tenebroso silenzio e al cui interno ci sono degli insoliti macchinari all'avanguardia,però ciò che attira maggiormente la loro attenzione sono alcune foto, poggiate su una disordinata scrivania, che ritraggono la famiglia Manson

SMILE-MAN: 《URC! Raga dobbiamo assolutamente indagare, ho un bruttissimo presentimento.》

MEE HAO: 《 HMMM! È vero, anche io avverto qualcosa di strano, ma ci penseremo dopo, la nostra priorità adesso è l'addestramento che richiede molto tempo e molte energie...Dai coraggio! Iniziamo con la prima lezione, in cui ti insegnerò a padroneggiare l'uso del BOOMERANG DEL SORRISO e per farlo, ieri sera ho appeso su questi alberi delle sagome che tu, Smile-Man dovrai colpire.》

SMILE-MAN: 《Va bene! Che aspettiamo allora?! Non sto più nella pelle, cominciamo!》

MEE HAO: 《Aspetta Smile-Man. Prima di iniziare, devi sapere che il BOOMERANG è un oggetto magico che risponde solo a comandi cerebrali; quindi oggi il tuo compito è quello di imparare a telecomandarlo con la mente. E ricorda: funziona solo se hai pensieri positivi. Adesso puoi iniziare, FORZA!》

Ed energico Smile-Man comincia a lanciarlo KRASH ZAK CRACK SBAM SMASH TUMP SMACK, ma purtroppo senza sfiorare minimamente i bersagli, finisce per tagliare solo foglie e rami.

SMILE-MAN: 《ANF! ANF! ANF! Mee è troppo difficile. Non ci riesco ORC!》

MEE HAO: 《Smile-Man fermati un attimo e prima di ricominciare libera la mente dalla rabbia e pensa a ciò che ti rende felice.》

EMONJI: 《EH! Smile-Man! Io credo in te, so che ci puoi riuscire, Forza! E prima di lanciare, immagina per un secondo di ballare alla festa di fine anno con Emily.》 ;

Così l'apprendista super eroe, incoraggiato dai suoi compagni, prende fiducia e concentrandosi con tutte le sue forze, ecco che straordinariamente riesce finalmente SWOOOSH a far volare il BOOMERANG e KRASH a colpire con un potente colpo la sagoma.

SMILE-MAN: 《YEEE! IUUUH! Raga avete visto? Ci sono riuscito!!! È una sensazione bellissima! YUUHU!》

EMONJI: 《WHOOHO! Amico sei stato fortissimo. Sei un fenomeno. Dammi il cinque!》 CLAP

MEE HAO: 《Eccellente Smile-Man. Sapevo che ci saresti riuscito, però non ti disconcentrare, non è questo il momento di esultare, hai ancora molte cose da imparare; infatti nella seconda lezione ti insegnero' a padroneggiare il tuo super potere: quello di leggere nell'animo delle persone; ossia tu saprai cosa gli fa più paura e ciò che li rende più felici e il tuo compito sarà quello di persuaderli nel commettere delle orribili atrocità, distruggendo con il BOOMERANG DEL SORRISO la loro parte più oscura.》

SMILE-MAN: 《HEH! HEH! Stai scherzando vero? Hai sbagliato persona. Non sono l'eroe che fa per te...》

MEE HAO: 《EHI! Così mi fai arrabbiare. Non ti voglio vedere con questo atteggiamento rinunciatario, non si dice mai,"NON CI RIESCO", prima di averci provato; quindi FORZA! Prova a leggere nel mio animo.》

SMILE-MAN: 《EHM! Vabbene, ci provo!》 ;

Così il ragazzo dai pantaloncini gialli, facendo ricorso a tutta la sua concentrazione, tenta di entrare nella mente del Gattuomo, ma per lo sforzo Joe CRASH cade a terra, svenuto, venendo soccorso immediatamente da Mee Hao

MEE HAO: 《 EHI SMILE-MAN! Sei stato bravissimo. Come prima volta va bene. E tranquillo il mal di testa è normale. Per oggi abbiamo finito. Devi riposare, perché domani ti aspetta un'altra dura e intensa giornata e avrai bisogno di tutte le tue energie per affrontarla. FORZA alzati! Gli eroi trovano sempre il modo di rialzarsi.》

CAPITOLO IV

"BATTLECRIME"

Mike Manson dal giorno della scomparsa della moglie, nel tragico e terroristico attentato del 2001 alle Torri Gemelle, è all'estenuante ricerca del terrorista che ha causato la sua morte e infatti ogni sera si reca nel suo fortino, nascosto nel bosco, per perfezionare il siero che ha creato con l'aiuto di un vile scienziato della C.I.A e così da vendicarsi una volta per tutte e il giorno stesso in cui David, Joe e Mee Hao hanno scoperto il suo segreto nascondiglio, il paranoico Mike si è iniettato, con l'aiuto dello scienziato, il siero.

MIKE: 《Vai Pickland. Sono pronto,iniettami il siero. Finalmente la vendetta è vicina MUAHAHAH!》

PICKLAND: 《Mike stringi forte i pugni, sentirai un dolore lancinante.》

E TIN appena lo scienziato gli inietta quel misterioso siero, il malinconico soldato 《AAAAH! AAAAH! AAAAH!》 comincia ad urlare e a contorcersi dal dolore, ma dopo qualche istante le grida di sofferenza, inspiegabilmente, si trasformano in 《MUAHAHAHAH!》 una malvagia risata

MIKE: 《Luke liberami immediatamente da questa sedia. Mi sento alla grande, mi sento straordinariamente forte...》

PICKLAND: 《OK! Ma stai attento, non sai come può rispondere il tuo cor...》 ,

ma lo scienziato non riesce a terminare la frase che, dopo qualche esitante passo, PATAPUM l'uomo sbatte violentemente a terra, cominciando a dimenarsi dal dolore, perché il suo corpo si sta spaventosamente deformando: Le sue mani si trasformano in enormi zampe da orso, il suo viso inizia a squamarsi come il muso di un serpente, i suoi occhi gli diventano di un inquietante rosso acceso e sulle spalle gli spuntano un paio di ossute ali bianche.

BATTLECRIME: 《Pickland svelto. Passami il mio cannone e quella corazza nera. È arrivata l'ora che BATTLECRIME faccia giustizia ARGH!》

e appena uscito dal bosco, con un'inaudita ferocia ,sfoga tutta la sua rabbia 《UAAA!》 su un disgraziato camion che viene preso e SWOOOSH lanciato

KRASH TUMP sul trafficato marciapiede opposto, causando il panico e sul quale stanno, serenamente, camminando Joe e David che perplessi e incuriositi su ciò che è appena accaduto,tra 《UAAA!》 《AIUTO!!!》 《SCAPPATE,UN ATTENTATO!!!》 le grida di paura e il caos, si mettono prontamente alla ricerca del folle colpevole.

EMONJI: 《OOOH! Joe anche tu hai visto quello che ho visto io?! Era davvero un camion quello che è volato?》

SMILE-MAN: 《EHM! Sì Emonji, purtroppo quello che è volato era proprio un camion, ma fortunatamente non ci sono vittime. È meglio però che perlustriamo la strada, il criminale non dev'essere andato lontano.》

E concentrati i due super amici si mettono alla ricerca dello sconosciuto delinquente, finché Smile-Man ,all'improvviso, SMACK viene violentemente urtato da uno stravagante uomo incappucciato, percependo, al momento del "tocco", una strana visione che dalla paura lo immobilizza

EMONJI: 《 EHI SMILE-MAN! Muoviti! Perché ti sei fermato? Che ti è successo?》

SMILE-MAN: 《EHM! Emonji non so come, ma so che dobbiamo assolutamente fermare Mike Manson, perché ha intenzione di commettere delle tremende atrocità alla nostra città, per pura vendetta, ma era diverso dal solito. È come se si fosse trasformato in un terrificante mostro.》

EMONJI: 《Smile-Man calmati. Ancora non è successo. Ora andiamo dal Gattuomo e gli spieghiamo cos'hai visto, lui saprà sicuramente cosa fare.》 ;

Perciò BLAST in fretta e in furia arrivano a casa e spiegano a Mee Hao ciò che Joe ha appena percepito

MEE HAO: 《WOW! Cia sei riuscito, Bravo! Sapevo che eri speciale, sapevo che saresti riuscito a padroneggiare i tuoi poteri, però sei ancora troppo debole. Devi assolutamente concludere l'addestramento, così da affinare ancora di più i tuoi sensi, ma dobbiamo affrettarci, il pericolo si sta avvicinando.》

SMILE-MAN: 《FORZA andiamo! Che aspettiamo?! Non posso permettere che un folle distrugga la mia città.>>; quindi furente comincia l'ultima parte dell'addestramento che tuttavia viene interrotto da un'inaspettata e incredibile notizia

EMONJI: 《AHEM! Raga, fermatevi un attimo. Dovete urgentemente ascoltarmi: Quel Matto di Mike,dopo BANG aver brutalmente sparato al padre di Emily, l'ha rapita. E la notizia grave è che nessuno sa dove l'abbia portata.》

SMILE-MAN: 《NO! EMILY NO! Non sa contro chi si è messo quel mostro, gliela farò pagare ARGH! Emily non preoccuparti,sto arrivando.》

CAPITOLO V

"DOV'È EMILY?"

MEE HAI:<< Emonji Ascoltami. Mentre io e Smile-Man ci alleniamo, tu, con le tue apparecchiature, cerca Emily. Forza, non c'è tempo da perdere!>>
e i tre, determinati, si mettono immediatamente a lavoro, finché David scopre un terrificante video di Battlecrime che ha caricato su Instagram:<< Salve America. Il mio nome è Battlecrime e ho preso in ostaggio questa ragazza, perché è figlia di un poliziotto e come ho sofferto io anche loro devono soffrire, perché è colpa loro se mia moglie è morta nell'attentato del 2011 alle Torri Gemelle, perché se avessero arrestato quei maledetti terroristi, mia moglie a quest'ora sarebbe ancora qui con me. E ho postato questo video, per dirvi che domani alle 6 in punto del pomeriggio compirò la mia vendetta, facendogli provare ciò che ho provato io. MUAHAAHAHA!>>
EMONJI:<< EHI Raga! Dopo aver hackerato il suo computer, ho scoperto dove ha portato Emily. È imprigionata in quella spaventosa caverna che si trova nel bosco, ma dobbiamo muoverci, è in pericolo!>>
SMILE-MAN:<< OK! Perfetto! Che aspettiamo? Andiamo! Quel mostro ha le ore contate.>>;

così Joe rabbioso, insieme ai suoi due super amici, raggiunge in fretta e in furia il bosco, mettendosi disperatamente alla ricerca della caverna

MEE HAO:<< EHI Smile-Man, Emonji! L'ho trovata, venite. Ma non possiamo entrare, perché guardate: TOC TOC è protetta da una cupola trasparente.>>
SMILE-MAN: << AH! Bene. Raga fatemi spazio, provo a distruggerla!>>;

perciò l'eroe dalla maschera color oro, con veemenza e senza esitazione, SWOOOSH lancia il suo speciale Boomerang SMACK su quella protezione, ma sfortunatamente STOCK gli rimbalza violentemente in faccia, irritandolo ancora di più.

MEE HAO:<< EHI Smile-Man! Calmati. Se vuoi essere un eroe, devi imparare a controllare i tuoi istinti, perché se avresti pensato un po' di più, avresti intuito che c'è sicuramente un altro modo per aprirla.>>

E mentre il Gattuomo ammonisce il giovane eroe, ecco che improvvisamente Emonji che sta perlustrando la zona, SBAM va a sbattere goffamente contro un tronco

EMONJI:<< AHIA! Ma chi è quell'idiota che ha messo qui questo tronco?! PUF! PUF!>>
SMILE-MAN:<< OH RAGA! Guardate! La cupola si sta aprendo, coraggio entriamo!>>

e i tre, accolta con grande sorpresa e gioia l'ignoto colpo di fortuna, valorosi, si addentrano nella tenebrosa e stretta caverna, dall'asfissiante puzza di alcool e dalle paurose grida di dolore e nascondendosi dietro ad un cespuglio, spiano la bestia.

EMONJI:<< EHI Raga! Guardate qui. Battlecrime sta facendo proprio in questo momento una diretta su Instagram>>
BATTLECRIME:<< Salve insulso popolo americano. Sono sempre io: Battlecrime, il vostro giustiziere. Vedete quest'uomo? Sapete chi è? È il criminale che ha organizzato l'attentato alle Torri Gemelle e adesso, in diretta, vi renderò partecipi della mia, tanto attesa, vendetta MUAHAHAHAHAH!>>

EMONJI:<< NOOO! Questo è un folle. Questa non è giustizia. Lo dobbiamo assolutamente fermare!>>

MEE HAO:<< Emonji SSSH! Fai silenzio. Non vorrai mica farci scoprire!?>>,

ma, sfortunatamente, il mostro Manson si è accorto di loro.

BATTLECRIME:<< ARGH! Ragazzini inpiccioni vi conviene scappare, se non volete fare la stessa sua fine...>>

E brutale, per dimostrare la sua forza, con i suoi affilati artigli **ZAK** decide, con tagli profondi, il petto del suo prigioniero che <<AAAH!>> con urla strazianti si contorce dal dolore.
SMILE-MAN:<< NO, scordatelo! Non ce ne andremo via da qui, finché non libererai Emily.>>
EMONJI:<< BRRR! BRRR! Smile...Smile-Man non parlargli così, ci farà secchi!>>

BATTLECRIME:<< AH! Mi fa piacere che almeno uno di voi è intelligente. Ragazzino ti do un consiglio, ascolta il tuo amico, se ci tieni ancora alla tua pelle!>>

SMILE-MAN:<< Mostro io non scappo. Non ho paura di te. E spero che voi, raga, siate pronti a combattere al mio fianco.>>
MEE HAO:<< Certo Smile-Man! Noi restiamo con te, Perché la nostra unione

sarà la sua distruzione!>>
EMONJI:<< AHEM! GLU! Raga contate anche su di me, ci sto. Facciamogli vedere chi siamo!>>

BATTLECRIME:<< IHIHIHIHIH! Mocciosi la vostra stupidità vi porterà alla morte. Volete combattere? Combattiamo! Argh!>>

CAPITOLO VI

"IL COMBATTIMENTO"

Il momento per cui Mee Hao, Smile-Man ed Emonji hanno tanto duramente lavorato, è finalmente arrivato e nonostante TU-TUM TU-TUM TU-TUM il loro cuore batta all'impazzata, dalla paura, non indietreggiano neanche di un passo, anzi sono loro, audaci, a sferrare i primi colpi contro l'enorme e spaventoso Battlecrime

BATTLECRIME:<< HA! HA! HA! HA! HA! Mi fate pena, mi state facendo il solletico e se è questo il meglio che sapete fare, siete spacciati. Ora vi faccio vedere io come si colpisce...>>
e feroce KRASH BONK SBAM CRACK parte all'attacco, atterrando in pochi secondi i tre eroi, ma la peggio, dei tre, l'ha avuta Emonji che dopo quei violenti colpi PATAPUM è caduto malamente a terra, sbattendo la testa e svenendo.

SMILE-MAN:<< NOOO! EMONJI!>>

ed il Gattuomo vedendo la sua squadra atterrita ed inerme, PUFF si trasforma in gatto e SWOOOSH vola verso il mostro, ZAK graffiandogli gli occhi, ma il Brutale soldato, incredibilmente, non risente minimamente di quei colpi

BATTLECRIME:<< Microbo che credi di fare?!>>;

Infatti BANG con il suo potente cannone SMASH lo colpisce, CRASH facendolo cadere a terra, svenuto.

BATTLECRIME:<< HEH! HEH! Ragazzino sei rimasto solo, conviene che ti arrenda, se non vuoi fare la stessa loro fine...>>
SMILE-MAN:<< NO! MAI!>>
e valoroso l'eroe dalla maschera dorata, senza timore, BLAST corre verso la bestia e SMACK STOCK SMASH TUMP lo colpisce con tutta la sua forza, però malauguratamente quei colpi sono inefficaci, perché oltre a non recargli alcun danno, lo rendono ancora più cattivo e arrogante

BATTLECRIME:<< HA! HA! HA! HA! HA! Moccioso oggi mi sento buono, prima di metterti definitivamente KO, ti concedo di dire le tue ultime parole.>>
SMILE-MAN:<< EHEHEH! BUONANOTTE!>>
ed Emonji che si è appostato dietro di lui, SBAM lo colpisce con un violento e doloroso colpo alla testa, PATAPUM facendolo cadere a terra, privo di sensi.

SMILE-MAN:<< PHEW! Grazie Emonji, appena in tempo, mi hai salvato. Sei il migliore!>>
EMONJI:<< SI'!SI'! Lo so. Adesso però non perdere tempo, entra nel suo animo e salva la Terra. FORZA Smile-Man, siamo tutti con te!>>

E l'eroe dall'eccentriche scarpe rosse, determinato, coglie al volo l'occasione offertagli dal suo super amico e PUFF entra nell'animo di quel triste uomo.

Entrato nella sua coscienza Smile-Man vede due malinconiche e terribili visioni: Nella prima vede il feroce signor Manson che trasformato in Battlecrime, pianifica una malvagia e brutale vendetta nei confronti dell'intero stato americano, mentre nella seconda osserva il signore e la signora Manson che seduti, sereni e gioiosi, sul loro divano di casa, tengono in braccio un piccolo e tenero Jake.

Ed è proprio quest'ultimo ricordo che da' a Joe un motivo di speranza nel poter far ragionare il disperato e afflitto caporale; perciò, impavido, si introduce nella prima visione e cerca di persuaderlo nel commettere quel suo folle e orribile piano

SMILE-MAN:<< Mike ascoltami,ti prego! Non è questo il modo giusto per vendicare Jessie. Sono sicuro che tua moglie non vorrebbe questo...>>
BATTLECRIME:<<ARGH! Tu che ne sai di mia moglie, microbo. Non ti azzardare mai più a parlare di lei...>>
e ,rabbioso, il mostro, con le sue allungabili e affilate ali ossute, CRACK lo colpisce, penetrandogli una spalla, ma Smile-Man non si arrende, anzi si rialza, ancora più determinato, in piedi e <<AHHHH!>> facendo uso di tutta la sua forza SWOOOSH lancia il suo Boomerang e STOCK CRACK TUMP SMACK lo colpisce ininterrottamente, sconfiggendolo, facendo esplodere in mille pezzi quell'assurda visione e riportandolo alle sue vecchie sembianze umane.

EMONJI:<< YEEE! Smile-Man ce l'hai fatta, Grande! L'hai sconfitto!>>
SMILE-MAN:<< ANF! ANF! ANF! URC! Non credevo di farcela...>>
MEE HAO :<< Bravissimo Smile-Man! Non ho mai dubitato delle tue capacità. Sapevo che ce l'avresti fatta. Dammi il cinque Eroe!>> CLAP

SMILE-MAN:<< Raga ancora non abbiamo finito. Andate a liberare i prigionieri. Io vado ad aiutare Mike.>>
MIKE:<< AHEM! WUAAAH! Smile-Man Grazie, per avermi salvato la vita. Stavo

vivendo nel passato e nel dolore, dimenticando che c'è ancora del buono in me e adesso che grazie a te ho una seconda chance, ti prometto che avrò più attenzioni per Jake e cercherò in tutti i modi di rimediare a tutto il male che ho fatto.>>

SMILE-MAN:<< Mike tranquillo. Non preoccuparti, ora è tutto finito. L'importante è ammettere i propri errori e rimediare. E ricorda l'amore e la felicità sono le soluzioni ad ogni cosa.>>

I tre super amici, dopo aver liberato gli sventurati prigionieri e dopo aver salvato Mike dal suo infelice passato, esausti, finalmente ritornano a casa a godersi un po' di meritato riposo, finché inaspettatamente TOC TOC bussano alla porta

JOE:<< GULP! EHM! EHM! Ciao Emily. Che ci fai qui..?>>

EMILY:<< Ciao Joe. Ancora non ti avevo ringraziato per avermi salvato.Grazie. Non so cosa sarebbe successo senza il tuo intervento. MUAH! Sei il mio eroe!>>

Joe:<< EHM! Emily scusa, ma non so di cosa tu stia parlando. Mi dispiace, ma hai sbagliato persona, non sono stato io a salvarti. Però visto che sei qui, mi chiedevo EHM! Se ti va di venire al ballo con me...>>

EMILY:<< OOOH! SIII! Certo che vengo al ballo con te. Non desideravo altro che me lo chiedessi. Allora siamo d'accordo, ci vediamo alla festa Smile-Man CHU!>>

CAPITOLO VII

"ADDIO MEE HAO"

JOE:<< WOW! David ancora non mi sembra vero che questa sera vado al ballo con Emily, Sono gasatissimo!!!>>
DAVID:<< BÈ! Anche io stento a credere che andiamo al ballo, dopo tutto quello che abbiamo passato EHEHEH!>>

JOE:<<EHEHEHEH! Hai ragione, ce la siamo vista davvero brutta. Però ora ho un problema nettamente più serio: Devo ancora trovare un vestito per il ballo, di stasera, nessuno mi sembra all'altezza tra tutti quelli che ho provato...>>
DAVID:<< HA! HA! Joe, io invece ho già scelto: camicia nera con completo blu chiaro.>>
JOE:<< WOW! Beato te. Io devo sbrigarmi. Voglio trovare qualcosa che faccia colpo su Emily; quindi scappo. Ci vediamo al ballo OK?! Ciao David, a dopo.>>

Il sole è tramontato, la Luna piena splende maestosa, su nel limpido cielo, e il ballo è appena cominciato e ciò significa che il tanto desiderato sogno di Joe si sta avverando; Infatti vestito con un'eccentrica camicia a fantasia floreale e con un elegante completo blu notte, timido,impacciato e TU-TUM TU-TUM TU-TUM con il cuore che gli batte all'impazzata, si avvicina ad un'affascinante Emily, vestita con un principesco e lungo abito rosso

JOE:<< WOW! Ciao Emily! S...S... Sei stupenda.>>
EMILY:<< EHEHEH! Dai Joe. Così mi fai arrossire. Ah! Anche tu lo sai, Stai benissimo.>>
JOE:<< AHEM! Ti va di ballare? Ho imparato dei passi fichissimi!>>
EMILY:<< SI'! Andiamo. Io amo ballare.>>
ed emozionati i due innamorati si lanciano sulla pista da ballo, iniziando a ballare e a sciogliere l'ansia, sotto le romantiche note di "Thinking Out Loud", ma sfortunatamente quando Joe trova, finalmente, il coraggio di baciarla, si sente chiamare alle spalle

JAKE:<< EHI! Ciao Emily. Ciao Joe. Perdonatemi se vi disturbo, vi ruberò solo un paio di minuti. Joe Voglio scusarmi con te, per come ti ho trattato in tutti questi anni, ma soprattutto voglio ringraziarti, Per aver salvato mio padre da se stesso.

E sì, lo so che sei tu Smile-Man, ma tranquillo non lo dirò a nessuno, con me il

tuo segreto è al sicuro.>>
JOE:<< Jake non preoccuparti, quello è il passato, però spero che in futuro potremmo essere grande amici. Dai sorridi, oggi è un giorno di festa. Dammi il cinque e siamo pari.>> CLAP

JOE:<<...AH! Jake Mi dispiace ma io non sono Smile-Man e non so perché tutti sono convinti che lo sia...>>
JAKE:<< Vabbè! Ci vediamo Smile-Man.>>
JOE:<< UFFF! David la stavo per baciare, ma poi Jake è venuto da me a scusarsi e mi ha fatto perdere il momento e l'atmosfera giusti per farlo. Non credo di farcela, ho troppa ansia.>>
DAVID:<< Joe, Tu sei Smile-Man. Ce la devi fare. E poi non dimenticarti che hai un super amico, sempre pronto ad aiutarti, e per l'appunto ho una sensazionale idea: Che ne dici di andarci a fare una passeggiata, tutti e quattro, sotto questo splendido cielo stellato? Non c'è nulla di più romantico di un bacio con la Luna che ti guarda!>>
JOE:<<OOOH! David, Sei un genio! Menomale che ti ho come amico, non saprei come farei sennò. Forza andiamo. Che aspettiamo?!>>
e così Emily, Clarisse, David e Joe, sereni, felici ed emozionati, escono dalla palestra e passeggiano romanticamente sotto un suggestivo e meraviglioso cielo stellato, finché vengono inaspettatamente distratti dal Gattuomo che stranamente si trova nel bosco con una navicella

JOE:<< EHI! Ciao Mee Hao. Che ci fai qui, tutto solo, con una navicella?

MEE HAO:<< UH! Ciao Joe. Ciao David. Perché non state alla festa? Vi state divertendo? Chi sono queste due belle ragazze?>>
DAVID:<< Sì, ci stiamo divertendo un casino. Siamo usciti solo per fare due passi. Mee loro sono Clarisse ed Emily, ragazze lui invece è Mee Hao, un nostro caro amico.>>
MEE HAO:<< Ciao, piacere di conoscervi ragazze. Sono contento che vi stiate divertendo, ve lo siete meritato.>>
EMILY E CLARISSE:<< Ciao Mee. Il piacere è tutto nostro.>>

JOE:<< Mee, però ancora non ci hai detto che ci fai qui...>>

MEE HAO:<< EHM! Raga è difficile da dire, ma devo tornare a casa, devo tornare su Giomare, il mio pianeta ha bisogno di me. Ragazzi però ci tengo a

ringraziarvi con tutto il mio cuore per l'aiuto, l'ospitalità e il bene che mi avete dato. Sarete per sempre nel mio cuore.>>
JOE:<< OH! Ma ritornerai?>>

MEE HAO:<< SNIF! SÌ, Certo che ritornerò. Come farò senza voi teste vuote? Dai. Venite qui, abbracciatemi!>>
e dopo un lungo e sentito abbraccio, Mee Hao ritornando alle sue sembianze da gatto, sale BIP BOP BIP BOP sulla sua variopinta navicella e FIOOOW sfreccia su nel cielo che magicamente si riempie di stelle comete, dando finalmente a Joe l'atmosfera e l'emozione giusta <<Grazie GATTUOMO!>> per MUAH! l'atteso bacio con Emily.

Joe ritornato a casa stanco, contento ed eccitato, per le sensazioni vissute, PUF si butta sul letto, dove con gran sorpresa trova sul cuscino una lettera del Gattuomo:

<< Ciao Joe. Ti scrivo queste due righe, innanzitutto per ringraziarti di avermi aiutato a riportare la pace sulla terra e per esserti fidato un di me, ma soprattutto per dirti di non combattere mai la guerra con la guerra, combattila sempre con l'amore e la felicità che sono le vere e sole armi per vivere una vita piena di gioie.
P.S

Smile-Man tieniti pronto, perché prima o poi avrò ancora bisogno di te. AH! Quasi mi dimentico, ti ho liberato dei tuoi poteri. Ma ricorda ciò che hai fatto, l'hai compiuto grazie al tuo cuore, perché un vero eroe non ha bisogno di poteri per fare del bene e tu sei un vero eroe.

Ciao Joe. Salutami David. È stato davvero un onore conoscervi. IL VOSTRO GATTUOMO.>>

SUPER EROI

NOME: MEE HAO.
POTERI: HA GLI ECCEZIONALI DONI DELLE ARTI MAGICHE, DEL TELETRASPORTO, DELLA TRASMUTAZIONE IN GATTO E DEL VOLO.

NOME: SMILE-MAN.
POTERI: POSSIEDE LE STRAORDINARIE CAPACITÀ DI LEGGERE NELL'ANIMO DELLE PERSONE, DI PERCEPIRE DELLE VISIONI, SE TOCCA UNA PERSONA CHE VUOLE COMMETTERE DELLE ORRIBILI MALVAGITÀ E DI TELECOMANDARE, CON LA MENTE, SWOOOSH IL BOOMERANG DEL SORRISO.

NOME: EMONJI.
POTERI: HA UNA SUPER MASCHERA ELETTRONICA, CONNESSA AI SERVER DELLA POLIZIA.

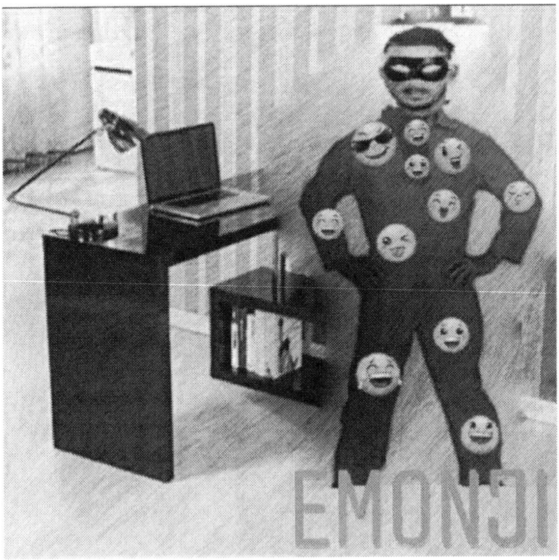

SUPER CATTIVI

NOME: BATTLECRIME.
POTERI: HA LE TREMENDE ABILITÀ DELLA SUPER FORZA E DELL'INSENSIBILITÀ AI COLPI E POSSIEDE ANCHE ZAK DELLE AFFILATE ALI OSSUTE ALLUNGABILI.

I PIANETI.

NOME: GIOMARE.
ABITANTI: GIOMANIANI, UN MULTIETNICO E SOCIEVOLE POPOLO DI MAGHI ALIENI.

"SMILE-MAN II- IL SOGNO REALTÀ"

PREFAZIONE

Nella stellata, vasta e tranquilla Via Lattea si sta abbattendo una nuova e terrificante minaccia, per mano dei brutali e vendicativi DESTROYER di cui fanno parte:

SPIKE SNADER, un malvagio mago alieno di Giomare e capo dei DESTROYER dalla terrificante faccia blu, dalla grande corporatura, dagli strabici occhi neri, dalle sottili labbra viola, vestito da una stretta e robusta armatura rossa e nera, da un verde cappello a punta e dal suo inseparabile bastone magico che utilizza per le arti Oscure e che possiede l'eccezionale dono della vista ipnotica;

RATTORS, un brutto e pauroso topo nero e schiavo di Spike Snader, dalla gigante ed esile corporatura, dal nero e deforme naso, dalle violacee e spezzate orecchie, dai lunghi baffi bianchi, da un disgustoso brufolo sulla guancia, dai giallastri e lunghi denti appuntiti e vestito da una verde, trasandata e puzzolente vestaia e da un paio di vecchie infradito;

Gli SHINJI, piccoli, pelati e verdi mostri da combattimento dai vigili e rotondi occhi neri, dalle sottili labbra nere e vestiti da un largo kimono nero che vivono in una piccola e rettangolare stanza rossa con il parquet, con una fioca luce rossastra, dal nauseabondo odore di cipolle e dalle <UAAA!> <YOWEEE!> <YAAAH!> inquietanti grida di lotta e che sono dotati di un' incredibile velocità e di una sorprendente intelligenza per le tattiche di lotta;

E BATTLECRIME;

Che però vengono prontamente fronteggiati da SMILE-MAN, da EMONJI, da MEE HAO e da SUN LEY, un ostinata e sensibile prigioniera aliena di 23 anni, dalla media e magra corporatura, dai fiammanti, lunghi, ricci e vivi capelli rivolti all'insù che hanno vita propria e che la difendono dalle minacce esterne, dagli attenti occhi rossi e dalle carnose labbra marroni, vestita da un'indistruttibile maschera nera in isotex che resiste al fuoco, da una scintillante, elastica ed ignifuga tuta argentata che possiede l'incredibile capacità di lanciare dagli occhi e dalle mani dei potenti fulmini di fuoco e che è originaria del SOLE, una grande e isolata città scavata nelle arancioni rocce solari, dal CI CI CI CI CI fastidioso verso delle cicale, dal buon odore di cocco e che è abitato dai Soliani, alieni dai vivi capelli fiammanti che li difendono, dagli splendenti occhi rossi da cui lanciano potenti fulmini di fuoco che gettano anche dalle mani e che sono perennemente vestiti in costume da bagno.

CAPITOLO I

"KENZSQUAI 207 RIACCENDE I MOTORI"

La Via Lattea, dopo la devastazione BOOM KRASH KAPAOW compiuta da ROK SNADER molti anni prima, ha vissuto, grazie a MEE HAO che valorosamente SMACK STOCK SBAM attaccò e sconfisse il brutale alieno, ponendo così fine al suo terrore, uno splendido periodo di pace e serenità durato per ben 30 lunghi anni, ma purtroppo una nuova minaccia che sconvolgerà la pace nella Via Lattea, si sta avvicinando, poiché SPIKE SNADER, figlio del Signore della distruzione ROK SNADER, è pronto a vendicare la morte del padre e a dominare così gli ultimi due pianeti rimasti nella Via Lattea: La terra e Giomare.

SPIKE SNADER:< Rattors metti in moto KENZSQAI 207 e andiamo a reclutare i soldati da affiancare all'esercito degli Shinji. Forza! ARGH!>
RATTORS:< Va...Va bene Capo...!>
RATTORS:<...PUF! PUF! BRRR! Quei piccoli mostri verdi e pelati mi fanno paura. BRRR!>
SPIKE SNADER:< AHO! Insignificante topo voglio rispetto, non bisbigliare cose a bassa voce, non lo sopporto quando lo fai e poi non dimenticarti che da piccolo ti ho salvato la vita, dopo che i tuoi genitori ti hanno abbandonato; quindi zitto ed esegui gli ordini! Ora, Forza partiamo! Vola Kenzsqai, Vola. I DESTROYER sono pronti a conquistare la Galassia!>
e BIP BOP BIP BOP DROOOW VROOOM la nera e mastodontica astronave dalla terribile puzza di petrolio e dal misterioso e tenebroso rumore di pezzi metallici, decolla in direzione della piccola e pacifica GIOMARE e durante il viaggio l'orribile mostro dalla faccia blu è intento a cercare, con il suo computer di bordo, un degno e capace alleato.

SPIKE:< AHO! Rattors veloce. Aziona il teletrasporto, ho trovato il mostro che fa al caso nostro.

Ecco le coordinate: PIANETA: TERRA. CITTÀ: MINNESOTA. NOME: BATTLECRIME.>
RATTORS:< O...O...OK! Gran...Grande Capo tra qualche istante dovrebbe raggiungerci.>
e magicamente PUFF BATTLECRIME appare dal nulla.

SPIKE:< AH! Benvenuto Battlecrime sulla Kenzsqai 207, ho sentito tantissime storie su di te e devo dirti che mi hanno davvero colpito ed è per questo che sei qui, per aiutarmi a sconfiggere MEE HAO, il suo lurido popolo e la Terra...>

e mentre parla, facendo uso dei suoi poteri, lo ipnotizza, trasformandolo nel mostro che 10 anni prima SMILE-MAN sconfisse.

SPIKE:< MUAHAHAHAH! Finalmente The DESTROYER sono tornati più forti che mai. E adesso non ci resta altro che vendicare mio padre e conquistare la Galassia. ARGH!>
Giomare è tranquilla e gioiosa come qualsiasi altro giorno da quel terribile attacco del signore della distruzione, ma quando,improvvisamente, il cielo inizia ad annerirsi, a causa dell'enorme KENZSQAI che BIP BOP BIP BOP TUMP KAPAOW sta atterrando sul calmo mare di Giomare, i giomaniani cominciano a scappare e a rivivere quei terribili momenti di terrore di un passato ormai lontano <AAAH!> <AIUTO!!!> <UAAAA!>.

SPIKE:< HA! HA! HA! HA! Salve insulso popolo di Giomare, finalmente è arrivato il momento della vostra fine. Forza Shinji, attaccate e annientate tutto! Invece voi, Battlecrime e Rattors, venire con me a cercare Mee Hao, a lui lo voglio distruggere con le mie mani; così da vendicare una volta per tutte la morte di mio padre. ARGH!>

SBAM BONK KRASH SMACK TUMP BOOM STOCK KAPAOW

RATTORS:<EHM! Gran capo sul pianeta non c'è traccia di Mee Hao, sarà scappato, perché qui è stato tutto raso al suolo.>
SPIKE:< GRRR! Quella nullità sarà sicuramente scappato sulla Terra. Coraggio Rattors, andiamo via da questa discarica. PTUH! E tu, Battlecrime, che la conosci, guidami sulla Terra. La vendetta è vicina. IHIHIHIH!>

CAPITOLO II

"MEE HAO RIABBRACCIA LA TERRA"

Mee Hao è riuscito a sfuggire alla terribile furia distruttrice dei Destroyer, grazie alla sua astuzia, perché trasformandosi in gatto, è riuscito ad intrufolarsi sotto terra, passando inosservato e a nascondersi nella cella di detenzione della giovane SUN LEY

SUN LEY:< GULP! Che ci fai qui? Sai chi sono io? Ti consiglio di andartene, non puoi stare qui. Sono pericolosa.>
MEE HAO:< AHEM! Ciao Sun Ley, so perfettamente chi sei. So che 23 anni fa, quando eri solo un'innocente bambina, hanno preso questa assurda decisione di rinchiuderti in questa cella,per sicurezza pubblica, perché ti ritenevano un pericolo per la comunità, dopo che involontariamente, quando eri ancora un'indifesa neonata,hai ucciso i tuoi genitori e ti ammetto che da quel giorno, non mi sono mai più scordato di te. Adesso però che Giomare è stata distrutta, posso finalmente ridarti la libertà che ti hanno ingiustamente tolto, ma sono qui anche per un altro motivo: the Destroyer sono tornati e hanno devastato il nostro bellissimo pianeta e li dobbiamo trovare prima che distruggano qualche altro innocente pianeta, però per farlo ho bisogno di tutto l'aiuto possibile ed è per questo che oltre a te devo reclutare qualche altro eroe e già ho in mente chi chiamare, ma si trovano sulla Terra; quindi dammi la mano che ci teletrasportiamo lì...>
SUN LEY:< EHM! Io ti sarei solo di intralcio. Sono solo un mostro, perché se mi togliessi questa maschera, rischierei di bruciare tutto come è accaduto con i miei genitori...>,

Però Mee Hao non vuole sentire ragioni; perciò le afferra, deciso, la mano e FLASH la teletrasporta, con lui, sulla Terra.

EMONJI:< EHI SMILE-MAN! Sbrigati, vieni a vedere. C'è bisogno di noi, stanno rapinando una banca!>
SMILE-MAN:< Dai Emonji. Staccati da quel computer, Io sono già pronto.>,

Ma arrivati sul posto, inspiegabilmente, non trovano nessuno, non trovano nulla che non va; finché alzando lo sguardo, si accorgono che appesi ad un palo della luce, ci sono i due imbranati ladri; così incuriositi si avvicinano e scoprono che ad aspettarli c'è Mee Hao.

EMONJI:< WOW! Che sorpresa! Non credo ai miei occhi! Mee Hao sei veramente tu?>
SMILE-MAN:<OOOH! Finalmente sei ritornato. Sono 10 anni che ti aspettiamo, ci sei mancato!>
MEE HAO:< AH! Ragazzi vedo che continuate a combattere il male, sono fiero di voi! Che bello vedervi, dopo tanto tempo, purtroppo però non sono qui per una visita di piacere, perché sono qui per chiedervi aiuto a salvare l'intera Galassia. Il mio popolo è stato appena devastato dalla furia distruttrice dei Destroyer e gli unici superstiti di questo insensato attacco siamo solo io e Sun Ley. Non ho tempo di spiegarvi tutto ora, ma se accettate di aiutarci, poggiate le mani sulle nostre; così ci teletrasporto tutti su Giomare...>
e senza pensarci su due volte, i due giovani eroi allungano le mani verso le loro e non appena si sfiorano, ecco che PUFF magicamente si ritrovano teletrasportati su Giomare, nella cella della ragazza dai capelli fiammanti.

SMILE-MAN:<URC! Gattuomo perché stiamo in una cella di prigionia?>
SUN LEY:< EHM! Ciao ragazzi. Io sono Sun Ley e questa è stata la mia casa per ben 23 lunghi anni, perché per la comunità ero considerata un pericolo. In realtà lo sono, ma questa maschera protegge me e chi mi sta accanto e adesso grazie a Mee ho la possibilità di dimostrare che non sono una minaccia, ma ho soprattutto l'opportunità di vivere la vita che ho sempre sognato.>

SMILE-MAN:< Ciao Sun ley, piacere di conoscerti. Mi dispiace per quello che hai dovuto sopportare, ma tranquilla perché ciò che conta adesso è il presente e spero che diventeremo presto grandi amici; quindi, con gioia, ti do il benvenuto nella Smile Crew.>
EMONJI:< Ciao Sun. Benvenuta nella nostra grande e pazzesca famiglia e adesso che ne fai parte, non devi più preoccuparti di ciò che pensano gli altri, perché noi saremo sempre pronti a difenderti contro tutto e tutti.>
MEE HAO:< EHI Raga! Sono contento che già fate amicizia, però adesso dovete ascoltarmi, mi dovete aiutare a sconfiggere il brutale Spike Snader che ha in mente di realizzare l'assurdo piano iniziato da suo padre, Rok, che 30 anni fa sconfissi, salvando Giomare e impedendogli così di portare a termine la sua terribile missione: dominare l'intera Galassia e per farlo il figlio ha progettato di distruggere gli ultimi due pianeti, ancora vivi, della Via Lattea: La Terra e Giomare e con la mia terra fuorigioco sarà diretto sicuramente sul vostro caro pianeta; quindi coraggio eroi che entri in azione la SMILE CREW!>

CAPITOLO III

"UNA NUOVA CATASTROFE SULLA TERRA"

BIP BOP BIP BOP DROOOW FIOOOW

EMONJI:< OH! NO! EHI Gattuomo! Guarda lì. The Destroyer sono appena decollati.>
SMILE-MAN:<OOOH! Ma ho visto bene!? Che ci fa il signor Manson con Snader?>
MEE HAO:< HMMM! Joe mi dispiace dirtelo, ma purtroppo è lui proprio lui... Emonji svelto, prova ad hackerare il loro GPS e vedi in che parte della Terra sono diretti.>
EMONJI:< OK! Gattuomo dammi un paio di minuti e ti dirò dove sono diretti... EHM! Raga ho scoperto dove sono diretti, stanno andando a Parigi.>
SMILE-MAN:< NO! Raga non possiamo permettere che quei mostri distruggano anche la Terra. Forza Mee. Che aspettiamo? Teletrasportaci a Parigi.>
MEE HAO:< Smile-Man purtroppo non posso. Ho bisogno di recuperare le energie, quei due teletrasporti che ho appena fatto mi hanno esaurito tutte le forze. Dobbiamo pensare a qualcos'altro per raggiungere la Terra.>
SUN LEY:< UH! Raga ho avuto un'idea. So come raggiungere la terra: mio padre aveva un'officina, possiamo prendere una delle sue astronavi.>
EMONJI:< GASP! Sei un genio Sun. Dai. Chi aspetti? Portaci lì!>

SUN LEY:< Perfetto! Allora Seguitemi. C'è un pianeta da salvare!>;

Perciò, decisi, i quattro super amici della Smile Crew escono dalla cella e si dirigono verso l'officina, ma durante il tragitto, tra la desolazione delle strade, appena distrutte, vengono distratti da KUAAA KUAAA KUAAA un sofferente pianto.

SMILE-MAN:< EHI MEE! Guarda lì, c'è una fenice ferita ad un ala.>
MEE HAO:< WOW! È vero. È proprio una fenice. Dai, aiutatemi a sollevarla. Ha bisogno di essere urgentemente curata, prima che la ferita si infetti. Sun quant'è distante l'officina?>

SUN LEY:< Gattuomo è vicinissima. Siamo quasi arrivati. È proprio lì, dietro quel campanile.>

Arrivati finalmente nella modesta,silenziosa, piccola e accogliente officina dall'intenso odore di carbone e dalla bassa luminosità; il mago, senza perdere tempo, presta alla Fenice,immediatamente, soccorso, curandole la zampa infortunata e sistemandole le ali fratturate.

SMILE-MAN:<EHI Sun! Dov'è l'astronave?>,

ma la ragazza dagli occhi fiammanti non risponde, perché alla vista delle foto appese al muro che la ritraggono accanto ai suoi genitori, <WUAAAAH!> scoppia in un commovente pianto.

EMONJI:< EHI SUN! Non piangere, loro vivranno per sempre nel tuo cuore. Adesso non sei più sola, perché siamo noi la tua famiglia e ti prometto che avrai ancora tanti ed emozionanti ricordi. Dai, animo! Non mi piace vederti così. Asciugati il viso e mostraci dov'è la navicella.>

SUN LEY:< GLU! Scusate raga, ma non sono abituata ad avere una famiglia e vi ringrazio per avermi accolto con così tanto entusiasmo. Adesso,tranquilli, la smetto di piangere e vi porto a vedere la navicella... ragazzi eccola. È questa, lo so che non è un granché, da fuori, ma vi assicuro che è una bomba, mio padre mi portava in giro per la Via Lattea e non c'ha mai rimasto a piedi EHEHEH!>

EMONJI:<GASP! BELLA! Quando partiamo? Non vedo l'ora di volare tra le stelle.>
SMILE-MAN:<WOW! FANTASTICA! Che aspettiamo? Mettiamola in moto no?>
MEE HAO:<OOOH! Che ricordi. Anche io, da ragazzo, ne avevo una, solo che era verde. WHOOHO! Eroi ho un buon presentimento, sono fiducioso che possa andare tutto per il meglio. Smile-Man ed Emonji aspettate, prima di partire, ho un regalo per voi: vi dono queste due nuove armature argentate, decorate con gli smile, queste due nuove maschere argentate e dei superpoteri: a te Smile-Man ti restituisco il Boomerang del Sorriso e i tuoi vecchi poteri, invece a te Emonji ti offro le prestigiose capacità di prevedere il futuro e della levitazione.

Adesso sì che siamo pronti ad affrontare The Destroyer. Coraggio Smile Crew decolliamo, abbiamo un pianeta da salvare.>
e BIP BOP BIP BOP DROOOW VROOOM con la loro piccola, tonda e viola navicella dal particolare odore di frutti di bosco, partono speranzosi in direzione della Terra.

CAPITOLO IV

"GLI ALIENI A PARIGI, AIUTO!!!"

BIP BOP BIP BOP

<AAAH!> < AIUTO!!!> < UAAA!> < GLI ALIENI A PARIGI, AIUTO!!!>

SPIKE:< HA! HA! HA! HA! Adoro il suono delle grida di paura e i visi terrorizzati delle altre specie. Rattors sbrigati. Atterra lì, dove c'è l'enorme Torre di ferro!>
RATTORS:< D'accordo Gran Capo, ai suoi ordini.>
e TUMP KAPAOW maestosamente atterrano.

SPIKE:< Battlecrime, Rattors e Shinji non abbiate pietà, radete al suolo tutto ciò che avete a tiro, nemmeno un misero verme voglio vedere strisciare. ARGH!>
e brutalmente SBAM CRACK BOOM STOCK BONK KRASH BANG tutte le bellezze di Parigi: la Torre Eiffel, il Museo del Louvre, la Cattedrale di Notre Dame de Paris e la Reggia di Versailles, diventano in pochi istanti soltanto delle inutili ed enormi macerie di pietra e di ferro, rendendo la meravigliosa e suggestiva Francia solo un bellissimo ricordo.

Nel frattempo però, mentre l'ira dei Destroyer si abbatte sulla Terra, The Smile Crew si sta FLASH SMACK BONK SBAM CIACK CRASH duramente preparando per affrontare il nemico.

MEE HAO:< Forza ragazzi, non mollate! È importante che sappiate padroneggiare i vostri poteri al meglio, ma che soprattutto sappiate affrontare un combattimento, perché ve l'assicuro, ci aspetterà una dura e intensa battaglia e non dimenticate che la vita di milioni e milioni di persone dipende solo da noi.>
EMONJI:< UFFF! Io non ho avuto nemmeno una visione. Ho troppo poco tempo ed è troppo difficile...>
MEE HAO:< Emonji Non devi avere fretta, il tuo è uno di poteri più antichi dell'universo e se pensavo che non ce l'avresti mai fatta a padroneggiarlo, ti assicuro che non te l'avrei mai affidato. Devi avere solo un po' di fidu...>

E il Gattuomo non riesce a terminare la frase, perché viene improvvisamente interrotto dalle smorfie di dolore e di disperazione di Emonji che riceve la sua prima visione.

SMILE-MAN:< EHI EMONJI! Era una visione? Cosa hai visto?>

EMONJI:<AHEM! GLU! Ho...ho visto un bimbo, su una ruota panoramica, che a causa della furia distruttrice dei Destroyer moriva...>

MEE HAO:< ORC! Emonji bravo, buon lavoro. Dai Sun Ley a tutta velocità verso Disneyland Paris, non c'è tempo da perdere!>
e DROOOW FIOOOW veloci come una saetta si dirigono verso la Terra.

CAPITOLO V

"THE SMILE CREW VS THE DESTROYER"

SPIKE:< Destroyer distruggete tutto. Non deve rimanere in piedi nemmeno una giostra, non c'è spazio per il divertimento nel regno di Spike Snader.ARGH!>,

Però mentre TUMP BOOM CIAK KAPAOW CRACK BANG KRASH sono intenti a distruggere tutto, vengono interrotti tempestivamente dalla Smile Crew che atterra proprio accanto all'enorme ruota panoramica.

MEE HAO:<Mostro! Basta coinvolgere vittime innocenti. È arrivata l'ora di vedertela con me e ti assicuro che non mi risparmierò, perché non ti permetterò di compiere il tuo terribile piano. GRRR! Coraggio, fatti avanti!>

SPIKE:< Stupido gatto è ciò che ho sempre voluto: annientarti con le mie stesse mani; così da vendicare finalmente la morte di mio padre.ARGH!>

E feroci i due, correndo uno contro l'altro,FLASH SBAM STOCK KRASH KAPAOW WHAMMM **WHOCK** *BOOM cominciano una dura, cruenta e magica lotta all'ultimo sangue che vede coinvolte anche le loro rispettive squadre; infatti Sun Ley ed Emonji CIAK STOCK FLAH WHAMMM SWOOOSH WHOCK PATAPUM SMASH combattono contro i numerosi, mostruosi e violenti Shinji, mentre invece Smile-Man affronta lo spietato Battlecrime.*

BATTLECRIME:< AH! HA! HA! HA! HA! Chi non muore si rivede. Spero che tu sia pronto, la tua fine è vicina. PTUH!>
SMILE-MAN:< ARGH! Ti ho già sconfitto una volta e non vedo perché non lo possa rifare. Forza mostro, fatti avanti!>

E così BANG KRASH BONK WHOCK SLAP SMASH PATAPUM i due acerrimi nemici cominciano a lottare, finché un inaspettato e potente lampo di luce, proveniente dal duro scontro tra Mee Hao e Spike Snader, colpisce l'enorme ruota panoramica che inizia KRASH CIAK a squarciarsi in due.

EMONJI:< OH! NO! Raga la visione, la visione si sta realizzando!!!>
MAMMA:< EHI! AIUTO! AIUTO! Qualcuno mi aiuti! Mio figlio è sulla ruota, mio figlio è sulla ruota. Vi supplico salvatelo!>,

Ma ad un tratto quando tutte le speranze sembrano perdute e il bambino lasciato al suo inesorabile destino, la dorata e imperiosa fenice, sentendo il grido di disperazione della mamma, FLAP FLAP si alza in volo, salvando prontamente ed eroicamente il bambino.

EMONJI:< WOW! Che spettacolo!>
SUN LEY:< PHEW! Fortunatamente, grazie a quella misteriosa fenice, il bambino è salvo...>
SMILE-MAN:< PUF! PUF! Meno male che c'era quella fenice, sennò sarebbe finita malissimo. EHI Raga! Guardateli, quei due non si sono accorti di nulla. Li dobbiamo assolutamente fermare, prima che distruggano tutto.>
e mentre i tre amici osservano inermi quell'assurda lotta, la Fenice alla vista di tanta distruzione, comincia FLAP FLAP FLAP FLAP a sbattere talmente velocemente le ali SWOOOSH da creare una bufera e FLASH un intenso lampo di luce che ricopre tutta Disneyland, facendola fatalmente scomparire nel nulla.

CAPITOLO VI

" COS'È SUCCESSO?"

JOE:< AAAAH! AIUTO! David, Mee, Sun dove siete? Rispondete vi prego! Perché stiamo cadendo nel vuoto!?>
e il ragazzo dagli occhi azzurri, terrorizzato, apre gli occhi e inspiegabilmente si ritrova, tutto sudato, sul letto di casa sua, dove trova Emily che le dorme dolcemente accanto; perciò incredulo eTU-TUM TU-TUM TU-TUM con il cuore che gli batte all'impazzata, si alza dal letto e corre in bagno CIAF a sciacquarsi il viso con l'acqua gelata e frettolosamente si precipita DRIN DRIN DRIN DRIN a telefonare a David.

DAVID:< EHI JOE! Anche tu hai fatto un sogno strano? Anche tu hai sognato di cadere nel vuoto?>

JOE:< EHM! Sì, David anch'io l'ho sognato e anche tu hai sognato il nostro Gattuomo chi veniva sulla Terra a chiederci aiuto?>

DAVID:< ORC! Sì, anche io l'ho sognato. Joe ma che sta succedendo?>
JOE:< HMMM! David non lo so, però voglio scoprire cos'è successo e ho un'idea di come fare: tra 10 minuti ci vediamo nel bosco OK?>

DAVID:< OK! Ci vediamo lì!>;

i 2 amici perciò, BLAST rapidi, si dirigono nel bosco, per capire cosa sia successo e giunti nei pressi del cratere fatto da Mee, nel loro primo incontro, incredibilmente trovano su una roccia una lettera, bloccata da una statuetta dorata a forma di fenice.

DAVID:< OH! Joe hai visto? Quella è la fenice del sogno. Dobbiamo capire. Dai! Apri quella lettera!>;

Così Joe, curioso tanto quanto l'amico, apre la lettera e inizia a leggere:< Ciao amici. So che è impossibile da credere, ma ciò che voi credete di aver sognato è successo veramente. Abbiamo assistito ad un evento rarissimo che solo in pochi hanno avuto la fortuna di vivere ed è per questo che vi chiedo di non rivelare mai nessuno ciò che avete visto. Adesso su Giomare regno di nuovo la pace e se the Destroyer sono stati sconfitti e adesso si trovano dietro le sbarre di LEGTRIZ è anche merito vostro; quindi eroi grazie di tutto.

P.S. Conservate la statuetta, perché in caso di bisogno si sveglierà e chiederà il vostro aiuto, per salvare chi è in difficoltà. Io so che voi non mi tirerei indietro. A presto, il vostro Gattuomo.>
EMONJI:<WOW! Incredibile! Non credo alle mie orecchie!>
SMILE-MAN:<AHEM! David questo, per noi, è motivo di responsabilità e fiducia, per non smettere mai di combattere il male; quindi uniamo i pugni e urliamo: VIVA LA FENICE!>

E da quel giorno La Fenice divenne il simbolo della Smile Crew.

SUPER EROI

NOME: MEE HAO.
POTERI: HA GLI ECCEZIONALI DONI DELLE ARTI MAGICHE, DEL TELETRASPORTO, DELLA TRASMUTAZIONE IN GATTO E DEL VOLO.

NOME: SMILE-MAN.
POTERI: POSSIEDE LE STRAORDINARIE CAPACITÀ DI LEGGERE NELL'ANIMO DELLE PERSONE, DI PERCEPIRE DELLE VISIONI, SE TOCCA UNA PERSONA CHE VUOLE COMMETTERE DELLE ORRIBILI MALVAGITÀ E DI TELECOMANDARE, CON LA MENTE, SWOOOSH IL BOOMERANG DEL SORRISO.

NOME: EMONJI.
POTERI: HA LE FANTASTICHE ABILITÀ DI PREVEDERE IL FUTURO E DELLA LEVITAZIONE E INOLTRE POSSIEDE UNA MASCHERA ELETTRONICA, CONNESSA AI SERVER DELLA POLIZIA.

NOME: SUN LEY.
POTERI: HA LE STRAORDINARIE CAPACITÀ
WHAMMM DI LANCIARE DAGLI OCCHI E DALLE
MANI DEI POTENTI FULMINI DI FUOCO E
POSSIEDE DEI FIAMMANTI, RICCI E VIVI
CAPELLI, RIVOLTI ALL'INSÙ, CHE LA DIFENDONO.

SUPER CATTIVI

**NOME: SPIKE SNADER.
POTERI: HA LE TERRIBILI
DOTI DELLE ARTI OSCURE E
DELLA VISTA IPNOTICA.**

NOME: BATTLECRIME.
POTERI: HA LE TREMENDE ABILITÀ DELLA SUPER FORZA E DELL'INSENSIBILITÀ AI COLPI E POSSIEDE ANCHE ZAK DELLE AFFILATE ALI OSSUTE ALLUNGABILI.

CREATURE

NOME: RATTORS.
POTERI: POSSIEDE LA SUPER PAURA.

NOME: SHINJI.
POTERI: SONO DOTATI DI UN'INCREDIBILE VELOCITÀ, DI SORPRENDENTI ED EFFICACI MOSSE E TATTICHE DI LOTTA.

PIANETI

NOME: GIOMARE.
ABITANTI: GIOMANIANI, UN MULTIETNICO E SOCIEVOLE POPOLO DI MAGHI ALIENI.

NOME: SOLE.
ABITANTI: I SOLIANI, ALIENI DAI VIVI CAPELLI FIAMMANTI CHE LI DIFENDONO, DAGLI ACCESI OCCHI ROSSI, VESTITI IN COSTUME E CAPACI WHAMMM DI LANCIARE DALLE MANI E DAGLI OCCHI POTENTI FULMINI DI FUOCO.

"GALATTICAMENTE MAGICI- LA STORIA DI MEE HAO"

PREFAZIONE

Giomare tanto, tanto tempo fa, quando MEE HAO era solo un giovane e inesperto mago di 20 anni, ha vissuto momenti di estrema tensione, durante l'elezione del Mago ufficiale di Giomare, presentato da PER KAX, un festoso e allegro speaker scimmia verde, dalla massiccia corporatura, dai vivaci occhi blu, dai galli e buffi capelli con il ciuffo e vestito da un'elegante giacca gialla e da un eccentrico foulard rosso; a causa del crudele e rabbioso ROK SNADER, il padre-mago di SPIKE SNADER, dall'imponente corporatura, dalla mostruosa faccia blu, dai perfidi occhi rossi, sul quale a quello di destra c'è una terrificante benda nera, dall'inquietante pizzetto, vestito da una resistente e imperforabile armatura verde e nera, da un cappello a punta marrone e da un magico bastone per le arti oscure e che possiede la tenebrosa capacità di far vivere ai propri nemici i loro momenti più dolorosi e le loro paure più profonde;

Del dispettoso e astioso ZÚ, un vagabondo e verde folletto, dalla minuscola corporatura, dagli attenti occhi gialli, dalle sottili labbra rosse, dallo strano e nero ciuffetto spelacchiato sulla testa, dalle bizzarre orecchie a punta, da una profonda e tremenda cicatrice sulla guancia sinistra, dalle lunghe e affilate zanne, vestito da dei luridi stracci, da un paio di rotti occhiali tondi e da delle vecchie e bucate scarpe nere e che è in grado di rendersi invisibile;

E di WILTER LUM, un viscido e codardo Iekero che fa da giudice al prestigioso Torneo Intergalattico Magie Galattiche, dalla grassa corporatura, dagli spinti e grandi occhi bianchi, dal triste viso ricoperto di strisce bianche e nere, dalle sottili labbra bianche e nere, dal piccolo naso nero, dalla rasa cresta bianca sulla testa, vestito da un lungo camice nero trasandato, con l'infame capacità di cancellare la memoria dei suoi nemici e che proviene da IEIE o Terra della Tristrezza, il bianconero, buio, rettangolare Pianeta che si trova più lontano dal Sole della Galassia, dal triste e inquieto rumore <WUAAAH!> di un interminabile pianto, dall'asfissiante puzza di zolfo, dalle squallide e anonime città in cemento bianche e nere, dove non esiste la natura e dove sono severamente vietate, con crudeli e dolorose punizioni corporali: la musica, la danza, i giochi e le risate e che è abitato dagli IEKERI, malinconici alieni ricoperti da strisce bianconere, dagli spenti occhi bianchi, dai corti capelli neri, dalle sottili labbra bianconere e dal piccolo naso nero, vestiti da lunghi e ordinari camici neri e che possiedono dei crudeli e tenebrosi poteri, utilizzati al solo scopo di far soffrire le altre persone;

che hanno messo in pericolo la vita della gentile, ma autoritaria Fata ROSELAWER, il ministro della Pace di 46 anni, dall'alta corporatura, dai grandi e meravigliosi occhi azzurri, dai lisci, lunghi e magici capelli viola che la tengono in vita, perché rappresentano la sua forza vitale, dalle carnose labbra gialle, dalle incredibili ali argentate, vestita da un grazioso vestitino a tinte floreali e che possiede delle speciali doti: Riporta nel cuore delle persone afflitte, con il solo FLAP FLAP sventolio delle sue magiche ali, l'amore, facendo così scomparire qualsiasi sentimento d'odio; la quale viene prontamente aiutata da MEE HAO, dal gentile e altruista PEDDY EAG, un'alta e anziana Aquila medica di 75 anni, dal morbido pelo marroncino, dai rotondi occhi castani, dai curati baffi bianchi, vestita da un lungo camice bianco, da un simpatico cappellino verde e da un buffo paio di verdi e tondi occhiali da vista e che lavora come medico, perché ha delle eccezionali capacità curative e da JOI BU, il saggio Leone sindaco dal corpo di zebra, dai profondi occhi grigi, dal buffo naso a forma di girasole, dai lunghi baffi neri arricciati e con un monocolo appoggiato su un occhio.

Sono molti i Maghi che hanno partecipato, numerosi, all'intergalattico torneo magie galattiche; infatti oltre a Mee Hao e a Rok Snader, ce ne sono molti altri, provenienti da ogni parte del vasto e sconosciuto Universo:

TEL MELCOI, un generoso e umile mago meccanico di astronavi, di saturnio e di 36 anni, dall'alta corporatura, dall'arancione viso, dagli stretti occhi verdi, dalle particolari sopracciglia rosse, dai castani e corti capelli a spazzolino, dalla rossa e sciatta barba rossastra, vestito da un'originale salopette jeansata, da un cappellino blu e che porta nel taschino un particolare cacciavite che gli fa da bacchetta magica e chi ha il sorprendente potere di far prendere vita agli oggetti;

JASON POOF, un solitario e lunatico vampiro dal corpo di licantropo di 45 anni, dalla bassa corporatura, dagli accesi occhi gialli, dai lunghi e castani capelli rasta, dalle carnose labbra rosse, dai lunghi baffi arricciati, vestito da un lussuoso ed elegante cappotto blu e rosso e da un paio di stravaganti occhiali da sole blu, a forma di stella, che in giornate di luna piena si trasforma in pipistrello, mentre invece se illuminato dal sole, acquisisce la super velocità e il pelo gli diventa di uno spettacolare color oro;

e VANESSA SCARR, un'affascinante e graziosa Ninfa di 21 anni, dalla magrolina corporatura, dagli splendidi occhi viola, dai setosi e turchesi capelli lunghi, dalle carnose labbra, da un paio di appariscenti ali rosa, vestita da un elegante e bianco abito lungo e da una speciale corona di foglie e che possiede le sorprendenti facoltà di comunicare con gli animali e con le piante e di dare vita a qualsiasi essere vivente, animato o inanimato, con la sola dolcezza del suo [illegible] soffio;

durante le prove del prestigioso torneo è possibile anche incontrare delle strane, magiche, sconosciute, rare e feroci creature come:

IL CUCO, un terrificante lupo blu, dal corpo dinosauro che sputa fuoco;

LO ZOTTO, un gigantesco topo, dallo spaventoso muso di tigre, dalle possenti zampe e dagli affilati artigli;

IL FINCIO, un pericoloso pesce volante dal viola becco d'anatra, dalle meravigliose ali di gabbiano che lancia potenti scariche elettriche;

I PLIPI, piccoli uccelli rapidissimi con la testa di lucertola e con la coda di pesce;

IL MATQUE, un possente cavallo dalla testa di toro con tre forti code di scorpione, dagli appuntiti denti di squalo e con una enorme paura dei suoi simili;

IL LALBOG, un altissimo albero parlante che vive nei fiumi, le cui foglie hanno degli incredibili poteri curativi e che si rivela solamente a coloro che hanno animo puro;

LE SOGLIE, piccoli e saggi fiori parlanti, colore arcobaleno che danno consiglio a chiunque ne ha bisogno;

L'ERBUONA, una magica e particolare erba rossa che appare solo a coloro che sono coraggiosi e che se mangiata dona l'incredibile potere del teletrasporto.

CAPITOLO I

"ARIA DI CAMBIAMENTI"

Oggi è un giorno speciale per i Giomaniani, perché tra qualche ora si svolgerà l'elezione del Mago Ufficiale di Giomare che avrà l'arduo compito di difendere il pianeta a costo della sua stessa vita e i contendenti finalisti sono i due acerrimi nemici, Mee Hao e Rok Snader.

ROK SNADER:- ARGH! Tu, mezzo mago non farti illusioni, la vittoria sarà mia! Io sono uno Snader e la mia famiglia è proclamata da millenni maga di Giomare e non sarai di certo tu, Metà gatto e metà mago, a portarmi via questa nomina. PTUH!-

MEE HAO:-GRRR! Non devi permetterti mai più di parlarmi così, meglio essere un mezzo mago piuttosto che essere un mago oscuro!-

PER KAX:- Ladies and Gentlemen è con immenso piacere che vi annuncio che il vincitore dell'elezione per il titolo di Mago Ufficiale di Giomare è....MEE HAO!!!-

MEE HAO:-IUUUH! YIPPEEE! AHEM! Grazie Giomaniani, questo premio lo dedico a voi. Mi inorgoglisce sapere che vi fidate di me, perché ciò significa che ho fatto del bene alla comunità e per concludere voglio dirvi che come nuovo mago di Giomare ho intenzione di portare sul nostro pianeta la felicità e di sconfiggere definitivamente la violenza, i soprusi e la magia oscura, portata dalla terribile dinastia Snader.-

E contento il Magatto, scende dal palco e va a festeggiare la vittoria con i suoi concittadini

<YAHOO!> <YUUHU!> < YIPPEEE!> <Grande Mee! Mi fai un autografo?> <WHOOHO!> < Sei il mio idolo!>,
tuttavia quando i festeggiamenti terminano e i Giomaniani liberano la piazza di Corner Craft, Mee Hao, ancora euforico per l'onorificenza ricevuta, si sente chiamare con arroganza alle spalle:

ROK:- EH! Mezzo Mago! Se hai il coraggio, girati!-

e il gatto dalla pelle arancione che odia essere chiamato codardo, deciso, si volta, ricevendo FLASH, dritto sul muso, un potente incantesimo oscuro.

ROSELAWER:- ORC! Fermo Rok o sarai rinchiuso, fino alla fine dei giorni, in una cella per utilizzo illegale di magia oscura. Fermati! Ho detto fermati!-

ROSELAWER:-... EHI! Presto! Chiamate Peddy. Mee ha urgente bisogno di cure.-,

però purtroppo mentre la dolce fata FLAP FLAP vola in direzione del feroce mostro,per arrestarlo, ecco che CHOK viene brutalmente colpita da un terrificante sortilegio, lanciatogli dal folle mago che PATAPUM la fa così cadere impietrita a terra e mentre i suoi brillanti capelli viola iniziano a ingrigirsi, l'insensibile bestia si crea così il modo di scappare.

ROK:- AHO! Brutto mostriciattolo, ce l'ho con te! Ti conviene restituirmi il mio anello magico che mi hai rubato, se non vuoi fare la stessa fine di quei due...-

ZÚ:- PUF! PUF! O...OK! Tieni. Tanto non ha nessun valore. È solo un pezzo di latta. PTUH!-

ROK:- AHO! Aspetta! Non avere fretta, sto cercando un abile assistente che mi aiuti a realizzare il mio grandioso piano di diventare il padrone della Via Lattea e ricorda se accetti di venire con me, non dovrai più vivere come un vagabondo; quindi ti conviene pensarci bene...-

ZÚ:- GULP! Oggi per me è una giornata fortunata, prima il gelato al cioccolato che ho trovato a terra e adesso tu. WOW! Non c'è bisogno di pensarci neanche su. Certo che accetto, meglio di vivere come un vagabondo!-

CAPITOLO II

"CHE COS'È IL TORNEO MAGIE GALATTICHE?"

Mee Hao, dopo il brutto colpo ricevuto da Rok, è stato portato urgentemente in infermeria da Peddy ed in seguito ad avergli dato tutte le cure necessarie, mentre attende pazientemente che il giovane mago si svegli, si allontana un momento per parlare col sindaco, Joi Bu, riguardo le gravi condizioni della fata Roselawer.

MEE HAO:-AAAH! KOFF! KOFF! EHI C'è qualcuno? Perché sono in ospedale? Che mi è successo? Che ci faccio qui?!-

PEDDY:- EHI! Tranquillo Mee. Io sono Peddy, il medico che ti ha curato. Dimmi tutto. Che ti è successo?-

MEE HAO:-AHEM! Ciao Peddy, ho sentito che parlavi col sindaco delle condizioni del ministro della pace... Ma è vero che solo che solo il vincitore del torneo magie galattiche avrà il potere di guarirla?-

PEDDY:- HMMM! PUF! PUF! Purtroppo hai sentito bene. È proprio così... ma non so se questa è una buona notizia, perché il sindaco mi ha appena detto che al torneo si è appena iscritto il terrificante Rok e sono sicuro che sfrutterà qualsiasi mezzo a sua disposizione pur di vincere e realizzare il suo folle piano di dominare l'intera Galassia.-

MEE HAO:-AH! E quando inizia il torneo? Non vedo l'ora di iscrivermi e di vendicare la fata, perché è anche colpa mia se ora si trova in queste condizioni...-

PEDDY:- Mee Ascoltami. Ti dirò a tutto ciò che desideri sapere sul torneo, ma adesso hai bisogno di riposo, perché il colpo che ha ricevuto avrebbe steso anche un t-rex; quindi per ora ti consiglio di rilassarti e non pensare a nulla. Ci penserai domattina OK?-

MEE HAO:- UFFF! Va bene! Ti prometto che mi riposo, ma prima di riposarmi, ho un'ultima cosa da chiederti: Ti va di allenarmi? Ho bisogno di tutte le tue conoscenze per battere quel malvagio stregone.-

PEDDY:- Certo che ti aiuterò! Farei qualsiasi cosa pur di salvare la vita alla dolce Roselawer e poi penso che tu sia la persona più adatta a portare avanti questo compito, poiché solo un giovane mago, con delle intensioni così pure, può portare avanti e terminare con successo una missione di questo calibro. Ora però me lo hai promesso, prendi questa medicina e riposa. Ciao!-

CAPITOLO III

"ALLA SCOPERTA DEL TORNEO"

Sono passati ormai un paio di giorni da quando il Magatto ha subito lo spietato incantesimi e ora che ha finalmente recuperato tutte le forze, si sente pronto ad iniziare l'allenamento in vista del prestigioso torneo; così carico e determinato, di buon ora, va dall'anziana Aquila TOC TOC

PEDDY:- Chi è? Un attimo che apro.-

MEE HAO:- Peddy sono io, Mee. Ti ricordi? Oggi ci dovevamo incontrare per istruirmi sul torneo.-

PEDDY:- Sì! Sì! Certo che mi ricordo. Ti stavo aspettando. Dai, mettiamoci subito lavoro, hai tante cose da imparare.-

MEE HAO:- IUUUH! Perfetto! Non vedo l'ora di cominciare!-

PEEDY:- Mee innanzitutto devi sapere che la gara inizierà il 15 agosto, tra un mese esatto e vi possono partecipare solo coloro che possiedono le tre qualità fondamentali per un mago: L'AUDACIA, L'ALTRUISMO E LA PRONTEZZA e per ognuna di queste caratteristiche viene organizzata una prova, ma se uno dei partecipanti non dovesse superare una delle tre prove, sarà automaticamente eliminato dalla competizione; quindi per vincere il Torneo bisogna superare tutte le prove.

La prima delle tre prove si chiama "Senza paura!" e consiste nell'affrontare i propri timori più intimi; cioè ti faranno indossare un casco rivela paura che ti porterà in un mondo virtuale, dove sosterrai il test; invece la seconda prova si chiama "Sei altruista?" e prevede che il concorrente salvi la vita di un Giomaniano, in pericolo, entro 30 minuti e senza l'utilizzo della magia e infine nella terza e ultima prova che si chiama "Vediamo che sai fare!", i maghi rimasti ancora in gioco, verranno messi alla prova all'interno di un incantato labirinto di specchi, dove vivono creature spaventose di ogni tipo e solo colui che riuscirà ad uscire per primo dal labirinto, verrà proclamato vincitore del Torneo, ricevendo così la nomina di Mago Galattico e i poteri magici più potenti dell'Intera Galassia.-

MEE HAO:- WOW! Sono eccitato. Non sto nella pelle. Non vedo l'ora di iniziare!-

PEDDY:- Allora Forza! Che aspettiamo? Iniziamo l'allenamento!-,

ma purtroppo l'addestramento viene immediatamente interrotto dal sindaco che,nervoso, DRIN DRIN chiama al telefono il gentile dottore.

JOI BU:- AHEM! Buongiorno dottore, sono il sindaco. Mi dispiace disturbarla, ma qui in piazza Corner Craft abbiamo bisogno di lei, quel mostro di Rok Snader ha appena trasformato <UAAA!> <AAAH!> <OOOH!> in fantasmi urlanti degli innocenti giomaniani. Per piacere ci raggiunga al più presto!-

PEDDY:-ORC! Sindaco non si preoccupi. Sarò lì in un batter d'occhio. Svelto Mee teletrasportami a Corni Craft!-. PUFF

CAPITOLO IV

"L'ALLENAMENTO"

PEDDY:- EH! Mee! Svegliati! È tempo di allenarsi!-

MEE HAO:- YAWN! Sì! Sì! Ora mi alzo...YAWN!-

MEE HAO:-...OH! Ma sei matto?! Sono le 5 del mattino!-

PEDDY:- Giovane mago non lo sai che le ore del mattino, sono le ore più produttive? Coraggio! Hop! Hop! Che c'è tanto lavoro da fare.-

e il Magatto nonostante il traumatico risveglio, carico come una molla,HOP salta giù dal letto.

MEE HAO:-YUUU! Forza Peddy! Dimmi che devo fare, sono pronto a cominciare.-

PEDDY:- Allora Me, Ascoltami. La prima qualità che voglio testare è l'audacia e per farlo, ho preparato una pozione, realizzata con pesto di erbe selvatiche e con punte di orecchie di coniglio e una volta bevuta, questa ti mostrerà tutti i tuoi timori più intimi. OK? Se ti è tutto chiaro, bevi la punzione e ricorda: L'obiettivo è che tu impara a gestire le tue paure.- ;

così il giomaniano dall'incolta barba arancione GLU GLU beve la puzzolente pozione, cadendo in un sonno profondo, dove si ritrova ai piedi di un enorme grattacielo, alla cui cima c'è sua mamma, svenuta, appesa ad un esile corda e nonostante la sua fobia dell'altezza, intrepido, per amore della Mamma, comincia a scalare il gigantesco grattacielo, raggiungendola in pochissimi istanti e portandola in salvo, dopo aver camminato su una lunga e sottile fune, per più di 20 metri d'altezza, lottando contro SWOOOSH delle tremende e soffocanti raffiche di vento e con TU-TUM TU-TUM TU-TUM il cuore che gli batteva all'impazzata, per le vertigini.

MEE HAO:- PHEW! ANF! ANF! ANF! Me la sono vista davvero brutta...-

PEDDY:- EH! Mee! Come è andata?-

MEE HAO:- WOW! È andata molto, molto bene, anche se non posso dire che la paura dell'altezza mi sia passata. Pensa che ho ancora l'adrenalina che mi scorre nelle vene. È stato un qualcosa di incredibile. Mi sono sorpreso di me stesso, per ciò che sono riuscito a fare.-

PEDDY:- Grande Mee! Sapevo che ce l'avresti fatta e questa prova conferma tutte le mie sensazioni; cioè che tu sei l'unico nell'intera Galassia a poter portare fino in fondo questo duro compito. Adesso però non fermiamoci, continuiamo! Nella seconda prova, quella dell'altruismo, come ben sai non si può usare la magia ed è per questo che ho pensato ad un test che ti metterà in seria difficoltà: dovrai rincorrere ed acciuffare questi piccoli, ma rapidissimi Plipi. Coraggio! 3 2 1 VIA!-

ed euforicoBLAST KRASH HOP SMACK CIAK BOING inizia a rincorrerli, ma a guardardo dall'esterno, per quanto sono veloci quelle stravaganti creature, sembra un matto che gioca ad acchiapparello con degli amici immaginari, finché dopo un ultimo e disperato tentativo HOP salta su uno di quegli strani animali, CLAP catturandolo.

MEE:- UFFF! Che fatica... Finalmente ti ho preso! ANF! ANF! ANF!-

PEDDY:- Bravo Mee! Sinceramente non credevo che ci riuscissi, perché questa prova, soprattutto per uno come te che è abituato ad usare la magia sin da piccolo, era davvero dura; quindi Bravo! Ti faccio i miei complimenti. Mi piace che non ti perdi d'animo, hai tutto per diventare un grande mago. Perfetto! Passiamo ora alla terza qualità, quella della prontezza che voglio verificare, mettendoti alla prova in questo campo di battaglia, allestito con bersagli da colpire e ascoltami bene che possono colpirti. Quando sei pronto dimmelo che avvio la prova.-

MEE HAO:- Vai! Sono pronto, iniziamo! GRRR!-

e determinato CRASH BOOM BLAST SBAM CRACK KAPAOW WHAAAM PUFF FLASH STOCK comincia il test.

CAPITOLO V

"CHE ABBIA INIZIO IL TORNEO MAGIE GALATTICHE"

WILTER LUM:- Rok la vittoria sarà tua. Non devi preoccuparti, perché con i miei poteri cancellarò la memoria degli altri giudici, dopo ogni prova.-

ROK SNADER:- Lum ti conviene non fare scherzi, sennò sai come andrà a finire... Zú è ora! Vai a sabotare gli altri maghi e mi raccomando, non ti far scoprire!-

ZÚ:- Va, Va bene capo!-

e BLAST rapido come una saetta, scompare all'istante dalla vista dei due malfattori.

PER KAX:- Signore e Signori, Mostre e Mostri, Aliene e Alieni sono lieto di annunciarvi gli impavidi maghi che parteciperanno alla trentottesima edizione del prestigioso Torneo, Magie Galattiche: da Marte Lok Maz, dalla Terra Jason Poof, da Giomare Mee Hao e Rok Snader, dal Sole Sun- You... e per finire da Venere Vanessa Scarr! Maghi siete pronti? 3 2 1 Via!!! Che abbia inizio la prima prova, "Senza Paura"! Buon gioco e in bocca al lupo a tutti! IUUUH!!!-

TECNICI:- EHI MEE HAO! Vieni. È Il tuo turno.-

MEE HAO:- AHEM! Sì, eccomi!-

TECNICI:-Mee stai sereno. Sdraiati su quella poltrona e dimmi quando sei pronto; così accendo il casco e avvierò la prova.-

MEE HAO:- GLU! Vai. Accendi. Sono pronto!-

e BLIP premuto il tasto d'accensione, il Magatto si ritrova immediatamente catapultato nel suo incubo più profondo:

Vivere in un mondo, dove regnano solo miseria, distruzione e odio. Il giovane mago però alla vista di tanta tristezza non si fa intimorire; infatti, audace, cerca con qualsiasi mezzo a sua disposizione di risvegliare le coscienze delle persone : con pozioni d'amore, con incantesimi della gentilezza e con qualsiasi altra magia conosciuta, ma purtroppo ogni tentativo sembra vano, perché quel sortilegio sembra indistruttibile.

MEE HAO:-ORC! Serve qualcosa di più potente! Pensa Mee, pensa... HMMM! UH! Che stupido che sono! Come ho fatto a non pensarci prima?! L'unica magia che mi può aiutare, è il difficilissimo e potentissimo incantesimo della Felicità: La Felicità vive in tutti noi. Svegliati cuore e inizia a battere di nuovo, riporta l'amore dovunque passiamo. Viva la Felicità! Viva! Viva la Felicità!!!-

e come per magia FLASH SWOOSH PUFF tutto inizia a girare velocissimamente su se stesso, riportando nel mondo la pace, l'amore e la felicità; infatti su, nel cielo, le nuvole nere fanno spazio alla calda luce del sole, i pipistrelli PUFF si trasformano in tenere colombe, i visi cupi diventano sorrisi smaglianti e le fredde bombe mutano in profumati petali di rose.

PER KAX:- Signore e Signori, Mostre e Mostri, Aliene e Alieni: MEE HAO ce l'ha fatta! È un mago Audace! Forza! Fategli sentire tutto il vostro calore. WHOOHO! -

<YAHOOO!> < YUHUUU!> CLAP CLAP CLAP CLAP < YIPPEEE!> <GRANDE MAGATTO!!!>

PER KAX:- Attenzione Maghi Audaci: È ora di dimostrare tutto il vostro altruismo. Siete pronti?-

<SIII!> < YOWEEE!> < IUUUH!>

PER KAX:-... Allora Coraggio! Che abbia inizio il sorteggio per la seconda prova!!! WOOO OLÈ! Mee Hao, sei tu il primo sorteggiato. Vai e dimostra quanto sei altruista.- ;

quindi il giomaniano, emozionato, si alza in piedi e TU-TUM TU-TUM TU-TUM con il cuore che gli batte all'impazzata, prende coraggio e incomincia la prova, dove senza l'uso della magia, deve salvare la vita di uno sventurato alieno dalle fauci di un pericoloso e feroce Matque che si ritrova ad affrontare solamente impugnando un sottile e appuntito ramo, trovato nell'erba, ma il primo attacco del giovane mago va a vuoto, permettendo così allo scaltro predatore SMACK di colpirlo brutalmente con le sue tre possenti code che lo scaraventano PATAPUM violentemente a terra, KRECK su appuntite schegge di vetro.

MEE HAO:- AAAH! AHIA! URC! Ma questo è uno specchio?! Che fortuna!-;

così senza perdere tempo, dolorante, si rialza in piedi ed energico rivolge un frammento di quello specchio rotto verso il mostro che vedendosi riflesso, scappa via terrorizzato, permettendo in questo modo al Magatto di portare in salvo il suo concittadino e di passare al turno successivo, a cui sfortunatamente è passato anche l'alieno dai perfidi occhi rossi, grazie però all'uso illegale della magia e al fondamentale aiuto di Wilter che al termine della sua prova, cancella la memoria degli altri giudici, camiffando quindi l'imbroglio.

CAPITOLO VI

"E IL VINCITORE È..."

PER KAX:- Signore e Signori, Mostre e Mostri, Aliene e Alieni sono lieto di annunciarvi i 5 finalisti che si affronteranno nella terza e ultima prova della 38a edizione del prestigioso Torneo Magie Galattiche: dalla Terra Jason Poof, da Giomare Mee Hao e Rok Snader, da Venere Vanessa Scarr e da Saturno Tef Melcoi!!! Maghi è l'ultimo sforzo, siete quasi vicino all'importante traguardo, stringete i denti e portate a casa la vittoria, tra di voi non c'è nessun favorito, perché se siete arrivati fino a qui, significa che siete speciali; quindi vi chiedo: Siete pronti? 3 2 1 Via!!! In bocca al lupo e che vinca il più pronto!-

e mentre il pubblico, euforico, <FIII!!!> <FIIIUUU!> <WOOO OLÈ!> < WHOOHO!> <YUUHU!> <YUPPEEE!> <FORZA VANESSA!> <VAI MAGATTO!> <CORAGGIO TEF!> <LA VITTORIA È GIÀ TUA JASON!> <ROK È UN IMBROGLIONE! CACCIATELO VIA!> CLAP CLAP CLAP CLAP grida di gioia, i partecipanti, rimasti ancora in gara, iniziano, finalmente, la tanto attesa, ma temuta terza prova, "Vediamo che sai fare", dove con coraggio e determinazione entrano, BLAST di corsa, nell'enorme, terrificante e disorientante labirinto di specchi, dall'intensa luce blu, dal KRECK KRECK KRECK tenebroso rumore di specchi che si frantumano, dal pungente odore di limone e che è abitato da spaventosi e feroci mostri e da gentili e generose creature.
La gara ormai è entrata nel vivo e i 5 maghi sono più agguerriti che mai; infatti valorosi affrontano qualsiasi minaccia gli si presenti davanti, ma purtroppo non tutti riescono a vincerle, perché ad esempio lo sfortunato Tef Melcoi si è imbattuto nel mostruoso e gigantesco Cuco che, brutalmente, lo ha colpito di sorpresa, WHAMMM con una potentissima e rovente fiammata che lo ha costretto, a malincuore, a ritirarsi dal Torneo, a causa di gravissime ustioni su tutto il corpo e più o meno lo stesso è accaduto allo sventurato Jason Poof che eroicamente CRACK ZAK SMACK ha affrontato l'orrendo Zotto, riportando, in seguito ad un durissimo scontro, sfortunatamente, gravi danni alla spina dorsale che lo hanno perciò costretto ad abbandonare il Torneo, in cui sono in gioco ancora Mee Hao che è stato un po' più fortunato, perché ZAM ZAM ZAM STOCK SWOOOSH dopo i potenti colpi, ricevuti nella feroce lotta contro il brutale Fincio, va in suo soccorso, fortunatamente, il maestoso Lalbog che lo trae in salvo e FLASH gli cura tutte le ferite, permettendogli così di continuare la gara che vede in testa la ninfa Vanessa Scarr che dopo aver trovato PUFF

casualmente e GNAM GNAM mangiato la magica Erbuona, si è teletrasportata nel tratto finale del incantato labirinto, mentre in seconda posizione c'è il crudele e arrogante Rok Snader che, imbrogliando, ha ricevuto dalle generose Soglie le indicazioni per il tragitto più breve all'arrivo e vedendo che davanti a lui c'è la Ninfa dai lunghi capelli turchesi, FLASH a grande velocità la raggiunge e vigliacco, le lancia alle spalle SMASH CHOC un potentissimo incantesimo che però viene prontamente KRECK annullato dal Magatto che però nel disperato tentativo di salvare la vita a Vanessa, ha dovuto lasciare, inesorabilmente, vincere il perfido stregone dagli inquietanti occhi rossi.

PER KAX:- Signore e Signori, Aliene e Alieni, Mostre e Mostri sono lieto di annunciarvi che il vincitore della 38a edizione del Torneo Magie Galattiche è: Rok Snader!!! Forza fategli sentire tutta la vostra energia!!!-,

ma tra gli assordanti < FIIII!> <FIIIUUU!> <BUUU!> fischi di disapprovazione della platea che ha visto tutto, la festosa scimmia speaker riceve un incredibile notizia

PER KAX:- Gente, silenzio! Ascoltatemi! SSSH! Fate silenzio! Ho un importantissima notizia da darvi:

La giuria mi ha appena comunicato che, per uso illegale di incantesimi oscuri e di corruzione, il vincitore non è Rok Snader e quindi è con immensa gioia che vi dichiaro che il vincitore del prestigioso Torneo Magie Galattiche è MEE HAO!!! Perché durante l'intera gara è stato l'unico, tra i 39 partecipanti, a dimostrare di possedere tutte e tre le qualità che un Mago Galattico deve possedere: l'Audacia, l'Altruismo e la Prontezza. FORZA! È ora! Accogliete con un caloroso applauso il vincitore del prestigioso Torneo Maglie Galattiche, MEE HAO!!!-

<YEEE!> <YAHOO!> <IUUUH!> <EVVIVA!> < HIP HIP URRÀ!!!> < HIP HIP URRÀ!!!> <VIVA MEE HAO!!!> <IDOLO!>;

e il Magatto,meravigliato e contento, per l'inattesa vittoria, sale,imbarazzato, sul palco, ringraziando l'allegro pubblico con un prolungato inchino.

MEE HAO:- AHEM! Grazie! Grazie! Siete fantastici! Questa vittoria la dedico a voi. Vi prometto che fino quando avrò fiato in corpo, vi proteggerò con tutte le mie forze. Ora però devo andare, devo risvegliare dall'incatesimo oscuro, lanciatole dal crudele Rok, il ministro della Pace, Roselawer ed l'unico motivo per il quale, ho deciso di partecipare alla gara.-

PER KAX:- Valoroso Mee, è con immenso piacere che ti dono il tuo meritato e potentissimo bastone magico, destinato al solo Mago Galattico. Penso ti possa essere di enorme aiuto. In bocca al lupo grande Mago. Forza gente! Salutiamo! Applaudite con tutte le vostre energie!!!-

e mentre esce trionfante, CLAP CLAP CLAP CLAP tra gli applausi della platea, i poliziotti arrestano il malvagio Rok Snader, il furtivo Zù e il viscido Wilter, per uso illegale di magia oscura e di corruzione intergalattica, che furtivamente stavano scappando via dal pianeta a bordo di una navicella rubata.

POLIZIOTTO:- EHI Snader! Sai dove vi stiamo portando?! A Legtriz e sarà la tua casa per i prossimi millenni. Sconterai fino all'ultimo giorno, per tutto il male che hai fatto al nostro pianeta.-

ROK SNADER:- ARGH! Quando uscirò e ti assicuro che uscirò, ve la farò pagare! ARGH!-

TOC TOC TOC TOC

MEE HAO:-EHI PEDDY! Apri! Apri la porta! Hai visto? Ho vinto! Ho vinto! Ho il bastone galattico! Ora sì che posso salvare, finalmente, la Fata Roselawer.-

PEDDY:- Bravo giovane Magatto. Sono orgoglioso di te! Sapevo che ce l'avresti fatta. Sapevo che avevi qualcosa di speciale. Solo un mago, con l'anima pura come la tua, avrebbe potuto vincere quel prestigioso, difficile e imprevedibile Torneo. Svelto! La fata è lì, in quella stanza, sdraiata sul letto. Vai Campione! Io ti aspetto qui. È una cosa devi fare da solo.-;

così il giomaniano dagli egizi occhi verdi, deciso, CLUNK entra nella stanza e prendendo la delicata mano della dolce ministro della pace, con il potentissimo bastone, comincia a pronunciare il grandioso incantesimo della Purezza:- Solo chi nel cuore riserva amore, può sopravvivere ad un incantesimo oscuro; quindi cuore batti, occhi apritevi e capelli brillate. Sveglia Roselawer! Sveglia! Qui fuori c'è tanta gente che ti ama e che ha ancora bisogno di te. Vai verso la Luce dell'Amore che è l'unica, ma potentissima arma che esiste per sconfiggere e sopravvivere all'oscurità.-

e come d'incanto TU-TUM TU-TUM TU-TUM il cuore ricomincia a battere, i meravigliosi occhi azzurri si spalancano e i splendenti capelli viola ritornano a brillare.

ROSELAWER:- EHI MEE HAO! Che mi è successo? Perché hai il bastone del Mago Galattico? La Gara ancora deve cominciare! Perché sono sdraiata su questo letto? Perché l'ultima cosa che ricordo, è che stavo per arrestare il brutale e spitato Rok Snader? E che fine ha fatto?-

MEE HAO:- AH! Menomale! Ha funzionato! Fata si è risvegliata. Che bello! Ministro siamo stati in pensiero per lei, perchè Rok le ha lanciato un fortissimo incantesimo oscuro che la stava per uccidere. Adesso però, fortunatamente, si è risvegliata e non deve più temere nulla, perché dopo il Torneo quel mostro è stato arrestato dalla polizia e portato a Legtriz, dove di sicuro non uscirà mai più.-

ROSELAWER:-Mee come hai fatto a rompere un incantesimo oscuro? Solo un Mago Galattico può farlo!-

MEE HAO:-AHEM! Ministro appena ho saputo che solo un Mago Galattico l'avrebbe potuto salvare, ho deciso di iscrivermi al Torneo e di vincere a tutti i costi ed è quello che ho fatto.-

ROSELAWER:- Grazie Magatto. Grazie di cuore, per avermi salvato. Ma perché l'hai fatto? Perché hai rischiato la tua vita per salvarmi?-

MEE HAO:- Perché Rose ho da sempre una cotta per lei...-

SUPER EROI

NOME: MEE HAO.
POTERI: HA GLI ECCEZIONALI DONI DELLE ARTI MAGICHE, DEL TELETRASPORTO, DELLA TRASMUTAZIONE IN GATTO E DEL VOLO.

NOME: ROSELAWER.
POTERI: HA L'ECCEZIONALE CAPACITÀ DI RIPORTARE, CON IL SOLO FLAP FLAP FLAP FLAP SVENTOLIO DELLE SUE MAGICHE ALI, L'AMORE NEL CUORE DELLE PERSONE AFFLITTE E I SUOI SPECIALI CAPELLI LA TENGONO IN VITA, PERCHÉ RACCHIUDONO TUTTA LA SUA FORZA VITALE.

NOME:VANESSA SCARR.
POTERI: HA L'INCREDIBILE POTERE DI COMUNICARE CON GLI ANIMALI E CON LE PIANTE E DI DARE VITA A QUALSIASI ESSERE ANIMATO O INANIMATO, CON LA SOLA FWWD DOLCEZZA DEL SUO SOFFIO.

NOME: TEF MELCOI.
POTERI: POSSIEDE LA SORPRENDENTE FACOLTÀ PUFF DI FAR PRENDERE VITA AGLI OGGETTI, GRAZIE AL SUO MAGICO E STRAVAGANTE CACCIAVITE BLU.

NOME: JASON POOF.
POTERI: POSSIEDE LE FORMIDABILI DOTI PUFF
DI TRASFORMARSI IN PIPISTRELLO, DURANTE
LE GIORNATE DI LUNA PIENA E DI DIVENTARE
BLAST SUPER VELOCE, SE ILLUMINATO DAL
SOLE CHE GLI FA ANCHE DIVENTARE IL PELO DI
UN BELLISSIMO E LUMINOSO COLOR ORO.

NOME: PEDDY EAG.
POTERI:HA DELLE ECCEZIONALI DOTI MEDICHE.

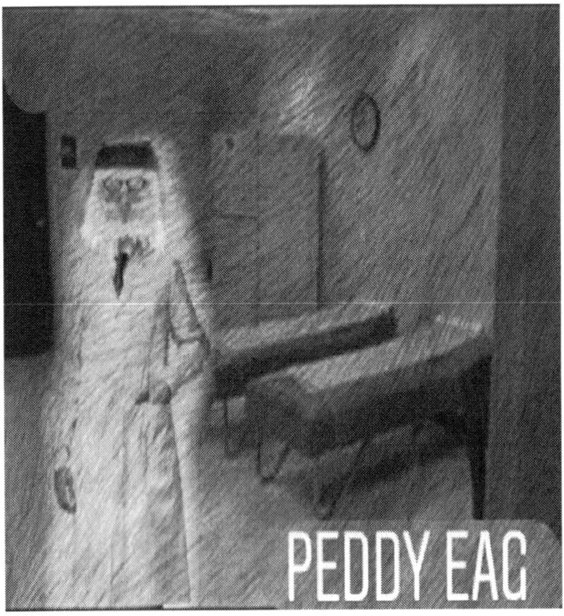

SUPER CATTTIVI

NOME: ROK SNADER
POTERE: HA IL TENEBROSO POTERE DI FAR RIVIVERE AI SUOI NEMICI I LORO MOMENTI PIÙ DOLOROSI E LE LORO PAURE PIÙ PROFONDE E IN PIÙ POSSIEDE UN POTENTISSIMO BASTONE MAGICO, PER LE ARTI OSCURE.

NOME: ZÙ.
POTERI: POSSIEDE LA SORPRENDENTE ABILITÀ PUFF DELL'INVISIBILITÀ.

NOME: WILTER LUM.
POTERI: HA L'INFIMA DOTE DI CANCELLARE LA MEMORIA DEI SUOI NEMICI, AL SOLO SGUARDO.

LE CREATURE

NOME: CUCO.
POTERI: HA WHAMMM UN POTENTISSIMO SPUTO DI FUOCO.

NOME: ZOTTO.
POTERI: POSSIEDE
DELLE POSSENTI
ZAMPE, CON ZAK
AFFILATI ARTIGLI.

NOME: FINCIO.
POTERI: HA LE DOTI DI LANCIARE ZAM DELLE FORTISSIME SCARICHE ELETTRICHE.

NOME: MATQUE.
POTERE: HA TRE ENORMI E POSSENTI CODE DI SCORPIONE E ZAK DEGLI APPUNTITI DENTI DI SQUALO E INOLTRE HA PAURA DEI SUOI SIMILI.

NOME: PLIPI.
POTERI: HANNO FLASH LA SUPER RAPIDITÀ.

NOME: LALBOG.
POTERI: HA DEGLI INCREDIBILI POTERI CURATIVI E SI RIVELA SOLO A COLORO CHE HANNO ANIMO PURO.

NOME: LE SOGLIE.
POTERI: DONANO BLA BLA BLA
BLA CONSIGLI A CHIUNQUE NE
HA BISOGNO.

NOME: L'ERBUONA.
POTERI: DONA, A CHIUNQUE GNAM GNAM GNAM LA MANGI, L'ECCEZIONALE POTERE PUFF DEL TELETRASPORTO E SI RIVELA SOLO A COLORO CHE SONO CORAGGIOSI.

I PIANETI

NOME: GIOMARE.
ABITANTI: GIOMANIANI, UN MULTIETNICO E SOCIEVOLE POPOLO DI MAGHI ALIENI.

NOME: IEIE O PIANETA DELLA TRISTEZZA.
ABITANTI: IEKERI, MALINCONICI ALIENI, RICOPERTI DA TRISTI STRISCE BIANCONERE, DAGLI SPENTI OCCHI BIANCHI, DAI CORTI CAPELLI BIANCHI, DALLE SOTTILI LABBRA BIANCONERE, DAL PICCOLO NASO NERO E VESTITI DA ORDINARI GREMBIULI NERI.

~~"PHOENILY IL RICHIAMO DELLA FENICE."~~

~~PREFAZIONE.~~

~~Il pianeta della Via Lattea più vicino al Sole, GOGNODRA o più comunemente chiamato REGNO DEI DRACHI, é una grande e rossa terra, dal caratteristico BOOM WHAMMM rumore di continue esplosioni vulcaniche, dall'asfissiante puzza di bruciato e che è abitato dai Gognodriani, un solitario, combattivo e temuto popolo di alieni metà umani e metà draghi che vivono in clan, dal particolare muso di drago, dalla possente corporatura, dalle imperiose e potenti Ali, dalla lunga e sinuosa coda, vestiti da robuste e indistruttibili tute in cuoio e che hanno, ognuno di loro, delle speciali e soprannaturali capacità e tra di essi ci sono:~~

~~RAHASS, un umile e tranquillo contadino di 31 anni, dalla muscolosa corporatura, dai profondi occhi verdi, dai lunghi e lisci capelli rossi, dal nero muso di drago, da un paio di magnifiche ali rosse, da una lunga e fiammante coda, vestito da una rossa e squamata tuta in cuoio e che è in grado WHAMMM SPLUT BOOM di sparare dal muso e dalle mani delle potenti sfere di fuoco e di rigenerarsi, squamando la propria pelle;~~

~~e MARY, la bellissima e affettuosa moglie di RAHASS, di 28 anni, dall'alta e magra corporatura, dagli speciali occhi metà rosa e metà gialli, dai lunghi e lisci capelli verdi, da un rosa muso di drago, da un paio di fantastiche ali azzurre, da una lunga coda anch'essa azzurra, vestita da una rosa, nera, luccicante e squamata tuta in cuoio e da un paio di particolari occhiali viola a forma di fiamma e che possiede l'eccezionale dote di regalare degli incontrollabili sorrisi, con la sola potenza del suo magico canto;~~

~~che per risolvere un loro grave e insostenibile problema personale, si dirigono, speranzosi, su ZLAVOTTO, un lontano, speciale, segreto e piccolo pianeta della Via Lattea, dal particolare colore viola, dal caratteristico e dolce odore di ciliegia, `HAHAHAHAHA!´ dallo straordinario suono, in sottofondo, di una simpatica risata e che é popolato da creature provenienti da ogni dove e di ogni tipo immaginabili, come:~~

~~LO SHARKPOP, un mastodontico e terrificante squalo terrestre, dal possente corpo di gorilla, dagli affilati ed enormi denti e da un'appuntita e velenosa coda;~~

~~LO SQUAPI, una vendicativa e piccola creatura, dall'ispido pelo bianco e nero, dal mingherlino corpo di gufo e dal grigio muso di lama che per difesa PTUH~~

sputa u'acida e corrosiva sostanza verdastra;

LO ZOTTO, un gigantesco topo, dallo spaventoso muso di tigre, dalle possenti zampe e dagli ZAK affilati artigli;

IL CUCO, un terrificante lupo blu, dal corpo dinosauro che sputa SPLUT WHAMMM fuoco;

e IL CLIVORT, un dispettoso e strano animale, dal bluastro corpo di canguro, dall'imperforabile corazza di tartaruga e da una sottile coda che TIN lancia appuntite spine suporifere; e da un impenetrabile e fitto bosco viola, i cui alberi possiedono specali frutti magici che donano a chi GNAM GNAM GNAM li mangia sorprendenti poteri, al cui centro c'è l'enorme LELASBERO, l'unico albero verde del pianeta che grazie al suo prezioso frutto giallo della Felicità tiene in vita l'intero astro che purtroppo adesso è in pericolo, a causa della disperazione di Rahass, ma in suo soccorso va, fortunatamente, PHOENILY, una valorosa e gentile eroina, dalla mingherlina e atletica corporatura, dai lunghi e morbidi capelli rossi, dagli incantevoli occhi verdi, dalle carnose labbra dorate, dalla lunga e sinuosa coda dorata, da una paio di eccezionali ali Rosse, vestita da una scintillante tuta dorata e da una maschera rossa e che possiede i sorprendenti poteri di rigenerazione, di guarire gli altri e UAAA della super voce.

CAPITOLO I

"RAHASS E LA DRASTICA DECISIONE."

In un pianeta molto, molto lontano, conosciuto come Gognodra o più comunemente come Regno dei Draghi, vive Rahass che oggi 1° Maggio 2030 si trova a dover prendere, per amore di sua moglie, una drastica decisione:

MARY:<WUAAAH! WUAAAH! >

RAHASS:<UFFF! Mary! Basta piangere, non riesco più a vederti così! Lo so che è difficile dimenticare la morte di nostro figlio, ma io rivoglio indietro la Mary gioiosa, solare e spensierata di cui mi sono innamorato; quindi ormai ho deciso e anche se è una cosa da matti e rischio la prigione, andrò su Zlavotto e ruberò, per te, il leggendario frutto della Felicità. Ciao Amore, ci vediamo presto. MUAH! >

e dopo aver salutato affettuosamente la sofferente e impassibile moglie, determinato, si fionda verso la sua nuova, tecnologica ed eccentrica astronave bordò, dalla particolare forma a 'X', partendo BIP BOP BIP BOP VROOOM in direzione del misterioso pianeta.

Trascorsi TIC TOC TIC TOC 7 lunghi giorni nel profondo e mistico spazio, attraverso sconosciute Galassie, sorprendenti e diversi pianeti e luminose e bellissime stelle, il gognodriano è finalmente TUMP KAPAOW atterrato su Zlavotto, imbattendosi immediatamente nello strano e terrificante Zotto che vedendolo, in difesa della sua piccola e buia caverna, dalla disgustosa puzza di cimici spiaccicate e dalle 'UAAA' 'UAAA' 'UAAA' inquietanti grida dei pipistrelli, GRRR con un poderoso ringhio lo affronta, ma l'alieno metà drago e metà alieno essendo un abile contadino e sapendo trattare con qualsiasi tipo di animale, lo tranquillizza

RAHASS: EHI Zotto! Tranquillo. Non voglio farti del male. Sono qui, perché ho bisogno di una cosa molto preziosa e per riuscirci è necessario che tu mi aiuti: dovrai prendere in ostaggio chiunque si avventuri su questa segreta e magica terra e in cambio ti darò cibo in abbondanza. OK? Siamo d'accordo? >

ZOTTO:<UUH! UUH! UH! UH! >

RAHASS:<Bene! Perfetto! Ci vediamo tra qualche giorno allora. Ciao Zotto e buon lavoro. >;

~~così assicuratisi dell'alleanza con la stravagante e paffuta creatura, deciso, si addentra nel misterioso e fitto bosco viola.~~

CAPITOLO II

"IL RICHIAMO DELLA FENICE."

EMILY:< Joe? Joe? Dove sei? Il concerto è andato benissimo. Come mai non sei venuto? Mi dispiace che te lo sia perso. È stata davvero un esibizione indimenticabile. Me la sono goduta dal primo fino all'ultimo minuto. >,

tuttavia la dolce ragazza, allegra ed euforica fino a qualche istante prima, non ricevendo alcuna risposta, preoccupata, inizia a cercarlo in tutte le stanze della casa e non trovandolo da nessuna parte, disperata, con <WUAAAH! > gli occhi pieni di lacrime BOING si butta, stanchissima per l'intensa giornata che non ne vuole proprio sapere di finire, sul letto ed è proprio in quel momento che si accorge che sul pavimento, stranamente, c'è la delicata e preziosa statuetta a forma di fenice e incuriosita, nonostante la promessa che fece a Joe di non toccarla mai per nessun motivo al mondo, si alza dal letto e SNIF SNIF dopo essersi asciugata gli occhi, la raccoglie e in quello stesso momento in cui la tocca, inizia a sentire una strana e allarmata voce che le parla a bassa voce

FENICE:< Ciao. Io sono la grandiosa Fenice della Pace e chiedo a te che mi stai ascoltando di aiutarmi a salvare Zlavotto. Non abbiamo molto tempo, il matto Rahass non sa che fa, non sa che sdradicando l'incantato frutto giallo della felicità, farà morire il millenario Lelasbero e il magico pianeta, su cui vive e dove vivono milioni e milioni di favolose specie di animali e di piante; quindi dobbiamo sbrigarci. Il tuo aiuto potrebbe salvare tantissime vite innocenti. In bocca al lupo PHOENILY e grazie per il tuo aiuto.>

e senza darle nemmeno il tempo di riflettere, su ciò che le ha detto e che le sta accadendo, FLASH magicamente la teletrasporta sul misterioso pianeta, all'interno del terrificante bosco viola.

PHOENILY:< BRRR! Ma dove sono?! Questo posto mette i brividi! Ma che ho alla voce? Perché parlo così? E poi ORC! Che ho qui dietro? AAAH! E questa coda dorata da dove viene? E perché indosso questa tuta dorata e questa maschera rossa? UAAA! Ma che mi è successo! Dove sono capitata? UAAA!>

e presa dal panico PATAPUM crolla a terra, venendo inesorabilmente catturata dal leale Zotto che la porta, come le è stato ordinato di fare, nella sua buia, gelida e lurida caverna, dove la ammanetta e la appende al muro, su cui ci sono già altri due prigionieri, Tef Melcoi e Smile-Man e quest'ultimo, <URC! Emily?

Che ci fai qui?!>, stupito, vedendo la sua Emily, travestita da super eroina e svenuta, cerca di svegliarla

SMILE MAN:<EHI Emily! Sei proprio tu? Svegliati, Forza! >

PHOENILY:<AAAH! Chi è che mi chiama? Come fai a sapere il mio nome? E Dove sono? Voglio tornare a casa!!!>

SMILE MAN:< Emily tranquilla. Sono Joe. Guardami, sto alla tua destra. Perché hai preso la statuetta? Ti ho sempre detto di non toccarla, ti ho sempre detto che ti avrebbe potuto mettere in grave pericolo, ma tu come sempre non mi ascolti mai... >

PHOENILY:< EHI Joe! Che bello vederti! Lo so scusami, ma non ti trovavo da nessuna parte. Ero disperata e non avendoti, stranamente, visto né al concerto e né a casa, mi sono preoccupata e non sapevo cosa fare. Da ora in poi ti prometto che ascolterò ciò che mi dirai, ma ora salvami, ti prego! Ho paura! Non so come ho fatto a finire fin qui e come ho fatto a trasformarmi. >

SMILE MAN:<Emily ascoltami! Devi calmarti. Respira e non farti prendere dal panico. Ora ti spiego tutto: Emily ti trovi qui, perché la Fenice della Pace che hai raccolto da terra é magica ed ha bisogno del tuo aiuto, per salvare Lelasbero, lo speciale e maestoso albero di Zlavotto che è in pericolo, a causa di Rahass, un mostro che vuole impossessarsi del prezioso frutto della Felicità che tiene in vita l'intero pianeta e invece riguardo le tue nuove sembianze e i tuoi super poteri: questi sono un dono della Grandiosa Fenice che ti aiuteranno a portare a termine la missione. AH! E comunque sei bellissima come sempre! >

PHOENILY:<AHEM! Joe ma io non sono un'eroina... Ti prego, prendi tu il mio posto. Vedo che anche tu ti sei trasformato. Io non credo di riuscirci. PUF! PUF! >

SMILE MAN:< Emily mi dispiace, ma non posso. Quella strana creatura mi ha intrappolato così bene da non riuscire a muovere neanche un dito e Tef che mi potrebbe aiutare è in questo stato di coma da ormai 3 ore e chissà quando si sveglierà. OH! Svelta Emily, lo Zotto sta arrivando! È buono, non vuole farti del male. Vuole solo degli amici. Raccontargli una favoletta, le ama e vedrai che si addormenta, permettendoti di scappare. Non pensare a noi, ci libererai dopo. Pensa solo a salvare il pianeta. Forza Phoenily! Ce la puoi fare, io credo in te. >;

~~perciò l'eroina dagli scintillanti occhi verdi, incoraggiata dal ragazzo con il fantastico Boomerang del Sorriso, comincia BLA BLA BLA a raccontare la prima storiella che le viene in mente: "Peter Pan" e sorprendentemente, dopo neanche metà racconto, il tenero e sgraziato animale comincia <YAWN! UUH! UH! YAWN! > ad evvertire un sonno irresistibile, cadendo RONF RONF RONF in un sonno profondo che le permette di liberarsi dalle deboli catene e di uscire da quella putrida caverna.~~

CAPITOLO III

"ALLA SCOPERTA DEL BOSCO VIOLA."

Per Phoenily è davvero un'impresa salvare Zlavotto. È una sfida contro il tempo, perché il disperato Rahass si trova, purtroppo, già a metà strada, quando la determinata terrestre, dall'appariscente maschera dorata, si avventura tra i bui e angusti sentieri del sorprendente e terrificante bosco viola, dove ad attenderla in ogni oscuro angolo, ignara, ci sono moltissime e pericolose minacce; infatti nascosto sotto un cumulo di putride foglie morte c'è lo Sharkpop che minaccioso GRRR le si avvicina e impaurita la Donna Fenice, presa dal panico <UAAA! > inizia ad urlare, scoprendo di avere una super voce che KRASH, sorprendentemente, ha diviso in due un enorme e antico arbusto millenario e di saper FLAP FLAP FLAP volare, ma proprio nel momento in cui sta per spiccare il volo, ecco che SMACK quell'orrenda bestia la prende per una gamba, SBAM sbattendola violentemente a terra

PHOENILY:<AAAH! AIUTO!!! Ti supplico, non mi mangiare! WUAAAH!>,

ma improvvisamente, come per magia, da un altissimo e magrissimo albero, TUMP cade un misterioso frutto rosso che le sussurra:<Mangiami! Mangiami! E avrai la capacità di fermare il tempo per 30 min. >

PHOENILY:<GULP! Ma chi è che parla?! >

FRUTTO ROSSO:<Mangiami! Mangiami! E potrai fermare il tempo per 30 min. >

PHOENILY:< AH! Ma sei tu che parli allora?! Come fa un frutto a parlare?! BOH! Non ho altra scelta però. È L'unico modo che ho per cercare di scappare dalle grinfie di questo terrificante mostro. >

e un pò titubante e perplessa, per ciò che sta per fare, GNAM GNAM mangia fino all'ultimo morso quello stravagante frutto, tuttavia dopo alcuni interminabili istanti, l'agitazione e la paura la fanno da padrona, poiché l'effetto tarda ad arrivare

PHOENILY:<ORC! Che stupida che sono! Come ho potuto pensare che un semplice frutto come questo mi avrebbe potuto salvare? Come ho potuto fidarmi di un frutto? Che stupida che sono... >,

ma quando ormai ogni speranza di salvezza sta per svanire nel nulla, ecco che

PUFF, magicamente, i puzzolenti e affilati denti della spaventosa bestia si bloccano a pochissimi centrimetri dal suo terrorizzato e angelico viso, permettendole così FLAP FLAP FLAP FLAP di volare lontano

PHOENILY:<WOW! Grazie Albero! Te ne sarò per sempre grata, senza il tuo aiuto sarei sicuramente finita nello stomaco di quel crudele animale e per ringraziarti, prometto di salvare te e tutti gli altri tuoi fantastici amici...>

PHOENILY:<...WHOOHO! BELLISSIMO! Ancora non ci credo che sto volando IUUUH! Non vedo l'ora di raccontarlo a Joe! E poi OOOH! Guarda che bel panorama che c'è da qui. Ora però ritorniamo serie, ho un pianeta da salvare. Lelasbero non preoccuparti, sto arrivando! >,

e mentre l'elegante eroina, dalla tuta dorata, FLAP FLAP FLAP FLAP vola verso il maestoso, millenario e speciale albero, il risoluto gognodriano BLAST sta percorrendo a grande velocità gli ultimi chilometri che lo separano dal prezioso frutto giallo, ma fortunatamente, durante il tragitto, incontra anche lui degli spaventosi e famelici mostri:

Lo Squali che riesce ad evitare, astutamente, dopo WHAMMM PTUH FLAP FLAP BOOM SWOOOSH SBAM STOCK una dura e violenta lotta, grazie allo straordinario frutto arancione dell'invisibilità e il Clivort, con cui rischia di compromettere l'intera missione, perché dopo essere stato colto di sorpresa WHOCK BONK TIN in un ingegnoso agguato, l'alieno, dalle potenti ali rosse, PATAPUM cade malamente a terra, dove però trova, con gran fortuna, un particolare frutto lilla che GNAM GNAM dopo aver mangiato, gli ha permesso di far addormentare il combattivo animale, SWOOOSH con un semplice e potentissimo soffio, dritto in faccia, consentendogli pertanto di proseguire la sua disperata marcia verso l'ormai vicino Lelasbero.

CAPITOLO IV

"E FORTUNATAMENTE È CADUTO IL FRUTTO AZZURRO."

Phoenily ignara del fatto che la sua missione sta per fallire, in quanto l'egoista e ignobile gognodriano, dai lunghi capelli rossi, è ormai quasi giunto nei pressi dello straordinario Lelasbero, a compiere il suo crudele piano, inizia a percepire nell'aria una strana sensazione di terrore e di ansia, dovuta SWOOOSH FIII WUSSSH FIIIUUU da un potentissimo e assordante fruscio delle foglie degli alberi che irrequieti ondeggiano avanti e indietro, indicando alla giovane eroina il sentiero più diretto e più sicuro, per raggiungere nel minor tempo possibile le pendici del grandioso albero; così trasportata dalla natura e da quella impressionante sensazione di angoscia, FLAP FLAP FLAP FLAP vola, il più velocemente possibile, sopra quelle incredibili e morbide chiome di quei giganteschi alberi, ritrovandosi in un'immensa e sgombra distesa viola che attraversa, BLAST più rapida che mai, senza pensare in quale minacce si sarebbe potuta abbattere, finché CHOOOM da una buca sotterranea sbuca un branco di tre enormi e feroci Cuco che GRRR la accerchiano, WHAMMM SBAM SPLUT CIAK ZAK attaccandola di sorpresa, senza che la Donna Fenice abbia la minima possibilità di difendersi; infatti CRASH dopo averla fatta cadere a terra, priva di sensi, la portano, soddisfatti, in una stretta, buia e disabitata tana dalla terribile puzza di zolfo, dove minuziosamente la ricoprono di profumate spezie e la immergono in acqua tiepida, per un goloso e pregiato pranzo, ma per fortuna Phoenily si sveglia appena in tempo, si sveglia prima che le loro terrificanti fauci la addentassero e dal PANICO <AAAH! UAAA! AIUTO!!! Qualcuno mi salvi! YOWEEE! > inizia ad urlare a squarciagola, facendo CHOOOM tremare, con la sua super voce, tutta la tana, facendo indietreggiare, a causa del lancinante dolore, le mostruose creature e facendo cadere, con gran sorpresa, un'informe, strano e colorato frutto azzurro che le sussurra:<Mangiami! Mangiamo! E ti teletrasporterò dove vorrai. >

e senza farselo ripetere un'altra volta GNAM GNAM GNAM GNAM lo magia talmente voracemente da non rendersi neanche conto di essere stata FLASH teletrasportata alle pendici dell'imponente Lelasbero, lontano dalle grinfie dei terribili Cuco.

CAPITOLO V

"IL DESTINO DI ZLAVOTTO È APPESO AD UN RAMO."

PHOENILY:< E ora come faccio ad arrivare lassù?! Questi rami che spuntano da questa straordinaria corteccia sono indistruttibili come una lastra d'acciaio e fitti come la nebbia in inverno. Come posso fare? Pensa Emily, pensa! Ho provato a distruggerli con la super voce e nulla, poi ho provato a volare e anche questo non è possibile... BOH! L'unico modo è arrampicarsi... >;

così la giovane eroina, determinata, comincia la lunga e difficile scalata verso la cima di quel fantastico e magico albero

PHOENILY:< ISSA! ISSA! ISSA! VAI Emily! Non mollare!>,

ma quando si ferma un attimo, per riprendere fiato e alza la testa per controllare dove si trova Rahass, si accorge che quell'essere metà alieno e metà drago è, sfortunatamente, già arrivato in cima

PHOENILY:< ANF! ANF! ANF! OH! NO! Perdonami Lelasbero. Ho fallito! Non ti posso salvare. È troppo lontano. Mi dispiace... >,

ma ad un tratto, nello sconforto più totale, nella sua testa sente una voce calma e profonda:< Coraggio giovane eroina, non mollare! Sei la nostra unica speranza di salvezza. Ti prego, non ti arrendere! Mangia questo frutto viola. È uno dei frutti più rari e potenti che esiste su questo pianeta che ti darà il potere di connetterti con tutti gli esseri viventi di questo splendido, puro e florido pianeta, potenziando all'ennesima potenza tutti i tuoi POTERI. Tieni, mangialo! >

e commossa dalla disperata richiesta d'aiuto, la Donna Fenice, convinta,

PHOENILY:< OK! PER TE LELASBERO!>

GNAM GNAM GNAM mangia quel delizioso e CRUNCH CRUNCH croccante frutto e come d'incanto nelle sue vene inizia a scorrere una potentissima carica di energia che le dona una sorprendente e formidabile forza sopraumana e UAAA UAAA UAAA urlando a squarciagola contro quei rami che prima sembravano essere indistruttibili, si fa spazio, per poter FLAP FLAP FLAP FLAP volare verso la cima, raggiungendo tempestivamente il terribile gognodriano che sta per cogliere quel prezioso, luminoso e vitale frutto giallo della Felicità

PHOENILY:< EHI Rahass! Dovrai passare sul mio cadare, se vorrai prendere questo frutto ARGH! >

RAHASS:< ORC! E tu da dove sei sbucata?! Non ho nessuna intenzione di lottare con te, voglio solamente cogliere questo magico frutto della Felicità e toglierò il disturbo. >

PHOENILY:< Scordatelo! Non ci penso proprio a fartelo fare! Ma lo sai che cosa comporterà questo tuo folle gesto?! La vita di Zlavotto vale molto di più di un egoistico piano di un pazzo! >

RAHASS:<AHEM! KOFF! KOFF! Lo so che è da folli, ma è l'unico modo che ho, per salvare mia MOGLIE. WUAAAH!!! Ti prego, non voglio farti del male; quindi non ti intromettere, ma se lo farai, sarò costretto a combattere fino alle stremo delle mie forze, per coglierlo.>

PHOENILY:< AH! AHEM! Rahass mi dispiace per tua moglie, ma non lo puoi fare, una sola vita non vale la morte di questo sbalorditivo pianeta, popolato da milioni e milioni di speciali creature. Dai, vieni qui! Siediti un attimo accanto a me, sarai esausto. Raccontami tutto e insieme troveremo una soluzione. AH! Comunque io sono Emily. Piacere di conoscerti. >

RAHASS:< SNIF! SNIF! Va bene, mi siederò accanto a te. Piacere di conoscerti Emily, io sono Rahass e ti assicuro che non sono per niente un alieno cattivo, anzi io sono un umile contadino e lodo ogni giorno la grandiosità della natura, ma il motivo che mi ha spinto a compiere questo estremo e ignobile gesto: è l'amore che provo nei confronti di mia moglie che dopo aver perso, in seguito ad un lungo e complicato parto, nostro figlio, è caduta nello sconforto più totale, perdendo completamente la gioia di vivere. Io ho cercato di essere forte, per entrambi, ma non riesco più a vedere così la mia bellissima Mary; perciò mi son detto:"BASTA! Devo fare qualcosa. Rivoglio indietro la solare, sorridente e straordinaria Mary, di cui mi sono innamorato." e solo ora confidandomi con te, mi rendo conto che mi sono fatto trasportare dalla rabbia e dalla tristezza, perché hai ragione: la felicità di mia moglie non vale la morte di questo strabiliante pianeta.>

PHOENILY:<Dai,vieni! Stai tranquillo e fatti abbracciare! Ti prometto che ti aiuterò con tua moglie, ma adesso scendiamo e andiamo a liberare i miei amici dalle grinfie dello Zotto.>

~~RAHASS: < Grazie Emily per avermi ascoltato, per avermi fatto ragionare, ma soprattutto per avermi impedito di distruggere questo meraviglioso pianeta. Sei meravigliosa! E tu Lelasbero, perdonami. Ti chiedo umilmente scusa, per ciò che stavo per fare a te e alle tue uniche creature. Scusami di cuore. MUAH! >~~

~~e dopo aver chiesto rispettosamente scusa all'intero pianeta, i due nuovi amici scendono, commossi, dall'enorme e sapiente albero.~~

CAPITOLO VI

"C'È SEMPRE UN'ALTRA SOLUZIONE."

Dopo un lungo e affascinante tragitto, attraverso il misterioso e sorprendente bosco viola, in cui BLA BLA BLA BLA hanno raccontato le proprie vite, conoscendosi meglio e diventando in un batter d'occhio grandi amici, Phoenily e Rahass giungono, senza quasi accorgersene, nella tana del giocoso Zotto

RAHASS:< Ciao Zotto! Ti ringrazio per avermi aiutato, ma non c'è più bisogno di tenerli in ostaggio. Puoi anche liberarli e questa, come da accordo, è la tua scorta di cibo. È tutta tua, goditela! >

ZOTTO:<UUUH! UH! UH! UH! UH! >

e dopo aver liberato i suoi affamati, assetati ed esausti prigionieri, gioioso, BOING si butta con tutto il suo peso su quella strabiliante montagna di cibo e GRUNCH GRUNCH GRUNCH come se non avesse mai mangiato nella sua vita, inizia a divorare tutto ciò che incontra, con il suo grazioso muso.

RAHASS:< EHM! Raga scusatemi, se vi ho tenuto in ostaggio. Ho sbagliato a comportarmi così e spero che mi possiate perdonare. Il merito però è tutto di Emily, perché se non fosse stato per lei, a quest'ora, il pianeta sarebbe stato solo un bellissimo ricordo. >

SMILE MAN:< Rahass non preoccuparti, ciò che conta è ammettere i propri errori e rimediare, anche se HEH! HEH! ci hai fatto vivere delle ore davvero difficili. Tutti cadiamo nella vita, prima o poi.>

SMILE MAN:< WOW! Phoenily sei stata veramente incredibile. Sapevo che eri speciale! Quant'è brava e bella la mia eroina?! Dai, vieni! Mi sei mancata MUAH! >

PHOENILY:< HEH! HEH! Grazie Joe. Così mi fai arrossire... BEH! senza il tuo sostegno però non ce l'avrei mai fatta; quindi è anche merito tuo CHU!>

PHOENILY:< AH! Joe! Parlando di cose serie: Rahass mi ha raccontato che ha compiuto questo avventato e folle gesto, per la moglie che all'incirca un anno fa ha smesso di vivere, dopo aver perso, durante un lungo e difficile parto, loro figlio. Ti prego. Lo dobbiamo assolutamente aiutare, non me la sento di lasciarlo così...>

TEF MELCOI:< AHEM! Piacere di conoscerti Phoenily. Sono TEF Melcoi da Saturno e ti faccio i miei più sentiti complimenti, per come hai salvato Zlavotto. Sei stata grandiosa! Hai tutta la mia stima. Scusate, se mi sono intromesso, ma ho sentito ciò che stavate dicendo e penso di avere una formidabile idea... >

PHOENILY:<Grazie mille Tef! Il piacere è tutto mio. Dai! Dicci qual'è la tua strabiliante idea! >

TEF MELCOI:< Raga, essendo lo Zotto un grande bambino in cerca di qualcuno che gli faccia compagnia e che lo accudisca, ho pensato che l'amico Rahass lo potrebbe portare dalla moglie, colmando con la sua tenera e goffa innocenza quel triste vuoto, lasciato dal loro sfortunato figliolo. Che ne pensate? È una buona idea? >

RAHASS:< EMH! Sì! Raga sarebbe una splendida idea, ma penso che lo Zotto non abbia nessuna intenzione di lasciare questo meraviglioso pianeta per venire, con me, su un pianeta caldo, afoso e guerrigliero come Cogn... >,

ma l'umile contadino metà drago e metà alieno non fa in tempo a finire la frase che l'impacciata creatura, dall'enorme corpo da topo, <UUHU! UUUH! UH! UH! UH! UUUH!> urlando dalla gioia, HOP salta tra le braccia di Rahass, facendolo PATAPUM cadere rovinosamente, ma allegramente, a terra

RAHASS:<GASP! AHAHAHAH! Questo penso che sia più di un sì. AHAHAHAH! Certo che ti porto con me, considerati già della famiglia... >

RAHASS:< Coraggio Zotto, sali sull'astronave! Non vedo l'ora di farti conoscere Mary. Raga purtroppo vi devo salutare. È giunto il momento di ritornare a casa. È stato davvero un piacere conoscervi. Grazie di tutto, soprattutto a te Emily, sei la mia eroina. Vi porterò per sempre dentro al mio cuore. >

PHOENILY:< Ciao Rahass. Ciao Zotto. Salutami Mary. A presto! MUAH!>

TEF MELCOI:< Dammi il cinque amico! CLAP Fate buon viaggio. >

SMILE MAN:< Fratello vieni qui. Fatti abbracciare e in bocca al lupo per tutto! E Zotto mi raccomando: non perdere mai la tua preziosa e rara ingenuità.>;

così dopo questi commoventi saluti, mentre BIP BOP BIP BOP DROOOW VROOOM l'astronave dei due nuovi amici decolla, con spirito rinnovato, verso

Gognodra, i tre super eroi della Fenice, impugnando quella incantata statuettache che PUFF gli é apparsa magicamente sotto gli occhi, vengono FLASH teletrasportati a casa.

RAHASS:< MARY? MARY? Sono tornato! Dai, alzati dal divano! C'è qualcuno che ti vuole conoscere!>

MARY:< Rahass ora non mi va di vedere nessuno. Digli che non ci s... >,

ma lo Zotto è talmente <UUUH! UH! UH! UH! UUUH! > eccitato che, senza farle nemmeno finire la frase, BOING salta, abbracciandola terenamente, sull'afflitta gognodriana, dagli splendidi occhi bicolore

MARY:< OOOH! MMMH! Quanto sei morbido! Quanto sei caldo! Non mi mollare, ti prego. Rimani qui con me! Ti accuderò e ti vorrò bene come se fossi mio figlio. MMMH! Che bello che sei! Ti va se ti leggo una favoletta.>

ZOTTO:< UUH! UH! UUH! UH! >

MARY:< EHEHEHEH! Ci avrei scommesso che ti piacevano le favole. Forza ALLEGRINO, sì ecco questo sarà il tuo nome da ora in avanti. Bello vero? Originale soprattutto. Mettiti comodo che ti leggo: "Biancaneve e i sette nani." >

e PUF buttatisi sul comodo e morbido letto, Allegrino, eccitato, si mette ad ascoltare la famosissima e bellissima favola

MARY:< C'era una volta... >

~~SUPER EROI.~~

NOME: PHOENILY.
SUPER POTERI: POSSIEDE I SORPRENDENTI POTERI DELLA RIGENERAZIONE, DI GUARIRE GLI ALTRI E UAAA DELLA SUPER VOCE.

NOME: SMILE-MAN.
POTERI: POSSIEDE LE STRAORDINARIE CAPACITÀ DI LEGGERE NELL'ANIMO DELLE PERSONE, DI PERCEPIRE DELLE VISIONI, SE TOCCA UNA PERSONA CHE VUOLE COMMETTERE DELLE ORRIBILI MALVAGITÀ E DI TELECOMANDARE, CON LA MENTE, SWOOOSH IL BOOMERANG DEL SORRISO.

NOME: TEF MELCOI.
POTERI: POSSIEDE LA SORPRENDENTE FACOLTÀ PUFF DI FAR PRENDERE VITA AGLI OGGETTI, GRAZIE AL SUO MAGICO E STRAVAGANTE CACCIAVITE BLU.

~~SUPER DISPERATI.~~

NOME: RAHASS.
POTERI: È IN GRADO WHAMMM DI SPARARE, DAL MUSO E DALLE MANI, DELLE POTENTISSIME SFERE DI FUOCO E DI RIGENERARSI, GRAZIE ALL'ECCEZIONALE CAPACITÀ DI SQUAMARE LA PROPRIA PELLE.

NOME: MARY.
SUPER POTERI: HA L'INCREDIBILE DONO DI REGALARE DEGLI INCONTROLLABILI SORRISI, CON A LA SOLA POTENZA LALALALALA DEL SUO INCANTATO CANTO.

~~LE CREATURE.~~

NOME:ALLEGRINO.
SUPER POTERI: HA LA
SUPER BAMBINAGGINE.

NOME: CUCO.
POTERI: HA WHAMMM UN POTENTISSIMO SPUTO DI FUOCO.

NOME: CLIVORT.
SUPER POTERI: HA UNA SOTTILE CODA, CON CUI TIN LANCIA DELLE APPUNTITE SPINE SUPORIFERE.

NOME: SHARKPOP.
SUPER POTERI: HA ZAK DEGLI
AFFILATI ED ENORMI DENTI E TIN
UN'APPUNTITA E VELENOSA CODA.

NOME: SQUAPI.
SUPER POTERI: PTUH SPUTA UN'ACIDA E CORROSIVA SOSTANZA VERDASTRA.

I PIANETI

NOME: GOGNODRA.
ABITANTI: GOGNODRIANI, UN SOLITARIO, COMBATTIVO E TEMUTO POPOLO DI ALIENI METÀ UMANI METÀ DRAGHI CHE VIVONO IN CLAN, DAL PARTICOLARE MUSO DI DRAGO, DALLA POSSENTE CORPORATURA, DALLE IMPERIOSE E POTENTI ALI, DALLA LUNGA E SINUOSA CODA, VESTITI DA ROBUSTE E INDISTRUTTIBILI TUTE IN CUOIO E CHE HANNO, OGNUNO DI LORO, DELLE SPECIALI E SOPRANNATURALI CAPACITÀ.

NOME: ZLAVOTTO.
SUPER POTERI: CREATURE PROVENIENTI DA OGNI DOVE E DI OGNI TIPO IMMAGINABILI.

"I 3 GIOIELLI DEL POTERE."

[redacted]

Nel 2035 la Terra vive dei tragici momenti di terrore, a causa degli ORRIGL, uno spaventoso e bramoso popolo di mostri nomadi, dotati di formidabili occhi che gli consentono di connettersi l'uno all'altro che vagano, a bordo della KOFFBOST, la loro terrificante, mastodontica e scura astronave a forma di nave da pirata, dall'inquietante rumore di ferri CIAK CIAK CIAK che cadono a terra e dalla nauseabonda puzza di vomito, per la sterminata e grandiosa Via Lattea, in cerca di tesori, CIAK CRACK SBAM KRASH SMACK BOOM devastando, brutalmente, qualsiasi popolo gli si presenti davanti e che sono capitanati dal feroce e prepotente LAKU, un enorme e grasso mostro grigio, dai 4 spiritati occhi blu, di cui uno reciso in battaglia, dai 2 brufolosi e grandi nasi, dai 4 puzzolenti e luridi piedi, dai corti capelli biondi, dalle lunghe e folte basette, vestito da un'indistruttibile corazza grigia in Dogone, un inannientabile materiale, ricavato da uno speciale allevamento di scarafaggi giganti e da uno stravagante cappello bianco, su cui c'è disegnato uno spaventoso teschio e che è dotato di un incredibile e potentissimo BONK pugno;

e da DRED, il rude, violento e pelato braccio destro di Laku, dalla mastodontica corporatura, dai 4 strabici occhi gialli, dai 2 aquilino nasi brufolosi, dai 4 disgustosi piedi, pieni di funghi, dagli incolti baffi neri, vestito da una nera e resistente corazza in dogone e da una rossa e bianca bandana e che possiede l'eccezionale potere della moltiplicazione;

e in soccorso alla Terra, prontamente, ci va EMONJI che per sconfiggere la minaccia, recluta 3 speciali ragazzi: CATIE SUUNY, una sorridente e determinata poliziotta di 28 anni del Connecticut, dalla snella, media e tonica corporatura, dai languidi occhi azzurri, dai mori e ricci capelli lunghi, dalle carnose labbra blu, dal simpatico viso, pieno di lentiggini, e vestita da un'anonima e profumata uniforme e da uno swag pircing celeste sul naso;

STEPHAN KEVA, un atteggioso, irrequieto e muscoloso detenuto di 36 anni del Massachusset, dalla stilosa cresta bionda, dai grandi occhi marrone scuro, da una rasa barba bionda, dall'eccentrico tatuaggio a forma di stella, sotto l'occhio sinistro e vestito da una tamarra canottiera nera a giromaniche, da stretti pinocchietti marroncini, da appariscenti sneakers giallo fluo e da un berretto nero;

e SMITH TRISPOL, un tenace e generoso avvocato di 45 anni di New York, affetto da nanismo, dagli attenti occhi verdi, dai corti capelli mori, dai curati baffi castani e vestito da un elegante completo scuro e da grandi e tondi occhiali neri da vista.

CAPITOLO I

"GLI ORRIGL DEVASTANO IL VECCHIO CONTINENTE."

Nel 2035 la Terra, dopo anni di pace e di serenità, si appresta a vivere nuovi e spaventosi momenti di terrore, perché gli Orrigl sono alla ricerca dei 3 preziosi e magici Gioielli del Potere che sfortunatamente si trovano proprio sul nostro amato pianeta e pur di impadronirsene sono disposti a tutto, anche a radere al suo l'intero astro.

LAKU:- AHO DRED! Quanto manca? Comincio ad annoiarmi... PUF! PUF! -

DRED:- Capo stiamo viaggiando alla massima velocità, ma per arrivare sulla Terra manca ancora un giorno...-

LAKU:- ARGH! UFFF! Cerca di aumentare la velocità, abbiamo l'astronave più veloce dell'intera Galassia e so che possiamo andare più veloci; quindi fallo! Io nel frattempo vado ad allenarmi, ho bisogno di sfogarmi.-

DRED:- D'accordo Capo! Farò del mio meglio. Vai Koffbost, Vola! Non c'è tempo da perdere!!!-

e così, VROOOM rapida, l'astronave vola tra i pianeti, le stelle, gli asteroidi, e le comete dell'oscuro spazio.

Trascorse TIC TAC TIC TAC TIC TAC 18 lunghe ore, lo spietato popolo di mostri è giunto, sfortunatamente, a destinazione

TOC TOC

DRED:- Capo ci siamo! La Terra dista solo poche miglia. Siamo arrivati!-

LAKU:- AH! Bravo Dred. Hai visto? Ci sei riuscito. Sapevo che la Koffbost ci avrebbe impiegato meno tempo del previsto. Forza Orrigliani, è giunta l'ora. Preparatevi, i Gioielli del Potere, tra qualche ora, saranno nostri, come sarà nostra l'intera Galassia. MUAHAHAHAHAH! MUAHAHAHAHAH!-

e BIP BOP BIP BOP BIP BOP TUMP KAPAOW la gigantesca e spaventosa Koffbost atterra, imponente, sulla Terra, in Russia, dove - UAAA! - - AAAH! - - YOWEEE! - - AIUTO!!! - - SI SALVI CHI PUÒ! - - VI PREGO, QUALCUNO CI SALVI!!! - tra le grida di paura dei terrestri, il terribile popolo di mostri nomadi si mettono, immediatamente, alla ricerca di quei 3 rari e speciali Gioielli, setacciando e

SBAM CRASH SMASH CRACK SMACK CIAK BOOM WHAMMM KAPAOW distruggendo, in meno di un giorno, senza particolari fatiche per le potenti, innovative e incontrastabili armi a loro disposizione, tutte le bellissime nazioni del vecchio continente: L'Italia, la Francia, la Spagna, la Germania, l'Olanda, l'Inghilterra, la Croazia, la Svezia, ecc, riducendole in tristi e desolati campi di battaglia.

DRED:- Capo! Qui ormai non è rimasto più nulla e ORC! dei gioielli non c'è traccia... -

LAKU:- EHI Dred! Rilassati. Goditi questo meraviglioso paesaggio di terrore e di devastazione, perché questo insulso pianeta, presto, sarà solo un abbandonato, minuscolo e dimenticato frammento che vagherà nello sterminato universo MUAHAHAHAH! MUAHHAHAHAH! -

DRED:- MUAHAHAHAH! MUAHAHAHAH! -

LAKU:- Forza Orrigl! Il divertimento è appena cominciato. Tutti alla Koffbost!!!-

-YEEE! - - YAHOOO! - - YIPPEEE! - - YUHUUU! -

ed euforici, lo spaventoso popolo di mostri BIP BOP BIP BOP BIP BOP DROOOW FIOOOW decolla a bordo della mastodontica astronave, in direzione delle Americhe.

CAPITOLO II

"LA TERRIFICANTE VISIONE DI DAVID."

DAVID:- AAAH! ANF! ANF! ANF! URC! Erano anni che non ricevevo una visione del genere. Devo agire in fretta o la Terra diventerà presto un desolato e dimenticato pianeta. Forza Emonji YAWN! Svegliati! Cerca di ricordarti cosa hai visto.-;

perciò l'uomo dai grandi, neri e rettangolari occhiali da vista, dopo CIAF CIAF CIAF CIAF essersi sciacquate il viso e GLU GLU GLU GLU aver bevuto un dissetante bicchiere d'acqua, si siede e comincia ad annotare, su un block note, tutto ciò che riesce a ricordare della sua inaspettata e orribile visione: *I mostri che invaderanno Washington sono gli Orrigl e sono alla ricerca di 3 preziosi e segreti Gioielli del Potere...*

DAVID:- HMMM! UFFF! Dove si trovano questi gioielli?! UH! Sì! Ora mi ricordo.-

... La collana si trova sotto ad un sedile del bus M13, nel Connecticut, invece l'anello si trova su una panchina a Central Park, a Manhattan, mentre il braccialetto si trova in un Hot Dog, nel Massachusetts.

DAVID:- OK! Perfetto! Spero e penso di essermi ricordato tutto, solo il tempo mi dirà se non mi sono dimenticato nulla. Adesso però non c'è tempo da perdere, bisogna agire immediatamente, non posso permettere che gli Orrigl trovino i Gioielli prima di me...-;

così in fretta e in furia si veste, si prepara una borsa per il viaggio e BLAST di corsa, esce di casa, senza nemmeno poter chiedere aiuto al suo amico di tante avventure Joe, perché è severamente vietato rivelare il futuro, dirigendosi verso la prima destinazione: il Connecticut.

Arrivato in città Emonji va, immediatamente, sulla fermata Dell'M13 e ogni volta che DROOOW BEEP BEEP ne passa uno, ci sale su e lo ispeziona da cima a fondo, fino a quando, finalmente, trova la collana

DAVID:- OOOH! Eccola! Menomale l'ho trovata! PHEW!-,

ma viene raccolta, sfortunatamente, da una giovane poliziotta, dai bellissimi occhi azzurri

DAVID:- ORC! Questa non ci voleva PUF! PUF! E ora come faccio?! Ti prego non scendere, ti prego non scendere... -

DAVID:- ORC! Ecco! Ci avrei scommesso che scendeva SOB! Che sfiga! Ora l'unico modo che ho per prendere la collana è seguirla.-;

quindi l'eroe, furtivo, la segue fino a casa, dove non sapendo bene come agire e con la consapevolezza che deve fare in fretta, decide di aspettarla, seduto su una panchina vicina, per parlarle, tuttavia durante quell'interminabile attesa dalle finestre della casa, improvvisamente, FLASH fuoriesce un intenso lampo di luce che illumina la strada buia

DAVID:- GULP! Ma che succede lì dentro!?-

e incuriosito, si affaccia alla finestra, per controllare cos'è successo e si accorge che la donna è a terra svenuta; perciò, deciso, KRASH rompe il vetro, prestandole soccorso.

DAVID:- EHI! Come ti senti? Stai bene? -

CATIE:- AAAH! Chi sei? Che ci fai dentro casa mia? E perché AHIA! mi fa male la testa?!-

DAVID:- EMH! Calmati, non voglio farti del male. Scusami se sono entrato così, ma ho visto dalla finestra che eri svenuta a terra e ho pensato che avessi bisogno d'aiuto. Comunque il mio nome è David, piacere di conoscerti.-

CATIE:- AHEM! Piacere David. Io sono Catie. Ti ringrazio per l'aiuto, ma ora sto bene, puoi anche andare. -

DAVID:- Catie ascoltami: Non posso andarmene, perché quella collana che hai trovato sul bus, è speciale. E te ne sarei davvero grato se me la daresti.-

CATIE:- EHM! In che senso è speciale? A me sembra una comune collana, come tante altre.-

DAVID:- È speciale perché è uno dei tre Gioielli del Potere, di cui sono alla ricerca e li devo assolutamente trovare, per evitare che cadano nelle mani degli spietati Orrigl, orrendi mostri che se ne vogliono impadronire, per governare l'intera Galassia.-

CATIE:- E tu come fai a sapere tutte queste cose?-

DAVID:- EMH! In teoria non potrei dirtelo, ma ho l'incredibile potere di prevedere il futuro.-

CATIE:- Ma tu sei matto! Non credo a una sola parola di ciò che mi hai detto. Se desideri tanto questa collana, ecco te la puoi anche ripre...-,

ma non riesce a concludere di parlare, perché si impanica, quando non riesce più a togliersi quel magico Gioiello dal collo

DAVID:- EHI Catie! Tutt'apposto? Che succede?-

CATIE:- NO! Non vedi che non riesco più a toglierla?! Dai, aiutami!-

e la donna, dai lunghi e ricci capelli mori, presa ormai da un panico incontrollabile, inizia FLASH a trasformarsi: I suoi bei capelli ricci diventano bianchi e lisci, i suoi occhi cambiano colore, in un acceso giallo fluorescente, le carnose labbra ora sono bianche, come il pircing che ha sul naso e la sua comune divisa da poliziotto si trasforma in un'attillata tuta nera brillantinata

CATIE:- David ti prego, aiutami! Ho paura! Che mi sta succedendo? Perché non vedo più il mio corpo?!-

DAVID:- Catie tranquilla. Ti aiuterò, ma per farlo devi venire con me, perché per aiutarti devo capire cosa hanno di speciale questi 3 Gioielli del Potere.-

CATIE:- Sì, Ok! Verrò con te. Adesso però fammi tornare come prima!-

DAVID:- HMMMM! Fammi pensare, fammi pensare... UH! Ecco! Ho un'idea: Mi sono accorto che la collana si è attivata, quando hai avvertito un gran senso di pericolo; quindi ora prova a calmarti, prova a rallentare il tuo battito e vediamo cosa succede. Dai! Espira ed ispira. Espira ed ispira. Espira ed espira.-

e seguendo le indicazioni di Emonji, Catie TU-TUM TU-TUM TU-TUM TU-TUM riesce a rallentare il battito, ritornando piano piano alle sue sembianze naturali

CATIE:- PUF! PUF! Che sollievo! Pensavo che sarei rimasta per sempre così... Grazie David e scusami se prima ti ho dato del matto, ma mettiti nei miei panni, chiunque avrebbe reagito come ho reagito io.-

DAVID:- Non preoccuparti Catie. L'importante è che adesso tu ti fida di me. Ora però dobbiamo muoverci, ci sono altri due Gioielli da trovare. Forza seguimi!-

e ignari di ciò che li attende vanno in Massachusetts, dove si trova il magico Anello del Potere.

CAPITOLO III

"L'ANELLO DEL POTERE."

DAVID:- Catie ecco. Siamo arrivati. L'altro Gioiello che è un anello, si trova qui in Massachusetts, in un chiosco di hot dog che si trova proprio lì, vicino all'uscita di quella prigione; quindi non perdiamo tempo, dobbiamo trovare l'Anello, prima che lo trovi qualcun'altro.-

CATIE:- EMH! Va bene David! Anche se non ho ancora capito come tu faccia a sapere tutte queste cose...-;

perciò i due, concentrati, perlustrano l'area, non trovando però nulla, finché un anziano signore, dalla folta e bianca barba, dai bianchi capelli corti, dai vivi occhi azzurri e vestito con un semplice grambiule bianco, alle 12:00 in punto, posiziona nei pressi del carcere un piccolo food truck che immediatamente viene invaso BLA BLA BLA BLA di gente.

CATIE:- EHI David! Guarda lì. Ecco il furgoncino.-

DAVID:- OH! Eccolo finalmente!-;

così BLAST rapido, si fionda fulmineo lì, ma purtroppo proprio nell'istante in cui arriva, un arrogante ragazzo, appena uscito di prigione, per una rapina in un supermercato, chiede all'anziano signore:- AHO! Dammi un Hot Dog col ketchup. Ne ho davvero bisogno, dopo tre anni rinchiuso in quella lurida cella...-

ANZIANO SIGNORE:- Tieni, goditelo! Questo è il più buono del paese. E poi non c'è nulla che si possa risolvere con un buon panino. Un dollaro, Grazie!-

e GNAM GNAM GNAM GNAM con gran gusto, lo mangia, ma al secondo e goloso - MMMH! Che buono! - morso, ecco che CRACK sente qualcosa di duro tra i denti

STEPHAN KEVA:- AHIA! Ma che c'è qui dentro? Un pezzo di ferro?! OOOH! Che fortuna! È un anello d'oro!-;

perciò contento e sorpreso, lo indossa e proprio in quel preciso momento FLASH un intenso lampo di luce lo avvolge, facendolo cadere PATAPUM atterra svenuto e venendo soccorso subito da Catie e da David che lo stavano spiando e che lo portano in una piccola, profumata, luminosa e variopinta stanza di un modesto motel che si trova lì vicino.

DAVID:- EHI Stephan! Svegliati! Come ti senti?-

STEPHAN:- OH! Lasciami! Che mi è successo? Che ci faccio qui? Chi siete voi? Come fate a sapere il mio nome?-

DAVID:- Ciao Stephan. Piacere di conoscerti. Io sono David Scott e lei invece è Catie Suuny e vogliamo solo aiutarti. Stai tranquillo.-

STEPHAN:- EHI! Io non ho bisogno di nessun'aiuto, me la cavo benissimo da solo... E adesso se me lo permettete, me ne andrei volentieri; quindi fatemi spazio.-

DAVID:- Stephan ascoltami! Non puoi ardartene, perché tu hai bisogno di noi e noi abbiamo bisogno di te ed il motivo è che quell'Anello che indossi al dito, è speciale. È uno dei 3 Gioielli del Potere che devo trovare al più presto, per impedire che uno spaventoso esercito di Orrigl, se ne impadronisca, dominando così, incontrastati, l'intera Galassia.-

STEPHAN:- Sì, tutto bello e interessante, ma perché mi stai raccontando tutto questo...?-

DAVID:- Stephan ti ho detto tutto questo, perché l'Anello che hai trovato nell'Hot Dog è uno di quei tre Gioielli del Potere, di cui ti parlavo e prima che tu provi a togliertelo, ti dico che ogni tentativo sarà inutile, perché ormai siete legati l'uno all'altro e se vorrai scoprire qualcosa in più su questo prezioso oggetto magico, ti consiglio di unirti a noi. Che fai? Vuoi unirti alla Smile Crew? Avremmo un gran bisogno di te.-

STEPHAN:- AHEM! Spiegami perché dovrei fidarmi di voi? Come faccio a sapere che non mi state prendendo in giro?-

DAVID:- Stephan ascoltami: Io non posso costringerti a credermi, ma ti posso dire che quell'Anello che indossi, come la collana di Catie, ti donerà sicuramente qualche straordinario potere che tu dovrai essere bravo ad utilizzare nel modo migliore; cioé aiutare gli altri, senza ricevere vantaggi personali e il mio consiglio è di unirti a noi, perché solo con noi potrai veramente fare del bene e usarli nel modo più giusto. La scelta però come ti ripeto: È tua. Vuoi diventare un eroe o vuoi continuare a vivere rubacchiando di qua e di là, nella speranza che non ti arrestino...?-

CATIE:- Stephan se posso intromettermi: Voglio dirti che anche io, come te, ero scettica, ma posso assicurarti che è tutto vero e se deciderai di venire con noi, ti dico che non sbaglierai sicuramente scelta.-

STEPHAN:- HMMM! David voglio essere sincero con te: Non credo ad una sola parola che mi hai detto, però se sono vere la metà delle cose che mi hai raccontato, voglio aiutarvi a salvare la Terra, è il minimo che possa fare, dopo la vita da criminale che ho vissuto; quindi Sì, accetto! Mi unirò a voi, non posso farmi sfuggire quest'opportunità di poter vivere una vita migliore e poi EHEHEH! Ho sempre desiderato avere dei super poteri.-

DAVID:- Bravo Stephan! Bella scelta! Hai preso la decisione più giusta. Non te ne pentirai. Mi piacciono le tue intenzioni e la tua convinzione. Benvenuto nella Smile Crew! Adesso però sbrighiamoci, dobbiamo andare a Central Park e recuperare il prima possibile l'ultimo Gioiello. Forza, andiamo!-

CAPITOLO IV

"IL BRACCIALETTO DEL POTERE."

DAVID:- Catie, tu perlustra il lato est del parco, tu invece, Stephan, quello ovest, mentre io controllo quello sud e quello nord. Forza, muoviamoci!-

e BLAST spediti, i tre super eroi esplorano l'intero parco, alla ricerca del misterioso e pregiato Braccialetto che da lontano, viene avvistato da Stephan

STEPHAN:- EHHH! Finalmente l'ho trovato!!!-,

ma purtroppo quell'eccitante momento di gioia dura solamente pochi istanti, poiché sulla panchina si siede un elegante avvocato nano che - WOW! Che bello questo bracciale d'oro! Chi è lo stupido che lascia qui un gioiello così pregiato?! BOH!- sorpreso, di vedere un così bel braccialetto, abbandonato sulla panchina, decide di indossarlo e proprio come successo con gli altri due fortunati sventurati, nel momento in cui lo avvolge intorno al suo piccolo polso, ecco che FLASH un intenso e abbagliante lampo di luce lo circonda, facendolo CRASH svenire.

STEPHAN:- AHO! Catie! David! Venite! Ho trovato il braccialetto. È al braccio di quell'uomo, svenuto sulla panchina. Svelti, prima che si risvegli.-

e veloci, raggiungono l'uomo, dalla stilosa cresta bionda, prestando immediatamente soccorso a quel poveretto

STEPHAN:- EHI Raga! Scusatemi, ma non sono riuscito a impedirgli di prenderlo. Sono arrivato troppo tardi...-

DAVID:- Stephan bravo. Non preoccuparti, ottimo lavoro. Adesso lo porteremo in quel motel e aspetteremo che si svegli, per spiegargli cosa gli è successo.-;

così con passo spedito, i tre super eroi lo portano in una di quelle luminose, lussuose e spaziose stanze dell'albergo, dall'inebriante odore di rose, dove pazienti attendono che l'uomo, dai curati baffi castani, riprendi conoscenza.

SMITH TRISPOL:- OOOH! KOFF! KOFF! Dove mi trovo? Chi siete voi? Perché mi avete portato qui? Lo sapete che sono un avvocato?! Non vi conviene mettervi contro di me...-

DAVID:- Ciao Smith Trispol, piacere di fare la tua conoscenza. Io sono David

Scott, lei invece è Catie Suuny, mentre lui è Stephan Keva. Non vogliamo farti del male, vogliamo solo parlati.-

SMITH:- Signori piacere. Di cosa mi dovete parlare? E come fate a sapere come mi chiamo?-

DAVID:- Caro Smith so chi sei, perché un paio di notti fa, grazie al mio sorprendente potere di predire il futuro, ho avuto una terribile visione, in cui ho visto che uno spietato esercito di mostri, invaderà e metterà SMACK CIAK WHAMMM KAPOW KRASH TUMP SBAM a ferro e a fuoco la Terra, fino a quando non troveranno i tre Gioielli del Potere e mi dispiace dirtelo, ma al polso hai proprio uno di quei Magici Gioielli.-

SMITH:- ARGH! Se mi avete portato qui, per prendervi gioco di me, avete sbagliato persona e anche se sono piccolo non mi faccio intimorire mica da tre tipi come voi!!! Forza, fatevi avanti! Non ho paura di voi!-

e preso dalla collera, l'uomo inizia a trasformarsi in un muscoloso, enorme e arancione gigante, alto più di 3 metri, dagli scuri occhi verdi, dai corti capelli mori con il ciuffo, da un bel paio di baffi neri e vestito da un gigantesco pantaloncino giallo e da una maschera arancione

SMITH:- AAAH! Vi supplico, aiutatemi! Cosa mi sta succedendo? Perché sono tutto arancione? E come ho fatto a trasformarmi? Mica mi avete drogato!?-

DAVID:- Smith calmati. Te l'ho detto: Quel Braccialetto è magico e nel momento in cui lo hai indossato, hai creato con lui un legame che non può essere più spezzato e solo venendo con noi, potrai scoprirne di più e usufruirne al massimo. -

SMITH:- EHM! Scusatemi allora, se non vi ho creduto, ma non pensavo faceste sul serio. Pensavo fosse tutto uno scherzo. Chi è che crederebbe mai ad una storia del genere?! Quindi la Terra è in pericolo davvero?!-

DAVID:- Smith non preoccuparti. È comprensibile la tua reazione, anche Catie e Stephan hanno reagito allo stesso modo. Purtroppo sì, la Terra è veramente in pericolo ed è proprio per questo che ti chiedo: Vuoi unirti alla Smile Crew e aiutarci a salvare la Terra? -

SMITH:- WOW! Ho sempre sognato di essere, per una volta, il più grande e il più forte. YUUHU! Certo che accetto. È il mio mestiere aiutare le persone.-

DAVID:- EHHH! Grande Smith! Benvenuto nella gloriosa Smile Crew e ora che siamo al completo e che abbiamo riunito tutti e tre i Gioielli del Potere, non vi resta altro che imparare a controllare il loro magico potere e per farlo, so esattamente cosa fare! Forza eroi, seguitemi!-

ed energici e curiosi, CLUNK usciti dal favoloso albergo, seguono, chissà dove, il giovane maestro.

CAPITOLO V

"PRIMA LA MENTE E POI I MUSCOLI."

I 4 eroi, dopo TIC TAC TIC TAC TIC TAC un lungo viaggio CIUF CIUF CIUF CIUF CIUF CIUF in treno, giungono in un'abbandonata, semi illuminata, spaziosa e silenziosa base militare del Wisconsin, dal forte odore di piombo

DAVID:- Raga ecco, siamo arrivati. Questa base militare abbandonata, per i prossimi giorni, sarà la nostra casa e l'ho scelta, perché ha le attrezzature, lo spazio e l'isolamento giusto, per potervi garantire la concentrazione necessaria; così ottenere il massimo risultato da voi stessi.-

CATIE:- SIII! Mi piace! Mi ricorda, quando da ragazza decisi di arruolarmi in polizia. AH! Che ricordi! Non vedo l'ora di cominciare!-

SMITH:- WOW! Ho sempre desiderato fare un addestramento militare, quando lo guardo nei film mi da un'energia indescrivibile. Non credo ai miei occhi!-

STEPHAN:- SÌ! Tutto bello, ma quando cominciamo l'allenamento?! Sono stufo delle sorprese...-

DAVID:- Bravi raga, mi piace tutta questa energia e visto che vi vedo belli carichi, iniziamo subito con la prima lezione. Siete pronti?-

-SI!!!- - YEEE!- -ARGH!-

DAVID:- Perfetto! La mia prima richiesta che è anche la parte più importante di tutto il percorso, è quella di trovare un Nick Name da battaglia che vi rappresenti e che soprattutto vi dia fiducia, perché quando ero solo un timido ragazzo di 17 anni, un mio caro e saggio amico, Mee Hao, mi ha insegnato che solo se si crede fortemente in se stessi, si è in grado di sfruttare a pieno tutta la propria forza; quindi non lo dimenticate: La testa viene prima dei muscoli.-

CATIE:- E David qual'e il tuo nick name?-

DAVID:- EHEHEH! Speravo che me lo chiedeste, perché ne vado davvero fiero. Il mio fantastico nome da battaglia è Emonji!!! E ogni volta che ci penso, mi riporta indietro nel tempo, mi riporta a quando ero un semplice e tranquillo ragazzo del Minnesota che insieme al mio grande amico Joe, detto Smile-Man, avevamo un sogno: Far trionfare la Pace e la Felicità sulla Terra... Adesso però basta parlare di me, ora è il vostro momento. Dimostrate di esservi meritati di entrare nella Smile Crew, dove impiegno, sacrificio e allegria sono caratteristiche fondamentali. Eroi detto questo, buon lavoro.-

ed euforici, i tre nuovi membri della Smile Crew, si mettono immediatamente a lavoro, ma sono talmente gasati, per l'importante ed eccezionale futuro che li attende che trovano subito l'ispirazione; infatti in men che non si dica tutti e tre adempiono al loro primo e fondamentale compito

SMITH:- EH! Emonji! Abbiamo finito. Abbiamo trovato i nostri nomi da battaglia e non vediamo l'ora di farteli sentire.-

EMONJI:- WOW! Siete stati veloci. Mi fa piacere che avete le idee così chiare. Bravi! La convinzione è tutto, perché si può fallire, ma chi crede veramente in sé stesso, non perde mai. Forza Catie, comincia tu!-

CATIE:- EHM! EHEH! Scusate raga, ma sono un po timida...-

SMITH:- Catie ascoltami. Voglio darti un consiglio: Io, in tutta la mia vita, ne ho sentite di tutti i colori su di me e ciò che mi ha spinto a non mollare mai è stato di ignorare qualsiasi giudizio, sentissi dalla gente, poiché l'unico giudizio che conta davvero è il tuo! Quindi coraggio! Facci sapere qual'è il tuo Nick Name.-

CATIE:- Grazie Smith! Hai ragione. Farò tesoro delle tue parole. Ragazzi il mio Nick Name è NEBBIA, perché oltre alla mia nuova e fantastica abilità di vaporizzazione in nebbia, io credo che quando si fanno delle buone azioni, bisogna rimanere segreti, bisogna rimanere nell'ombra, perché la ricompensa più grande è il sorriso della gente.-

DAVID:- WOW! Brava Catie! Mi piace tantissimo il tuo nome, ma molto di più ciò che hai detto. Eroi si è prima dentro e poi fuori e tu ne sei la dimostrazione.-

SMITH:- Nebbia non capisco di cosa avevi vergogna. È un nome Fantastico!-

STEPHAN:- GASP! Sorella è una figata questo nome. Grande! -

DAVID:- Bene, andiamo avanti! SMITH ora è il tuo turno. Adesso rivelaci il tuo.-

SMITH:- BÈ! Per me non è stato molto difficile scegliere il Nick Name, perché nella mia vita sono sempre stato quello da evitare e da deridere e anche quando sono diventato un famoso avvocato di successo di New York, con me, si sono sempre fermati alle apparenze e ora che ho questo eccezionale potere di trasformarmi in un enorme e muscoloso gigante, ho la possibilità di non passare più inosservato; in conclusione sono orgoglioso di dirvi che il mio nome da battaglia è COLISSEUM!!!-

NEBBIA:- WOW! Fortissimo! Smith ci sai davvero fare con le parole. Sei un Grande!-

STEPHAN:- OOOH! FICO! Quasi, quasi te lo rubo... EHEHEHEHEH!-

DAVID:- GULP! Bel nome ad effetto, Bravo! Colisseum sembra che tu sia nato per fare il super eroe. Sei un Grande! VAI Stephan! Ora è il tuo turno! FORZA! -

STEPHAN:- Raga siete pronti? Sono convinto che il mio Nick Name vi piacerà un casino!!! WOOO OLÈ!!! Il mio strabiliante nome da battaglia è BETEP, il signore dei venti e l'ho scelto, perché durante tutta la mia vita non ho mai avuto il coraggio di seguire il mio istinto, anzi mi sono sempre fatto trasportare dagli altri, sbagliando e pagando a caro prezzo, per scelte altrui e ora che ho questa nuova e inaspettata opportunità di cambiare, non la voglio perdere; quindi è il momento di dire addio al vecchio me e di diventare una nuova persona, una persona che combatte per il bene e che è pronta a rimediare a tutto il male che ha commesso.-

COLISSEUM:- GULP! Grande Betep! Sei l'esempio vivente che chiunque può cambiare.-

NEBBIA:- URC! Bel nome Betep, ma devo farti i miei più sentiti complimenti, per ciò che hai appena detto, perché non è mai facile ammettere i propri errori. Da poliziotto hai tutta la mia stima. Complimenti!-

EMONJI:- YEEE! Grande Betep! È questo lo spirito giusto. Grandi tutti e tre, vi faccio le mie congratulazioni. Sembra che siate nati per fare gli eroi, però come sapete questo non basta, perché ora dovrete affrontare la lezione più difficile: Imaparare a governare i vostri poteri e ve lo dico adessk: Anche se la vostra forza d'animo verrà messa a dura prova, non dovete mai dimenticare che se la Terra ha affidato a voi il suo destino, un motivo ci sarà ed è che siete speciali; quindi Nebbia, Colisseum e Betep coraggio, qui le mani!-

e in coro i 4 membri della Smile Crew gridano - SMILE CREW! SMILE CREW! SMILE CREW! FORZA, ANDIAMO A SALVARE LA TERRA!-

CAPITOLO VI

"L'ADDESTRAMENTO."

EMONJI:- Eroi! Adesso voglio che cherchiate di trasformarvi, perché è molto importante che impariate a comunicare celebralmente con il vostro Gioiello, perché dovete essere voi a decidere quando attivare il potere, il Gioiello deve essere solamente un mezzo, attraverso cui realizzare il vostro volere. Dai, cominciate!-;

perciò energici e concentrati -GIOIELLO TRASFORMARMI!- - COLISSEUM!- - VAPORIZZAMI!- - BETEP!- - POTERI ATTIVATEVI!- - NEBBIA!- provano ad eseguire la difficile richiesta di David e nonostante ogni tentativo, in un primo momento, sembra vano, dopo TIC TAC TIC TAC TIC TAC TIC TAC più di 2 ore, all'improvviso FLASH, la magica Collana di Catie si illumina, trasformandola in Nebbia

EMONJI:- Brava Catie! Ce l'hai fatta! Adesso però concentrati. Cerca di controllare il potere, cerca di tenere questa sembianza.-

NEBBIA:- UAAA! UAAA! UAAA!-

EMONJI:- Coraggio Nebbia, resisti! Sei tu che devi decidere quando vaporizzati in nebbia e quando riapparire!-

NEBBIA:- UAAA!!!! UAAA!!! AAAH! ANF! ANF! ANF! Raga ci sono riuscita! Ho il pieno controllo del mio potere e vi posso assicurare che è una sensazione bellissima, una sensazione che rimarrà impressa nella mia mente per sempre. Forza ragazzi! So che ce la potete fare. Io credo in voi. VAI BETEP! VAI COLISSEUM!-

e subito dopo le incoraggianti e sincere parole dell'eroina, dagli accesi e impressionanti occhi gialli, gli altri due Gioielli del Potere, simultaneamente, FLASH sprigionano nella stanza un'accecante, intensa e potente luce, da far addirittura CHOOOM tremare le pareti e atteso qualche istante che il bagliore si affievilisse, gli apprendisti eroi, sorprendentemente, si ritrovano nelle loro nuove e strabilianti sembianze di Colisseum e di Betep, il Signore dei venti, dai lunghi capelli blu, dalla rasa barba anch'essa blu, dai particolari occhi bianco-trasparenti, vestito da una favolosa tuta grigia che ricorda il colore delle nuvole, durante un temporale e che ha il sorprendente potere di controllare i cambiamenti climatici

EMONJI:- Dai raga, non mollate! Governate i vostri poteri. Tu Colisseum, prova ad assumere un'altezza giusta in cui assestarti, da cui poi puoi sfoderare la tua arma segreta e trasformarti in un mastodontico gigante di 3 metri, invece tu Betep, cerca di diventare un tutt'uno con il clima; così da poter decidere a tuo piacimento di mutarlo o meno. Forza eroi, ce la potete fare!-

e - UAAA!!!!- - AAAH!!!- - UAAA!- - AAAH!!!- in seguito ad un faticoso ed incredibile sforzo, i due allievi riescono, finalmente, a gestire la loro forza

COLISSEUM:- YEEE! Grande Betep! Ci siamo riusciti! Dammi il cinque!- CLAP

BETEP:- IUUUH! Favoloso Colisseum! Mi sento potentissimo WHOOHO!-,

ma i neo componenti della Smile Crew non fanno in tempo a festeggiare che il loro maestro, dall'eccezionale potere di prebedere il futuro, riceve una terrificante visione

EMONJI:- GLU! OH! NO! Eroi ho una terribile notizia: Ho appena visto che alle 15:00 in punto di domani, i mostruosi e feroci Orrigl atterreranno sul tetto della Casa Bianca e devasteranno, non solo le Americhe, ma l'intero Pianeta, perché non so come, il loro capo riuscirà ad impossessarsi dei 3 Gioielli del Potere che una volta combinati tra loro, gli doneranno una potenza tale da non poter essere più fermato, diventando l'alieno più potente dell'intera Galassia.-

NEBBIA:- PUF! PUF! Se solo penso a tutta quella povera ed innocente gente, mi si stringe il CUORE SOB!-

BETEP:- UAAA! Ne sono sicuro, moriremo tutti!-

COLISSEUM:- ORC! Non so se sono pronto ad una battaglia...-

EMONJI:- Eroi non potete mollare proprio ora. Abbiamo una missione da portare avanti, il destino della Terra è nelle nostre mani. Forza! Pensate positivo, qualcosa la sappiamo: Adesso sappiamo che i Gioielli possono unirsi, diventando ancora più potenti e non dobbiamo fare altro che capire come farlo; quindi animo, nulla è ancora perso. CORAGGIO Smile Crew a lavoro!-

CAPITOLO VI

SUPER-ULTRA.

Trascorsa una lunga e insonne notte, tra lo studio dei Gioielli da parte di Emonji e tra il duro e intenso addestramento degli apprendisti, finalmente, quando le prime luci del giorno si affacciano incantevoli dalla finestra, David fa una sorprendente scoperta

EMONJI:- EHI Eroi! Venite subito qui. Forse ho capito come fondere i Gioielli: Ho notato che su ognuno di loro c'è inciso lo stesso simbolo, un triangolo e penso che gli angoli del triangolo rappresentino voi; quindi proviamo a vedere cosa succede, se da trasformati, vi prendete per mano e formate un triangolo. Dai, coraggio! Tentare non costa nulla.-;

perciò i 3 neo super eroi, con un misto di esitazione e di curiosità, si prendono per mano e formano un triangolo e come per magia iniziano ad alzarsi, leggeri, nell'aria e a SWOOOSH girare su se stessi, ma lo fanno talmente velocemente da creare FLASH un'abbagliante e forte luce che WHAAAM esplode, potente, nella stanza

EMONJI:- OOOH! Nebbia che è successo? Come ti senti? Dove sono finiti Colisseum e Betep?-

NEBBIA:- EHM! David credo, anzi sono sicura che si trovano dentro di me. La fusione è riuscita alla grande. Sei un genio! Sento un'incredibile forza che mi scorre nelle vene. Mi sento invincibile. Tutti e tre i poteri, ora, sono sotto al mio controllo.-

EMONJI:- Nebbia mi è venuta un'idea assurda: Proviamo a vedere se SWOOOSH girando velocemente su te stessa, è possibile scambiarti con uno dei tuoi compagni. Coraggio, proviamoci!-;

così l'eroina, dai lisci e lunghi capelli bianchi, concentrata e curiosa, fa come le ha detto il suo astuto maestro, dalla scintillante maschera argentata e SWOOOSH dopo aver girato rapidissima su se stessa, FLASH come d'incanto al suo posto compare l'enorme, mastodontico e muscoloso Colisseum

COLISSEUM:- WOW! È davvero straordinario ciò che sto vivendo! Non avrei mai immaginato che proprio io avrei avuto il privilegio di poter vivere un'esperienza del genere. Mi sento come un bambino in un parcogiochi IUUUH! Ora sì che siamo veramente pronti ad affrontare i terribili Orrigl, la nostra potenza è impareggiabile.-

EMONJI:- OH! NO! Raga sono già le 14:30. Il tempo è volato. Mi dispiace Betep che tu non possa provare questa magnifica esperienza, ma è ora di andare. Avrai questo strepitoso privilegio in battaglia. Forza, dividetevi. E ricordate: Useremo SUPER-ULTRA solamente come mossa a sorpresa.-

e SWOOOSH dopo aver girato su se stessi ed essersi FLASH divisi, BLAST velocissimi si dirigono a Washington, nei pressi dell'imponente e strabiliante Casa Bianca, su cui gli Orrigl, TIC TAC TIC TAC TIC TAC puntuali come un orologio svizzero, BIP BOP BIP BOP TUMP KAPAOW atterrano, a bordo della maestosa e velocissima Koffbost

LAKU:- MUAHAHAHAH! Salve luridi terrestri. Io sono Laku, il capo degli spaventosi e potenti Orrigl e sono qui, perché voi avete una cosa che mi appartiene: I magici e potentissimi Gioielli del Potere e non me ne andrò via da qui, fino a quando non me li consegnerete e vi consiglio di fare il più presto possibile, perché se no...-,

ma il feroce mostro, dai quattro spiritati occhi blu, non riesce a terminare la frase, perché viene interrotto da Emonji

EMONJI:- Laku fermati! So tutto del tuo piano. So che vuoi sfruttare il potentissimo potere dei 3 Gioielli, per diventare invincibile e governare così, incontrastato, l'intera Galassia, ma noi, eroi gloriosi e valorosi della Smile Crew, te l'assicuro, te lo impediremo!-

LAKU:- HA! HA! HA! HA! HA! Microbo anche se conosci il mio piano, non puoi nulla contro di me e contro il mio brutale esercito ARGH! OH! Dred guarda lì! Quei tre hanno i Gioielli. Forza Orrigl, all'assalto!!! Catturateli!!!-

e tra le paurose -UAAA!- - YAAAH!- - PER IL POTEREEE!- - YOWEEE!- - PER IL POTENTE E GRANDE LAKU!!!- - YOWEEE!- grida di guerra, vanno all'attacco

EMONJI:- Raga siete degli eroi, non lo dimenticate mai. Il nostro primo pensiero deve essere quello di difendere le persone e non dobbiamo smettere di farlo, finché non saranno in salvo. Siete pronti? All'attacco!!!-

e -UAAA!- -AAAH!- -AIUTO!!!- -SCAPPATE!!!- -SI SALVI CHI PUÒ!- tra le urla di terrore della malcapitata gente, ecco che BONK PUFF CIAK SWOOOSH CRACK

SMASH FLASH SBAM SSSHHH SMACK TUMP WOCK WUSSSH STOCK WHAMMM una dura e terrificante battaglia comincia, ma purtroppo gli Orrigl sono in troppi

BETEP:- ANF! ANF! ANF! Raga non credo di riuscire a contrastarli ancora per molto. Ho bisogno di una mano!-

COLISSEUM:- Ha ragione Betep. Sono in troppi! Non c'è la faremo mai, a fermarli tutti...-

NEBBIA:- Raga aiutatemi!!! Sono sfinita. Non ce la faccio più! ANF! ANF! ANF!-

e mentre l'eroina, dai luminosi occhi gialli, si ferma, esausta, un attimo per riprendere fiato, ecco che HOP un terrificante Orrigl la sta per attaccare alle spalle, ma per fortuna proprio in quel momento FLASH compaiono sull'inqietante campo di battaglia, Phoenily e Smile-Man e quest'ultimo, con un rapido e tempestivo intervento, SMACK STOCK CRACK KRASH atterra il nemico, salvando così la poliziotta

EMONJI:- OOOH! Ma quello è il Boomerang di Joe! Dove sei amico?-

SMILE-MAN:- EHI Emonji! Siamo qui! Siamo stati PUFF teletrasportati dalla Fenice che preoccupata, ci ha chiesto di aiutarvi a salvare la Terra.-

EMONJI:- Forza, giovani Eroi! È il momento di SUPER-ULTRA! Dobbiamo sfruttare immediatamente l'aiuto dei miei amici. Coraggio, trasformatevi!!!-

CAPITOLO VIII

"SMILE CREW VS ORRIGL."

Washington ormai, in seguito al violento scontro, è solamente un desolato e spaventoso campo di battaglia, dove, fortunatamente, grazie all'aiuto del presidente, gli sventurati cittadini della capitale sono sani e salvi e a bordo di un DROOOW BEEP pulmino, sono diretti nella sicura Oregon, lontano dalla violenza bruta di quegli spietati mostri e ora che i cittadini sono fuori pericolo, la Smile Crew è finalmente pronta ad affrontare, senza pensieri, il feroce e brutale popolo, capitanato dal despota Laku, iniziando così BONK PUFF CIAK SWOOOSH CRACK SMASH FLASH SBAM SSSHHH SMACK FLAP FLAP FLAP TUMP STOCK UAAA WOCK WUSSSH STOCK WHAMMM BOOM uno scontro persino più cruento del precedente, a cui però il mostruoso Laku ancora non vi ha partecipato, ma quando, con un UAAA BONK WHOCK SBAM poderoso colpo, Phoenily mette CRASH fuorigioco Dred, il suo più valoroso e leale guerriero, ecco che

LAKU:- NO!!! Come vi siete permessi?! Ora non avrete più scampo, vi finirò tutti!!! YAAAH!!!-

furioso interviene, in sua difesa, BONK CRACK SBAM SMACK TUMP CIACK KRASH atterrando, con degli spietati e incontrastabili colpi, uno dopo l'altro tutti gli eroi della Smile Crew, tranne però Super-Ultra che audace BONK PUFF WOCK SWOOOSH STOCK WUSSSH SBAM SSSHHH CIAK KRASH lo affronta, tuttavia la forza dei formidabili BONK pugni di Laku sono talmente devastanti che SUPER-ULTRA, sfinito, PATAPUM soccombe al tappeto

LAKU:- MUAHAHAHAHAH! Luridi terrestri non siete degni di questi preziosi Gioielli. Il giusto è degno proprietario sono io! MUAHAHAHAH!-,

ma il brutale e malvagio alieno, dagli sporchi e puzzolenti piedi, proprio nel momento in cui si sta avvicinando ai tre nuovi membri della Smile Crew, per prendere i Gioielli, ecco che, inaspettatamente, quei misteriosi e incantati Oggetti magici sprigionano FLASH un accecante lampo di luce, dal quale fuoriesce un invisibile, elettrico ed enorme pugno che BONK lo colpisce così duramente CRASH da farlo cadere a terra, privo di sensi e tempestivi, Emonji, Smile-Man e Phoenily non perdono la golosa e decisiva occasione di catturarlo e di teletrasportrlo, insieme a Dred e al suo furioso popolo, nella celata, misteriosa e sicura Legtriz, la prigione che è destinata ai Super Cattivi, salvando così la Terra.

I 3 Eroi per compiere quell'ultimo decisivo e potentissimo colpo hanno fatto uso di tutta la forza che gli era rimasta ancora in corpo; infatti subito dopo, stremati dalla fatica, cadono PATAPUM a terra, svenuti, venendo portati nell'accogliente, luminosa e modesta casa di Emily e di Joe, nel Minnesota e dal buonissimo odore di vaniglia, dove si risvegliano, solamente, 24 ore dopo

SMITH:- OOOH! Dove sono? Che fine ha fatto Laku? La Terra è salva?-

EMILY:- EHI! Ciao raga. Complimenti. Siete stati straordinari, senza di voi a quest'ora la Terra sarebbe solo un cumulo di macerie che galleggiano nello spazio infinito. State tranquilli, è tutto finito. Siete al sicuro qui. Vi abbiamo portato a casa mia, nel Minnesota, perché dopo il duello siete crollati in un sonno che è durato per ben un intero giorno.-

JOE:- Eroi fatevelo dire: Siete stati davvero Super-Ultra, perché, senza il vostro coraggio, la vita di milioni e milioni di persone sarebbe finita ieri. Grandi! Avete tutto il mio rispetto. Giovani Eroi penso che vi stiate domandando che fine hanno fatto Laku e il suo prepotente esercito, giusto? Ecco: Vi dico di stare calmi. Non c'è più nulla da temere, perché quel violento e prepotente mostro, insieme al suo distruttivo popolo, adesso si trovano rinchiusi a Legtriz, la prigione più sicura e invalicabile di tutta la Galassia.-

STEPHAN:- EHM! Grazie raga, parlo a nome di tutti, per i complimenti, ma il compito più difficile l'avuto David, perché in pochissimi giorni ha trovato, da solo, tutti i Gioielli, ci ha addestrati e ci ha fatto capire cosa significa essere un Super Eroe; perciò i complimenti vanno fatti soprattutto a lui, perché è lui il vero Eroe.-

DAVID:- AHEM! Grazie giovani Eroi. Sono commosso per queste vostre parole, ma Catie, Smith e Stephan senza la vostra, non scontata fiducia, e senza il vostro provvidenziale intervento, Emily e Joe, non c'è l'avremmo mai fatta; quindi il merito è di tutti noi, anche se il vero vincitore in tutta questa faccenda sono la Terra e l'intera Galassia che fortunatamente sono sane e salve.-

CATIE:- AHEM! Ragazzi scusatemi. Devo dirvi una cosa: Vi voglio ringraziare, perché, qui tra di voi, posso finalmente dire di sentirmi a casa, mi avete fatto provare ciò che, a causa della prematura morte dei miei genitori, non ho mai potuto provare da piccola; cioé fare parte di una famiglia; perciò grazie di cuore. Vi voglio bene!-

e dopo quelle sincere e dolci parole, l'intera squadra si riunisce in un commovente abbraccio di gruppo, dove, con un'unica voce, urlano - HIP! HIP! URRÀ! HIP! HIP! URRÀ! HIP! HIP! URRÀ! VIVA LA SMILE CREW!-

DAVID:- Forza David! Ce la puoi fare. Se hai il coraggio di affrontare un mostro che ha 4 occhi e due nasi, puoi anche riuscire a chiedere a Catie di uscire con te.-;

così dopo GNAM GNAM GNAM GLU GLU GLU CRUNCH CRUNCH CRUNCH cena, si fa coraggio e mentre tutti sono intenti a - AHAHAHAHAH!- BLA BLA BLA BLA BLA BLA divertirsi come dei matti, David prende in disparte Catie

DAVID:- EHM! Catie so che ci conosciamo da pochissimo tempo, ma devo dirti una cosa che non riesco più a tenermi dentro, la trattengo ormai dal primo momento in cui ho visto i tuoi splendidi occhi azzurri: ho una cotta per te. Che ne dici di uscire una di queste sere?-

CATIE:- GASP! Non me l'aspettavo. Pensavo che un uomo attraente come te fosse felicemente sposato. Certo che vengo a cena! Perché pensi che ti abbia seguito in questa folle missione?!-

DAVID:- EHM! Non lo so...-

CATIE:- BÈ! Scemo pensaci. Perché anche io ho una cotta per te. MUAH!-

NOME: EMONJI.
POTERI: HA LE FANTASTICHE ABILITÀ DI PREVEDERE IL FUTURO E DELLA LEVITAZIONE E INOLTRE POSSIEDE UNA MASCHERA ELETTRONICA, CONNESSA AI SERVER DELLA POLIZIA.

NOME: NEBBIA.
SUPER POTERI: POSSIEDE LE SPECIALI ABILITÀ, GRAZIE ALLA PREZIOSA COLLANA DEL POTERE, WUUUSH DI VAPORIZZARSI IN NEBBIA CHE LE PERMETTE DI DIVENTARE INVISIBILE E DI INTRUFOLARSI DOVUNQUE.

NOME: BETEP.
SUPER POTERI: HA L'ECCEZIONALE DOTE, GRAZIE AL MAGICO ANELLO DEL POTERE, DI CONTROLLARE I CAMBIAMENTI CLIMATICI, SOLE, SSSHHH PIOGGIA, CRICCH NEVE, GRANDINE E SWOOOSH VENTO, A PROPRIO PIACIMENTO.

NOME: COLISSEUM.
SUPER POTERI: HA L'INCREDIBILE FACOLTÀ, GRAZIE ALLA POTENTE COLLANA DEL POTERE, DI AUMENTARE LA PROPRIA ALTEZZA, A PROPRIO PIACIMENTO, FINO A DIVENTARE UN ENORME E MUSCOLOSO GIGANTE DI 3 METRI.

NOME: SMILE-MAN.
POTERI: POSSIEDE LE STRAORDINARIE CAPACITÀ DI LEGGERE NELL'ANIMO DELLE PERSONE, DI PERCEPIRE DELLE VISIONI, SE TOCCA UNA PERSONA CHE VUOLE COMMETTERE DELLE ORRIBILI MALVAGITÀ E DI TELECOMANDARE, CON LA MENTE, SWOOOSH IL BOOMERANG DEL SORRISO.

NOME: PHOENILY.
SUPER POTERI: POSSIEDE I
SORPRENDENTI POTERI DELLA
RIGENERAZIONE, DI GUARIRE
GLI ALTRI E UAAA DELLA
SUPER VOCE.

SUPER CATTIVI.

NOME: LAKU.
SUPER POTERI: È DOTATO DI UN FORMIDABILE E POTENTISSIMO BONK PUGNO, DI UN'INDISTRUTTIBILE CORAZZA IN DOGONE E DI SORPRENDENTI OCCHI CHE GLI PERMETTONO DI CONNETTERSI CON IL SUO FEROCE POPOLO.

NOME: DRED.
SUPER POTERI: POSSIEDE LA FORMIDABILE CAPACITÀ PUFF DELLA MOLTIPLICAZIONE, UN'INDISTRUTTIBILE CORAZZA IN DOGONE E COME TUTTI GLI ORRIGL È IN GRADO, GRAZIE AI SUOI 4 SPECIALI OCCHI, DI CONNETTERSI CON GLI ALTRI COMBATTENTI.

POPOLI.

NOME: ORRIGL.
ABITANTI: ORRIGL, UNO SPAVENTOSO E FEROCE POPOLO DI ALIENI NOMADI CHE VAGANO, BIP BOP BIP BOP BIP BOP A BORDO DELLA LORO VROOOM VELOCISSIMA E TERRIFICANTE ASTRONAVE, IN CERCA DI TESORI E DI POTERE E CHE INOLTRE POSSIEDONO UN'INDISTRUTTIBILE CORAZZA IN DOGONE, UN MATERIALE RICAVATO DA UNO SPECIALE ALLEVAMENTO DI TERRIBILI SCARAFAGGI GIGANTI E IL POTERE, GRAZIE AI LORO DISGUSTOSI 4 OCCHI, DI CONNETTERSI L'UNO ALL'ALTRO.

"LO SPECIALE DESTINO DELLA 4ª GEMELLA."

PREFAZIONE

Nel 2015 a Midresso, il Pianeta Arcobaleno della Via Lattea che è una terra dal suggestivo e rilassante odore di camomilla, dalla melodiosa e sincronizzata sinfonia WUSSSH del fruscio delle foglie, SPLASH delle onde del mare e SWOOOSH del soffio del vento, dove convivono pacificamente e allegramente 3 diverse popolazioni, quella delle terre, quella dei mari e quella dei cieli che si fondono l'una all'altra, grazie ad un enorme e meraviglioso Arcobaleno che dona all'intero astro delle fantastiche tonalità di colori e di luci, dove la notte non esiste e che è governato da OLYCOOP, il saggio e anziano cane, maremmano, di 60 anni, dalla robusta corporatura, dal bizzarro e morbidissimo pelo verde, macchiato qua e là da irregolari macchie blu, dai vivaci occhi gialli, dal singolare naso arancione e vestito da un elegante completo rosso e da un paio di buffi occhiali da sole dorati,

JUDIT LAX, l'affascinante e dolce mariana di 25 anni, serva della Regina del Mondo dei Mari, dalla sinuosa corporatura, dagli azzurri occhi a mandorla, dalle carnose labbra bordeaux, dai lunghi e morbidi capelli verde acqua e vestita da un elegante completo celestino;

e KARL RODRIGUEZ, l'umile e forte terrestriano-contadino di 30 anni, dalla muscolosa corporatura, dai profondi occhi marroni, da una rasa barba verde, dai verdi capelli a cespuglio e vestito da una vecchia e bluastra canottiera, da un paio di grigi bermuda e dal suo inseparabile cappello da Cowboy;

diedero alla luce 4 gemelli, due femminucce:

EA RODRIGUEZ, un'ammaliante e dolce sirena di 20 anni, dalla minuta e sinuosa corporatura, dai lunghi e lisci capelli turchesi con la frangetta, dalle carnose e brillantinate labbra gialle, dagli ipnotici occhi arancioni, dalla festosa coda color arcobaleno, vestita da una bianca t-shirt con su scritto: "Love is the secret!" e da una bandana verde, che possiede gli incredibili poteri di controllare le acque e di comunicare con qualsiasi tipo di creatura acquatica e che è la Guardiana del magnifico Mondo dei Mari, un territorio dalle ipnotiche e tenui luci blu, dai fantastici e melodiosi IIIIH canti dei delfini e dal dolce profumo di bellissimi frutti di mare, dalla caratteristica conchiglia argentata e che è abitato dai MARIANI, una dolce e tranquilla popolazione di alieni blu, dalle mani e dai piedi palmati, dalla caratteristica pinna sul dorso della schiena e vestiti da uno stravagante costume, fatto di alghe;

ed ELLIE RODRIGUEZ, una dolce, ingenua e semplice ragazza di 20 anni del Texas, dalla mingherlina corporatura, dagli scintillanti e unici occhi color arcobaleno, dalle carnose labbra anch'esse color arcobaleno, dai particolari, lunghi e ricci capelli rosa, vestita da un umile vestitino rosso, da un giacchetto jeans e da un paio di fantasiose scarpette rosa e che lavora, come volontaria, nell'ospedale della sua città, nel reparto pediatrico e che è stata cresciuta da ADELINA SOFIA, un'amorevole, grassoccia e anziana sarta del Texas di 76 anni, dai piccoli occhi verdi, dalle sottili labbra rosa, dai lunghi e bianchi capelli, raccolti in uno chignon e vestita da un lungo vestito rosa, costellato da tante piccole margherite e da un paio di occhiali viola, da vista;

e due maschietti:

JASPER RODRIGUEZ, un valoroso e cordiale Faroa, una creatura metà uomo e metà roccia, di 20 anni, dal possente corpo di roccia color arcobaleno, dagli scintillanti occhi a forma di topazio, dalle sottili labbra verdi, dai cristallini capelli a spazzolino, dal grande naso a forma di smeraldo, vestito da un elastico pantalone marrone e da una bandana verde, che ha l'eccezionale capacità di dominare le terre e di comunicare con tutte le creature terrestri e che è il Guardiano del Mondo delle Terre, un verde, marrone, luminoso, florido e vasto territorio, dal fantastico suono WUSSSH del fruscio delle foglie, dall'inebriante odore di menta e che è popolato dai TERRESTRIANI, una particolare popolazione di piccolissimi alieni, alti 30 cm, dal tondo e buffo corpo di roccia color sabbia, dal secco e lungo volto marrone in legno, dai verdi capelli a cespuglio e dalle stravaganti mani e piedi a forma di rametti, tra cui c'è BOB WINKSON, un umile e garbato contadino, dai grandi occhi marroni, dai verdi capelli a cespuglio, dal curato pizzetto verde e vestito da un sistemato maglioncino blu e da un tondo cappello, dalle strisce marroni e arancioni;

e MITCH RODRIGUEZ, un gioioso e generoso Moquila, una creatura metà uomo e metà aquila, di 20 anni, dal magro corpo d'aquila color arcobaleno, dai grandi occhi verdi, dal giallo becco d'aquila, dai brizzolati capelli corti, vestito da un elastico, stretto e bianco pantalone da ginnastica e da una bandana verde, che ha la spettacolare facoltà di governare i cieli e di comunicare con qualsiasi tipo di creatura del cielo e che è il Guardiano del Mondo dei Cieli, un infinito e luminosissimo territorio, dal meraviglioso suono CIP CIP CIP CIP CIP CIP del canto di dolcissimi cardellini e dal buonissimo profumo di cioccolata, in cui vivono i CELIANI, una popolazione di fantastici alieni, dal volto umano, dallo strano corpo d'airone, dalle bellissime piume leopardate e dall'appariscente cresta gialla;

dallo straordinario destino: Diventare i Guardiani di Midresso, ma nel giorno del loro 20esimo compleanno OKITA DRAKI, la malvagia e prepotente strega di 48 anni, dall'alta e magra corporatura, dagli spiritati occhi arancioni, dalle imbronciata e sottili labbra blu, dai corti e ispidi capelli fucsia, vestita da una lunga e nera tunica che le ricopre il gelido e cristallino corpo di ghiaccio, che possiede gli oscuri e terrificanti poteri CRICCH di congelare le proprie vittime e di controllarne la mente, che è accompagnata, sempre, dal suo fedele, spaventoso e giallastro coleottero parlante e FLAP FLAP FLAP FLAP volante, CLICK e che è la Regina delle streghe di LINIGLIUS, un inquietante e tenebroso bosco, in cui non batte mai il Sole e in cui regnano solo tristezza e oscurità, dallo spaventoso verso BZZZT di insetti carnivori, dall'orribile puzza di catrame e che è abitato dai LINIGLIUSIANI, un terrificante e potente popolo di streghe, dagli oscuri poteri, vestite da lunghi e paurosi abiti neri e che viaggiano a bordo FIOOOW delle loro rapidissima scope volanti;

dai CLEPROSNE, raccapriccianti creature parlanti, dall'enorme e robusto corpo di albero, dalle grandi e potenti zampe di gorilla, dallo spaventoso muso ROAR di leone e dalla WHAMMM fiammante criniera;

e dai CAMADISAURO, selvaggi, veloci e mastodontici dinosauri arancioni, GRRR dal feroce muso verde, ZAK dagli appuntiti denti rossi e dall'incredibile capacità di mimetizzazione;

ha fatto vivere all'intero pianeta dei tragici e inquietanti momenti di terrore.

CAPITOLO I

"LA PREDIZIONE DI MEE HAO."

Nel 2035 a Midresso è un giorno speciale, perché è il giorno del 20esimo compleanno dei 4 incredibili gemelli e ciò significa che finalmente è giunto il momento di eleggerli come Guardiani di Midresso, ma la sorte di una delle 2 bambine, di cui nessuno conosce l'esistenza, è ancora più speciale, perché Mee Hao, appena nata, la separò dai suoi 3 gemelli, a causa di una terribile predizione, ricevuta al momento della loro nascita: Salvare la Galassia e i suoi 3 fratelli, dalle grinfie della terrificante Okita Draki, portandola perciò lontano, sulla Terra, da Adelina Sofia.

OKITA DRAKI:~ Care streghe di Liniglius, stasera vi ho riunite tutte qui, per annunciarvi che, dopo 20 lunghi anni dalla nostra cacciata da Midresso, è giunta, finalmente, l'ora di ritornare agli antichi splendori di una volta e per farlo: Io e Click, questa sera stessa, andremo aldilà della muraglia, in quell'orrenda parte del Pianeta, per catturare e sottomettere al mio controllo i 3 potenti Guardiani, di cui ne sfrutteremo la forza, per diventare le uniche e incontrastate dominatrici della Galassia MUAHAHAHAHAH!~

e mentre la folla di malvagie streghe ~YEEE!~ ~YOWEEE!~ ~UAAA!~ ~YAHOOO!~ ~YUUHU!~ ~OKITA! OKITA! OKITA!~ ~HIP HIP URRÀ! HIP HIP URRÀ! VIVA LA NOSTRA REGINA!~, urla dall'euforia, agguerita, la strega, dal gelido corpo di ghiaccio, SWOOOSH vola, a bordo della sua scopa volante, verso il florido Impero di Midresso che raggiunge, dopo TIC TAC TIC TAC TIC TAC un lungo e faticoso viaggio, attraverso il fitto, terrificante e buio bosco, interrompendo bruscamente e inaspettatamente quella gioiosa e importante festa che da anni i Midressiani aspettavano con impazienza

OKITA:~ EHI! Voi, grandi e gloriosi Gemelli, ascoltatemi: Sono qui per stringere un patto di alleanza con voi. Se deciderete di unirvi a me, il vostro bell'Impero continuerà a vivere nell'agiatezza e nella ricchezza, ma se deciderete di non farlo, annienterò tutto e tutti, con i miei poteri; quindi che decidete di fare? Accettate o rifiutate?~

JASPER:~ Okita non ci uniremo mai a te, scordatelo. Fatti avanti, noi siamo pronti a combattere ARGH!~

EA:~ Strega è meglio che ritorni nel tuo oscuro e puzzolente bosco, qui non c'è spazio per streghe crudeli e tenebrose, come te.~

MITCH:~ Non ti permetteremo mai di impadronirti del nostro meraviglioso e florido pianeta. Dovrai passare sul nostro corpo, per farlo YAAAH!~

ed eroici i 3 gemelli FLAP FLAP SPLASH KRASH SWOOOSH CIAF CIAF TUMP CIAK partono all'attacco, verso la terribile strega che impassibile, senza muoversi di un millimetro, sussurra al suo fido insetto

OKITA:~ Vai Click, è ora! Vola e avvelenali, con il tuo pungiglione.~

così silenzioso e determinato, il disgustoso coleottero, passando inosservato, grazie alla sua piccolissima statura, FLAP FLAP FLAP FLAP vola incontro ai 3 valorosi Guardiani che, ignari della sua presenza, vengono TIN punti dal suo velenoso pungiglione, PATAPUM cadendo svenuti, subito dopo, ai piedi della perfida Okita che, dopo averli CRICCH congelati e catturati, li porta nella sua oscura, raccapricciante e spaziosa reggia, dall'inquietante BZZZT verso di insetti urlanti e dal forte odore di incenso, dove ad accoglierla, impazienti, ci sono ~YEEE!~ ~La nostra Regina lì ha catturati, ci è riuscita!~ ~Viva la nostra Regina!~ ~YAHOOO!~ ~OKITA! OKITA! OKITA!~ ~WHOOHO!~ le sue care amiche streghe

OKITA:~ Care amiche streghe, come vedete io e Click ci siamo riusciti: Abbiamo catturato i 3 prodigiosi e potentissimi gemelli e molto presto, quando si sveglieranno e gli avrò controllato la mente, sottomettendoli a me, la vostra pazienza e la vostra lealtà, nei miei confronti, sarà ripagata, perché saremo imbattibili e nessuno più ci potrà impedire di dominare, incontrastate, l'intera Galassia. IHIHIHIHIHIH! IHIHIHIH! IHIHIHIHIH!~

CAPITOLO II

"ELLIE E IL SUO IMPORTANTE DESTINO."

ADELINA SOFIA:~ Ellie? Ellie? Buongiorno! Svegliati! Svegliati piccola mia!~

ELLIE:~ YAWN! Dai Adel, è sabato! Fammi dormire un altro po, ti prego... YAWN!~

ADELINA:~ Su, alzati e vestiti. C'è venuta a trovare una persona speciale e mi farebbe tanto piacere, se lo conoscessi.~

ELLIE:~YAWN! AH! Chi è che mi vuoi far conoscere?~

ADEL:~ Un mio vecchio e caro amico che non vedevo da tanto tempo, adesso però basta domande. Io ora scendo.Ti aspettiamo in sala da pranzo e mi raccomando, fai in fretta, è maleducazione far aspettare gli ospiti~;

così, CLUNK dopo aver chiuso la porta della rosa, piccola e luminosa stanza, dalla buonissimo odore di fragola, la giovane ragazza, dagli occhi color arcobaleno, curiosa ed eccitata, si veste e in men che non si dica si trova già in sala da pranzo, dove ad aspettarla c'è, contento, Mee Hao

MEE HAO:~ OOOH! Ciao Ellie, buongiorno. Io sono Mee Hao, piacere di conoscerti, anche se io già ti conosco, perché ti ho tenuta in braccio, quando eri ancora una piccola, tenera e indifesa neonata.~

ELLIE:~ EHM! Buongiorno Signor Mee Hao. Io sono Ellie Rodriguez, piacere di fare la sua conoscenza.~

MEE HAO:~ AHAHAHAHAH! No, ti prego. Dammi del tu. Sarò pure anziano, ma dentro sono ancora giovane, come un ragazzino.~

ADELINA:~ Coraggio piccola mia, siediti! Il nostro Gattuomo ha tante ed importanti cose da dirti ed è meglio che l'ascolti con grande attenzione, perché ciò che ti dirà è di grande importanza.~;

perciò, tanto curiosa, quanto preoccupata, si siede di fronte al saggio Giomaniano

MEE HAO:~Cara Ellie, oggi sono qui, perché è giunto il momento che tu conosca la verità, su di te: Tu sei la 4ª di 4 speciali gemelli, dall'eccezionale destino: Quello di diventare i potenti e valorosi Guardiani di Midresso, il tuo pianeta d'origine, dal quale, appena nata, ti ho dovuta separare, portandoti qui sulla Terra, dalla mia cara amica Adelina, a causa di una terribile profezia che che si è, sfortunatamente, avverata al compimento dei vostri 20 anni e che riguarda Okita, una malvagia e brutale strega che ha rapito e sottomesso al suo potere i tuoi fratelli, per realizzare il suo tanto desiderato e folle piano: Dominare l'intera Galassia, insieme al suo spietato popolo di streghe e tu sei l'unica speranza di salvezza, per i tuoi fratelli e per il tuo magnifico pianeta ed per questo ti ho nascosta qui, in tutto questo tempo, perché nessuno sapesse di te, nemmeno i tuoi gemelli.~

ELLIE:~ No, impossibile! Non credo ad una sola delle tue parole. La mia famiglia è Adelina e so che lei, me l'avrebbe detto. Non mi avrebbe mai mentito.~

MEE HAO:~ Si, hai ragione. Adelina è la sola famiglia che hai, ma non poteva dirti nulla, perché se lo avrebbe fatto, avrebbe messo seriamente a rischio la tua vita.~

ADELINA:~ Ellie, piccola mia è tutto vero. Mee sta dicendo la verità. Sapevo tutto e ti chiedo scusa, se non ti ho mai detto nulla, ma non potevo permettere che ti succedesse qualcosa, perché sei la figlia che non ho mai avuto, anzi che grazie a te ho avuto WUAAAH!~

ELLIE:~ WUAAAH! Adel come hai potuto? Adesso non so più chi sono!~

MEE HAO:~ Ellie asciugati le lacrime e ascoltami: Ciò che è passato è passato e l'unica cosa che conta ora è che tu conosca, finalmente, la verità e non dubitare mai su chi sei, perché solo noi siamo in grado di decidere chi essere, perché è l'uomo a fare la scelta, no la scelta a fare l'uomo. Se hai qualche domanda da farmi, non farti nessun problema, ti risponderò a tutto.~

ELLIE:~ HMMM! SNIF! SNIF! Va bene! Mi parli di Midresso e della mia famiglia?~

MEE HAO:~ Certo che te ne parlerò: Midresso, il tuo Pianeta d'origine, è insieme alla Terra uno dei pianeti più belli dell'intera Galassia; infatti viene chiamato:"Pianeta Arcobaleno" e su di esso convivono pacificamente 3 grandiosi Mondi, quello dei Mari, quello dei Cieli e quello delle Terre che si uniscono l'uno all'altro, grazie ad un bellissimo e sbalorditivo arcobaleno e a custodirlo ci sono i tuoi 3 fratelli.

Tu e i tuoi fratelli siete nati all'incirca 20 anni fa in una calda e tranquilla sera d'estate, da Judit Lax e da Karl Rodriguez, una splendida coppia di Midressiani, che si sono incontrati, innamorandosi al primo sguardo, durante la speciale giornata della Contentezza, anche se a Midresso, a quei tempi, erano severamente vietati rapporti sentimentali tra specie appartenenti a mondi differenti; infatti quando, nel giorno NGHE NGHE NGHE NGHE della vostra nascita, fu, sfortunatamente, scoperta la loro segreta relazione, vennero condannati a morte, ma la notte prima della loro crudele e ingiusta esecuzione, i tuoi genitori, in gran segreto, mi vollero incontrare, affinché vi nascondessi e vi protegessi, ma proprio nel momento in cui vi presi in braccio, mi resi immediatamente conto che voi 4 eravate i 4 formidabili gemelli, di cui da tempo si aspettava la venuta; così, BLAST di corsa, mi precipitai da Olycoop, il saggio presidente di Midresso, per dargli la strabiliante notizia e cercare in questo modo di impedire l'ormai vicina esecuzione dei tuoi innamorati genitori, però, a malincuore, mi disse che non poteva fare nulla, perché a decidere erano il Re del Mondo Delle Terre e la Regina del Mondo dei Mari che, testardi, non vollero sentire ragioni e alle 8:00 in punto del mattino furono, spietatamente, giustiziati e subito dopo, i tuoi 3 gemelli furono, gloriosamente, presentati all'intero popolo, come i futuri e grandiosi Guardiani del Pianeta, mentre tu invece, come ti ho già raccontato, sei stata nascosta qui, sulla Terra, all'insaputa di tutti, anche del saggio Olycoop, perché il tuo destino è ancora più grandioso di quello dei tuoi fratelli, perché tu e solo tu hai il potere di salvare Midresso e l'intera Galassia dalla terrificante ferocia dell'oscura strega, Okita Draki.

Tua sorella si chiama Ea Rodriguez ed è La Sirena-Guardiana dei Mari, tuo fratello Mitch Rodriguez, invece è il Moquila, metà uomo e metà aquila, Guardiano dei Cieli, mentre l'altro tuo fratello, Jasper Rodriguez, è il Faroa, metà uomo e metà roccia, Guardiano delle Terre e infine tu, Ellie Rodriguez, sei La Dreamer-Guardiana dei Sogni e tutti e 4 sin dalla nascita siete stati, inconsapevolmente, preparati a quest'eccezionale fato.~

ELLIE:~ GULP! EHM! Io cosa sono? La Dreamer-Guardiana dei sogni? Impossibile! E poi a me non mi ha mai preparato nessuno; quindi penso che tu abbia sbagliato ragazza.~

MEE HAO:~ EHEHEHEH! Invece sì, sei stata preparata e il fatto che tu non te ne *sia mai accorta, significa che Adelina ha svolto un buon lavoro, perché prima che ti lasciassi a lei, le ho consegnato una lista di piccoli esercizi da farti fare, per tenerti pronta, nel caso in cui, un giorno, avessimo avuto bisogno di te e rigurdano:*

- La lettura dei Manuali dei Sogni, affinché tu imparassi a interpretare il significato simbolico dei tuoi sogni.

E

- L'imparare a disegnare, perché, attraverso il disegno, tu possa attivare il tuo potentissimo e unico potere: Quello di cambiare o alterare la realtà a tuo piacimento,

ma il tuo potere più grande non ha bisogno di alcun allenamento, perché è innato in te ed è che la tua mente è immune a qualsiasi tipo di sortilegio e ciò che ti rende così speciale e fondamentale, per i tuoi fratelli, è che, tu, questa capacità la puoi trasferire anche a loro, aiutandoli così a rompere l'incantesimo che li tiene legati alla crudele Regina delle Streghe.~

ELLIE:~ AH! Quindi in tutti questi anni non ho fatto altro che prepararmi a questo giorno? Come si fa con un tacchino per il giorno del Ringraziamento?! HMMM! Bene! Però sui poteri ti sbagli. Non voglio deluderti, ma non penso di averli...~

MEE HAO:~ No, Ellie non mi sbaglio. Tu i poteri ce li hai, ma non si sono mai manifestati, perché per farlo hai bisogno di questa: La bandana-Amuleto che è un oggetto magico e distintivo di voi 4 Magnifici Guardiani di Midresso. Tieni, prendila, è tutta tua. Indossa anche questa elastica e rinforzata tuta turchese, starai più comoda...~

MEE HAO:~...WOW! Ti sta benissimo. Ecco! Ora che sei pronta e sai tutto, ti chiedo: Vuoi venire con me, su Midresso e aiutarmi a salvare la Galassia? Se sì, dammi la mano; così ci teletrasporteremo sul tuo magico Pianeta Arcobaleno.~

ELLIE:~ OOOH! Così subito, su due piedi... EHM! EHM! Non lo so... EHM!~

ADELINA:~ Aspetta piccola mia, prima che tu decida cosa fare, voglio dirti una cosa, voglio dirti che io, qualsiasi scelta tu faccia, sarò sempre orgogliosa di te e non preoccuparti per me, perché sapevo che prima o poi questo giorno sarebbe arrivato. Il tuo cuore la scelta giusta la sa, tu seguilo sempre e ti assicuro che non sbaglierai mai. Abbi cura di te, sei una ragazza forte MUAH!~

ELLIE:~ WUAAAH! Mamma ti voglio bene. Mi mancheranno i tuoi abbracci. Te lo prometto, tornerò presto CHU!~

e, dopo un lungo e commovente abbraccio con la sua adorata Adelina, la Guardiana dei Sogni, decisa, va dal coraggioso Mago e PUFF si teletrasoportano su Midresso.

CAPITOLO III

"NON È SOLO UNA LEGGENDA."

MEE HAO:~ OH! NO! È Peggio di quanto pensassi. Il Pianeta, senza la supervisione dei Guardiani, sta morendo. Okita li ha già catturati e ha già lanciato il suo perfido sortilegio sul Pianeta e so esattamente cosa fare, per risolvere la situazione: Ellie è il momento che usi i tuoi poteri. Vedi questa magnifica foto di Midresso?! Perfetto! La devi replicare, con il tuo magico disegno; così da ripristinare il suo antico splendore.~

ELLIE:~ WOW! Bellissimo! È uno spettacolo questo Pianeta. Mi metto subito a lavoro, non accetto vedere una meraviglia del genere, resa così: brutta, putrida e puzzolente!~;

perciò, indignata e determinata, la ragazza, dai graziosi occhi arcobaleno, si mette immediatamente all'opera, sotto la protezione del Gattuomo che le copre le spalle, da qualsiasi tipo di minaccia e TIC TAC TIC TAC TIC TAC dopo 2 lunghe ore, ecco che FLASH un intenso lampo di luce fuoriesce dall'incantato disegno, ricoprendo l'intero Pianeta, facendo così scomparire quella triste aria d'oscurità che lo soffocava e liberando i suoi luminosi, potenti e bellissimi colori che lo contraddistinguono

ELLIE:~ EHI! Mee guarda! Ci sono riuscita. Ho veramente un dono! Non credo ai miei occhi. Questo è sicuramente il pianeta più bello che abbia mai visto HAAA!~

MEE HAO:~ BE'! Te l'ho detto che sei speciale. Ne ero sicuro che ce l'avresti fatta, tu sei nata per questo. Tu sei destinata ad essere grande. BRAVISSIMA! GASP! Hai ragione: È sbalorditivo questo posto; infatti ogni volta che ci ritorno, rimango sempre a bocca aperta. Adesso però dobbiamo muoverci. Dobbiamo metterci subito in cammino, verso lo spietato popolo di Streghe di Liniglius che si trova proprio lì, su quella vetta di quell'altissimo vulcano, sennò tutta questa meraviglia scomparirà.~;

così determinati, passando sotto il luminoso, variopinto e stupendo arcobaleno, si incamminano in direzione del lontano e mastodontico vulcano, ma giunti nei pressi dell'oscuro bosco di Liniglius, prima che riescano a mettere piede lì dentro, una preoccupata voce gli sussurra:~ PS! PS! PS! EHI VOI! State attenti. Non è una buona idea entrare lì, adesso, il pianeta è in pericolo, la crudele Okita

Draki ha rapito e imprigionato i nostri 3 grandiosi Guardiani.~

MEE HAO:~ EHI! Tranquillo. Sappiamo tutto e siamo qui, per impedire che l'oscura strega realizzi il suo folle e terribile piano.~

VOCE PREOCCUPATA:~ URC! Ma... Ma mica tu sei Mee Hao, il famoso e il glorioso Magatto di Giomare che sconfisse il terribile Spike Snader, diventando il Mago più potente di tutta la Galassia?!~

MEE HAO:~ Ebbene sì, sono proprio io. Piacere di conoscerti ragazzo. Qual'è il tuo nome?~

RAGAZZO:~ OPS! Mi scusi. Piacere di conoscerla potentissimo Mee Hao. Io sono Bob Winkson e lavoro come contadino in quella campagna laggiù. GASP! Ancora non ci credo che sto parlando con lei WOW!~

MEE HAO:~ Bob concentrati. Dove sono tutti glia altri?!~

BOB WINKSON:~ EHM! Perdonami, ma sono emozionatissimo! Tutti, appena è calata l'oscurità sul Pianeta, ci siamo nascosti, chi nelle foreste, chi nelle caverne, chi tra le nuvole, chi in mare, in attesa che i Guardiani ci venissero a salvare, ma, come hai potuto vedere anche tu, nessuno ci è venuto ad aiutare; finché non sei arrivato tu a rimmettere tutto a posto, a riportare la luce sul nostro meraviglioso Pianeta.~

MEE HAO:~ BÈ! Caro Bob, per questo, non devi ringraziare me, ma lei, la famosa e formidabile Dreamer-La Guardiana dei Sogni. Il merito è tutto suo.~

BOB:~ AH! SOB! Mi scusi grande Dreamer, per la mia grande mancanza, ma io pensavo che la storia della 4ª GEMELLA fosse solo una leggenda, la prego, mi perdoni. Per rimediare alla mia stupida ignoranza, mi metterò a sua completa disposizione, l'aiuterò a salvare il nostro colorato e sbalorditivo Pianeta.~

DREAMER:~AHEM! EHEHEHEH! Bob ti ringrazio, per la tua gentile disponibilità, ma io sono venuta a conoscenza di questo mio incredibile destino solo poche ero fa; quindi stai tranquillo, non è successo nulla. Adesso però devi farmi un favore: Devi andare dal nostro popolo e spargere la voce che La Dreamer è qui e che presto si sistemerà tutto, ma digli anche che è molto importante che rimangano ancora nascosti, finché non si sarà sistemato tutto, perché il Pianeta è ancora gravemente in pericolo e poi ritorna subito qui, abbiamo bisogno del tuo aiuto, per attraversare il bosco e salire lì, sulla cima di quel mastodontico vulcano.~

BOB:~ EHM! Va bene! Ai suoi ordini Grande Dreamer. Sarò di ritorno in un batter d'occhio.~

e, concentrato ed euforico, FLASH velocissimo, il terrestriano corre dai suoi concittadini a dargli BLA BLA BLA BLA l'eccezionale e sbalorditiva notizia.

CAPITOLO IV

"L'OSCURO BOSCO DI LINIGLIUS."

La Guardiana dei Sogni, accompagnata da Mee Hao e guidata dal fedele Midressiano, Bob, si incammina, decisa, nel tenebroso e inquietante Bosco di Liniglius, dove ad un certo punto, tra i bui, spaventosi e stretti sentieri, ROAR GRRR un gigantesco e terrificante Cleprosne fa, ai 3 avventurieri, un feroce agguato, HOP saltando addosso allo sventurato terrestriano che preso di sorpresa e dal panico ~AAAAH! AIUTO! Vi PREGO, AIUTATEMI!!! UAAA!~

comincia ad urlare, ma il Magatto che è un grande Mago, con molta lucidità e con sangue freddo, ~IMMOBILIZ!~ scaglia, contro la possente bestia, un fortissimo incantesimo che lo immobilizza, permettendo così al terrorizzato contadino di scappare via, dalle sue grinfie

MEE HAO:~ Bob calmati. Sei sano e salvo. Dove possiamo nasconderci? Abbiamo solo 30 secondi, prima che la magia svanisca. Veloce! Dove possiamo andare?~

BOB:~ ANF! ANF! ANF! HMMM! Si, ecco ci sono. Seguitemi, svelti! Andiamo laggiù, verso il torrente della paura. In quella caverna non penso che ci troverà!~;

perciò, senza perdere Tempo, BLAST corrono il più velocemente possibile, in direzione di quel salvifico, piccolo e buio riparo, dalla forte puzza di pesce, andato a male e CIAF CIAF CIAF dal continuo rumore di gocce d'acqua che cadono a terra

DREAMER:~ PHEW! Ce la siamo vista davvero brutta ragazzi. Bravo Bob! Con questo tanfo BLEAH! non ci troverà mai. Hai avuto proprio una buona idea a nasconderci qui dentro.~

BOB:~ ANF! ANF! ANF! Grazie Guardiana, ma non ho fatto nulla. È il primo posto che mi è venuto in mente. Da piccolo, quando saltavo la scuola, con alcuni dei miei amici, venivamo sempre qui a divertirci un po. Raga! Ma perché non usate i vostri poteri, per raggiungere il vulcano, invece di rischiare di essere brutalmente sbranati?~

MEE HAO:~ Bob la tua domanda è giusta, ma ci ho già provato e purtroppo qui, in questo bosco, i nostri poteri non funzionano. Le streghe hanno eretto intorno al bosco uno scudo difensivo che inibisce qualsiasi tipo di potere magico ed è per questo che sei così importante, perché sei l'unico che conosce il tragitto più breve, per raggiungere il vulcano.~

DREAMER:~ EHI Raga! Possiamo andare. Quel mostro se ne anda...~,

ma la giovane eroina non riesce a terminare di parlare, perché la sua voce, improvvisamente, si spezza, quando alle loro spalle GRRR un poderoso e spaventoso ringhio che proviene da un selvaggio Camadisauro, lì fa rabbrividire tutti e ~UAAA!~ ~AAAH!~ ~AIUTO!!!~ tra le grida di paura, i 3 coraggiosi paladini FLASH BLAST schizzano fuori dalla caverna, SPLASH CIAF CIAF SPLASH gettandosi in acqua, nel grigio e raccapricciante torrente della paura, dall'orrenda puzza di cenere che li spinge, con gran fortuna, proprio ai piedi del grandissimo vulcano

DREAMER:~ UH Raga! Guardate! Siamo arrivati!!! ~

BOB:~ URC! Da qui fa ancora più paura. È tanto spaventoso, quanto gigantesco BRRR!~

MEE HAO:~ Eroi il castello delle streghe si trova proprio lì, sulla vetta del vulcano e considerato che abbiamo bisogno di tutte le nostre energie, per riuscire a scalarlo, è meglio che ci accampiamo qui, per questa notte. Forza! Accendiamo un fuoco e riposiamoci, domani ci aspetta una dura giornata.~;

perciò, esausti, RONF RONF RONF RONF si addormentano beati, come dei neonati, sotto un triste cielo, senza stelle, ma purtroppo il rigenerante sonno viene bruscamente interrotto ~AAAH! UAAA! AAAH!~ dalle urla di paura della gemella che ha appena ricevuto un sogno premonitore

MEE HAO:~ EHI Ellie! Calmati! Era solo un sogno, tranquilla. Dimmi! Cosa hai sognato?~

DREAMER:~ AHEM! Gattuomo siamo tutti in pericolo. Dobbiamo muoverci. Ho appena sognato che Okita, insieme ai miei fratelli, tra poche ora, attiverà questo imponente vulcano, per inondare e distruggere l'intero Pianeta.~

MEE HAO:~ OH! NO! La dobbiamo assolutamente fermare, prima che delle vittime innocenti muoiano. Coraggio! Alziamoci e rimettiamoci subito in marcia, abbiamo già perso troppo tempo.~

BOB:~ ARGH! Non permetterò che una brufolosa e cattiva strega distrugga il mio adorato Pianeta! Forza! Andiamola a fermare!~;

così, determinati, ISSA ISSA ISSA ISSA iniziano a scalare l'enorme vulcano.

CAPITOLO V

"I POTERI PERSUASIVI DI OKITA."

CLICK:~ Scusi mia regina, se la disturbo, ma i prigionieri si stanno svegliando.~

OKITA:~ AH! Finalmente! Grazie Click. Care streghe il momento tanto atteso sta arrivando, presto domineremo l'intera Galassia MUAHAHAHAHAH! MUAHAHAHAHAH!~

e ~IHIHIHIH!~ ~MUAHAHAHAHAH!~ ~HA! HA! HA! HA! HA!~ tra le perfide risate delle streghe, Okita, decisa, accompagnata dal suo fedele insetto parlante, scende nei bui, inquietanti e tristi sotterranei dell'oscuro castello, dalla pungente puzza di paura e dal terrificante rumore di CIII affilate unghie che grattano contro un vetro, dove i 3 Guardiani sono tenuti imprigionati

EA:~ Strega, noi siamo pronti a qualsiasi cosa, tu ci faccia, perché ricorda: l'amore e la giustizia trovano sempre il modo di sconfiggere l'odio e l'oscurità.~

JASPER:~ Infame strega, noi non ci sottometteremo mai a te ARGH!~

MITCH:~ Midresso non finirà mai nelle mani di una strega malvagia come te, perché il nostro orgoglioso e unito popolo troverà, sicuramente, il modo di sconfiggerti, anche senza il nostro aiuto.~

OKITA:~ MUAHAHAHA! Poveri illusi. È inutile che vi sbattete così, rilassatevi, perché, da oggi, voi, potenti Gemelli-Guardiani di Midresso sarete i miei valorosi e leali Soldati di Liniglius e obbedirete, senza obiezioni, ad ogni mio comando.~

e FLASH, subito dopo aver pronunciato queste persuasive parole, nella stanza cala l'oscurità, perché il tenebroso incantesimo ha avuto, sfortunatamente, effetto e i 3 gloriosi Midressiani iniziano a perdere i loro gioiosi e luminosi colori e la loro spontanea bontà, trasformandosi in crudeli e vendicativi soldati, dal funebre colore nero

MITCH:~ Grande Regina Okita, ora siamo a sua completa disposizione. Ci dica cosa dobbiamo fare e le obbediremo.~

EA:~ Fratelli inchiniamoci dinanzi alla potente e maestosa Okita, non siamo degni di guardarla negli occhi.~

JASPER:~ Imperiosa Strega Okita,noi, Soldati di Liniglius attendiamo soltanto i *suoi ordini.~*

OKITA:~ MUAHAHAHAHAH! MUAHAHAHAHAH! MUAHAHAHAHAH! Finalmente ci sono riuscita. I 3 leggendari Guardiani di Midresso sono sotto al mio controllo. Forza, Soldati. Seguitemi! Andiamo su quel pianeta laggiù e testiamo la vostra forza. MUAHAHAHAHAH!~;

così, soddisfatta e meschina, la strega, dal gelido corpo di ghiaccio, scortata dai suoi nuovi 3 alleati, si dirige verso Ryper Chep, un piccolo, operoso e quadrato Pianeta blu, dalla fastidiosa puzza di gas, dalla melodica musica di un pianoforte e che è abitato dai Miaisci, strani, verdi, muti, piccoli e laboriosi alieni, metà scimmie e metà robot

OKITA:~ Coraggio, miei Soldati! Distruggete questo inutile e insulso Pianeta. Mostrate alla vostra Regina tutta la vostra potenza!~

JASPER:~ Sì, nostra Regina. Ai suoi ordini.~

e i 3, ora, malvagi Gemelli, concentrati, ~UAAA!~ ~AAAH~ ~YAAAH!~ iniziano a raccogliere tutta la loro potenza, per eseguire il folle e ignobile compito, assegnatagli, ma proprio nel momento in cui stanno per scaraventare, sotto il sogghignante, soddisfatto e cattivo sguardo della loro padrona, quel feroce e incontrastabile attacco, contro quell'inerme e sventurato popolo di scimmie verdi, ecco che i 3 formidabili fratelli vengono, inaspettatamente, distratti WHAMMM da un potentissimo fulmine di fuoco che arriva alle loro spalle e che viene, tempestivamente, contrastato CRICCH dal gelido raggio di ghiaccio dell'attenta Okita che, grazie al suo provvidenziale intervento, permette ai suoi speciali Soldati di SPLASH SWOOOSH SMASH colpire e di PATAPUM atterrare, brutalmente, la coraggiosa Sun Ley, chiamata e teletrasportata lì, dalla magica e dorata Fenice, in soccorso del disgraziato Pianeta.

OKITA:~ Bravi Soldati! Ottimo lavoro. Forza! Prendetela e andiamocene. Non voglio che altri disgustosi eroi inpiccioni si intromettano in questioni che non gli interessano.~;

così, senza indugio, raccolta da terra, l'impavida soliana, ritornano su Midresso, nell'orrendo castello, rinchiudendola nei sotterranei OKITA:~ Soldati! Voi rimanete qui a sorvegliarla e venitemi a chiamare, quando si sarà svegliata. Io sono nella mia stanza, a riposare.~

MITCH:~ D'accordo nostra Regina. Ai suoi comandi.~.

OKITA:~ Click dimmi: Chi è la più potente?~

CLICK:~Tu, mia Regina!~

OKITA:~ Chi è la più malvagia?~

CLICK:~Tu, mia Regina!~

OKITA:~Chi dominerà l'intera Galassia?~

CLICK:~Tu, mia Regina! ~

OKITA:~Però prima voglio radere al suolo questo disgustoso e ignobile Pianeta MUAHAHAHA! MUAHAHAHA!~

CLICK:~IHIHIHIHIH! Mia Regina sei veramente spieta...~,

ma il terribile e giallastro coleottero viene interrotto, dai Soldati di Liniglius che TOC TOC TOC TOC bussano alla porta

OKITA:~ UFFF! Chi è che disturba?! Spero, sia importante.~

EA:~ Mi scusi grande Regina, se l'ho disturbata, ma la prigioniera si è appena svegliata.~

OKITA:~ AH! Bene! Forza Click! Andiamo a divertirci!~;

allora, spietata, Okita arriva davanti alla cella di Sun Ley

OKITA:~Soldati, liberatela e portatela qui, davanti a me.~

EA:~ EHI! Devi inginocchiarti, quando c'è la nostra Regina. Sei indegna. Non puoi stare alla sua stessa altezza.~

SUN LEY:~Mai! Non mi sottometterò mai a te, sei solo una codarda e folle strega PTUH!~

EA:~Iginocchiati, ho detto!~

e SMACK con un poderoso colpo sui reni, la sirena, la costringe CRASH a inginocchirasi, incontrando, per sfortuna, gli ipnotici occhi della strega, dagli ispidi capelli fucsia

OKITA:~Sun Ley ascoltami bene: Da oggi in poi, io sarò, per te, la tua gloriosa e crudele Regina e ti unirai ai miei 3 fantastici Soldati di Liniglius, obbedendo a tutto ciò che ti ordinerò, senza opporre mai alcuna resistenza.~

e immediatamente dopo aver pronunciate quelle infami e irresistibili parole, FLASH dalla super eroina, dai fiammante capelli rossi, fuoriesce la sua parte più cupa, più nera e più malvagia, perdendo così i suoi vivi colori, la sua spontanea genitlezza e il suo innato altruismo

SUN LEY:~VA bene, mia gloriosa Regina. Ai suoi ordini.~

OKITA:~Perfetto! Adesso che siamo al completo. Soldati andate e con tutta la vostra forza, riattivate il vulcano; così da inondare e da distruggere una volta per tutte questo putrido e insignificante Pianeta MUAHAHAHA!~

CAPITOLO VI

"L'OSCURO INCANTESIMO È STATO SPEZZATO."

DREAMER:~OH! NO! Raga dobbiamo muoverci! Guardate lassù! Il sogno premonitore si sta avverando.~;

perciò i 3 audaci eroi, ISSA ISSA ISSA ISSA con le loro residue forze, il più rapidamente possibile, arrivano finalmente sulla cima del mastodontico vulcano, ai piedi del tetro e terrificante castello stregato, dove trovano Okita e i suoi prodigiosi e potenti Soldati di Liniglius che, concentrati, stanno per riattivare il Vulcano

MEE HAO:~EHI Okita! Fermati! Sappiamo tutto del tuo crudele piano e dovrai passare sul nostro cadavere, se lo vorrai realizzare, perché lotteremo fino allo stremo delle nostre forze, pur di difendere questa splendida terra e pur di liberare i nostri Amici ARGH!~

OKITA:~HAAA! Click guarda chi ci è venuto a trovare! Ciao Mee Hao, benvenuto. Sono felice che tu sia qui, perché la distruzione di Midresso sarà un momento epico che verrà, sicuramente, ricordato nel tempo e mi sarebbe dispiaciuto tantissimo non avere testimoni. Su! Non fare il maleducato. Non mi presenti i tuoi amici?~

MEE HAO:~ Malefica strega non ho alcuna intenzione di assistere, inerme, alla distruzione di Midresso, ti assicuro che te lo impediremo! E per farlo ho portato due amici speciali: Bob Winkson, un abilissimo terrestiano e la mitica e straordinaria Dreamer!~

OKITA:~ NO!!!! È impossibile! La storia della 4ª Gemella è solo una leggenda. Microbo non ti permetto di prendermi in giro e per questo la pagherete cara, tu e i tuoi insulsi amichetti ARGH!~

DREAMER:~ Okita ascoltami: Noi non siamo qui per combattere, ma se non rinuncerai a compiere il tuo folle piano, saremo costretti a farlo. Sei ancora in tempo per arrenderti, prima che per te sia la fine, perché è vero ciò che ti ha appena detto Mee: Io sono la gloriosa Dremer-La Guardiana dei Sogni, con il grandioso destino di salvare Midresso, i miei fratelli e l'intera Galassia.~

OKITA:~ NOOO! Non ti permetterò di rovinare il mio piano. Forza Soldati! Attaccate!!!~

e così mentre FLASH BONK WHAMMM SWOOOSH SPLASH PUFF TUMP CIAF SBAM Stock WUSSSH il Magatto e il Terrestiano affrontano, coraggiosi, i 4 spietati soldati di Liniglius, la dolce gemella, dagli strabilianti occhi color arcobaleno, si mette in disparte, per provare a neutralizzare il potentissimo maleficio, ma, astuto, il fedele coleottero le si avvicina di soppiatto, TIN pungendola, con il suo velenoso pungiglione, facendola svenire e permettendo, purtroppo, in questo modo alla perfida strega di ghiaccio di rapirla e di rinchiuderla in una delle orripilanti celle del suo oscuro castello, dove, SLAP SLAP con degli energici schiaffetti sulle guance, la colpisce, finché, spaventata, non si sveglia

DREAMER:~ AAAH! Dove sono? Strega dove mi hai portato?~

OKITA:~AH! Finalmente! Dolce e potentissima Dreamer ti sei svegliata. Stai tranquilla, adesso sei al sicuro, perché da questo momento e per sempre sarai sotto al mio controllo, obbedirai ad ogni mio comando e sarai la mia più fedele guerriera.~

DREAMER:~HEH! HEH! HEH! HEH! HEH! Cara Okita, mi dispiace dirtelo, ma i tuoi poteri persuasivi, non hanno effetto su di me. Io sono venuta al mondo solo per questo giorno, solo per sconfiggere te e salvare il mio popolo. Questo è il mio destino e ti prometto che farò uso di tutta la mia forza, per mettere fine a questa tua pazza rivolta.~

OKITA:~ NOOO! Non ci credo! È assurdo! Come hai fatto?! Mai nessuno è riuscito a resistermi. UAAA!~;

allora la Guardiana dei Sogni sfruttando il momento di disperazione dell'atterrita strega che ha, stupidamente, abbassato la guardia, si libera dalle sue gelide grinfie e BONK SMACK con un poderoso colpo sul naso, la colpisce, facendola PATAPUM cadere a terra, priva di sensi e CLUNK rinchiudendola nella lurida e macabra cella e ormai libera, si catapulta fuori dal castello, per soccorrere i suoi altruistici e coraggiosi compagni d'avventura, che ANF ANF ANF ANF sfiniti, stesi sul roccioso campo di battaglia, stanno per subire il definitivo e fortissimo colpo del K.O., dai 4 persuasi Soldati, ma tempestivamente la giovane Sognatrice si frappone fra di loro, ~AAAH!!! AAAH! AAAH!~ lanciandogli contro il suo formidabile potere di protezione, FLASH spezzando, finalmente, l'oscuro maleficio e salvando così i 2 encomiabili eroi che, insieme all'agguerrita Sun Ley e ai suo formidabili Gemmelli, teletrasporta, *grazie al suo eccezionale potere del disegno, a casa della sua amata Adelina.*

CAPITOLO VII

"IL SOGNO È IL POTERE PIÙ POTENTE."

ELLIE:~EHI Adel! Dove sei? Sono io, Ellie! Vieni, presto! Ho bisogno del tuo aiuto.~

ADELINA:~ OOOH! Che bella sorpresa! Ciao piccola mia. Che ci fai qui? Non ti senti bene? GULP! E loro chi sono e cosa gli è successo?~

ELLIE:~Adel, stai tranquilla. Io sto bene. Loro sono i miei fratelli, mentre lui è Bob. Scusami, se li ho portati qui, ma non sapevo dove altro portarli, stanno messi malissimo e hanno bisogno di urgenti cure e perdipiù dobbiamo fare in fretta, abbiamo poco tempo, prima che le streghe di Liniglius trovino l'orrenda Okita e la liberino.~

ADELINA:~ Piccola mia calmati adesso. Non ci pensare. Dai! Aiutami a sistemarli sui letti e sul divano; così sarà più facile curargli le ferite.~

e, abilmente, l'anziana donna presta ai valorosi eroi immediato soccorso

ADELINA:~Piccola sdraiati anche tu sul letto, sarai stanchissima, ma prima tieni, questa è per te. Mangiala tutta, mi raccomando. Ho preparato il ciambellone, con il cuore morbido al cioccolato, che ti piace tanto.~

ELLIE:~MMMH!~ GNAM GNAM GNAM GNAM

ELLIE:~Che buono Adel, sublime. Buonissimo come sempre. Mi sono mancati i tuoi dolci. YAWN! Mamma mia che sonno YAWN! Adel, mi raccomando, chiamami, quando si saranno svegliati tutti. Io mi addormento un po YAWN!~

ADELINA:~ Buon riposo piccola mia. È pesante la responsabilità che devi portare, adesso però che sei a casa, non hai più nulla da temere, qui sarai per sempre al sicuro MUAH!~

e dopo una lunga e riposante ZZZZZ dormita, durata TIC TAC TIC TAC TIC TAC ben 12 lunghe ore, all'alba, i 7 Supe Eroi, finalmente, si svegliano, ma con un gran buco nello stomaco; infatti, affamati, si mettono tutti seduti intorno al tavolo da pranzo, dove ad attenderli GNAM GNAM GNAM c'è una deliziosa e abbondante colazione, preparatagli dalla cordiale e ospitale donna texana

EA:~HAAA! Ciao Ellie, sono contentissima di conoscerti. Io sono Ea-La

Guardiana dei Mari. Che bella che sei! Sai? Ho sempre desiderato avere una sorella. Dai,vieni qui! Fatti abbracciare! Ma soprattutto fatti ringraziare, per averci salvato. Grazie piccola eroina.~

MITCH:~EHI! Ciao Ellie. Io sono Mitch-Il Guardiano dei Cieli e sono fiero di darti il benvenuto nella gloriosa famiglia dei Guardiani di Midresso che ti sei meritata, con il tuo coraggio e il tuo altruismo, salvandoci e liberandoci da quell'oscuro incantesimo e per questo te ne sarò per sempre grato, grazie Dreamer.~

JASPER:~OI! Ciao Ellie. Io sono Jasper-Il Guardiano delle Terre e ti prometto che da oggi in poi ti proteggerò contro chiunque vorrà farti del male. Grazie per l'aiuto, ma ci devi dire, assolutamente,come hai fatto, sono curiosissimo.~

ELLIE:~ EHM! Ciao raga. È davvero un onore conoscervi. Vi ringrazio, per il vostro affetto e per i vostri complimenti, ma io non ho fatto nulla o meglio ciò che ho fatto non so come l'ho fatto, perché quando ho visto che voi stavate per sferrare il colpo di grazia, contro Bob e Mee Hao, io l'unica cosa che sono riuscita a fare: É stata quella di "UAAAA!" urlare, dalla paura, come una bambina e subito dopo vi ho visti, con gran sorpresa, cadere a terra, svenuti e poi, con il mio incredibile dono del disegno, ci ho teletrasportati tutti qui, dalla mia Adelina.~

MEE HAO:~ WOW! Bravissima Ellie! Sono fiero di te! Sapevo che c'è l'avresti fatta. Non ho mai avuto dubbi. Adesso però mi dispiace interrompere questa bella riunione di famiglia, ma dobbiamo andare, c'è ancora una malvagia e potente strega da fermare.~

SUN LEY:~HMMM! Sì, Magatto hai ragione, ma come facciamo, solo noi 7, ad affrontare un intero esercito di streghe, senza un piano?

MEE HAO:~ EHEH! Sun ci conosciamo ormai da anni, dovresti sapere che il tuo piccolo e barbuto amico, ha sempre un piano che adesso vi spiegerò.~

ELLIE:~Mee aspetta! Prima che tu cominci, devi assolutamente sapere che mentre dormivo, ho avuto una terribile predizione: Okita sta formando un cattivo e numerossissimo esercito, composto non solo dalle sue spietate amiche streghe, ma anche dagli sventurati Midressiani, a cui ha controllato la mente, sottomettendoli tutti a lei, ma c'è di piu: Sta distruggendo l'intero Pianeta, ricoprendolo di ghiaccio e di oscurità; infatti nella mia visione il bellissimo e formidabile arcobaleno era quasi scomparso del tutto.~

JASPER:~ORC! Quella stregaccia la pagherà carissima, per tutto ciò che sta facendo vivere al nostro amato e stupendo Pianeta ARGH!~

MEE HAO:~EHI Raga! Bisogna mantenere la calma, perché la collera è un alleato di Okita e quindi è il nostro primo nemico e non fa altro che offuscarci i pensieri, non facendoci agire nel modo più giusto; quindi per prima cosa è necessario stare tranquilli, perchè ve l'assicuro, risolveremo tutto, ma ci riusciremo solo se saremo sereni e agiremo insieme, come una squadra. Quella perfida strega, presto, finirà a Legtriz, dove non potrà mai più far soffrire nessun'altro. Adesso però basta chiacchiere, è tempo di agire! Il piano a cui ho pensato non cambia: Io e te, Mitch, ci sistemeremo sulle nuvole, Jasper, Bob e Sun, voi, invece vi posizionerete sulla terra ferma, mentre Ea, tu ed Ellie andrete i mare, dove tu, Dreamer, ti nasconderai in un Ghiter, una particolare conchiglia protettiva, in cui, mentre noi cercheremo di prendere tempo, dovrai spezzare, con i tuoi straordinari poteri, l'oscuro maleficio che tiene prigioniere le menti dei Midressiani e che soffoca i splendenti e gioiosi colori che contraddistinguono il vostro meraviglioso Pianeta. È tutto chiaro? Allora, forza Smile Crew! Tutti in cerchio, qui le mani.~

TUTTI INSIEME:~1-2-3 PER MIDRESSO! PER MIDRESSO! PER MIDRESSO!~

ELLIE:~Raga spettate un attimo, prima di andare voglio salutare Adelina.~

ADELINA:~MUAH! Ciao piccola mia ti voglio bene! Stai attenta, mi raccomando. Abbi cura di te e ricorda: potrai venire qui ogni volta che vorrai, questa sarà per sempre casa tua. Ora vai e non preoccuparti, per me, sarei egoista, se ti terrei tutta per me, perché il tuo grande cuore deve essere fonte di ispirazione, per l'intera Galassia.~

ELLIE:~WUAAAH! SNIF! SNIF! Ciao Adele, già so che mi mancherai un casino. Non ti dimenticherò mai, come non dimenticherò mai tutti i consigli che mi hai dato e che mi hanno reso una donna forte e sicura e ti prometto che ti renderò sempre fiera di me. Ciao mamma MUAH!~

e dopo il loro commovente abbraccio, i 7 valorosi Super Eroi si ritrovano, magicamente, teletrasportati, grazie agli straordinari poteri del Gattuomo, su una malinconica, irriconoscibile e cupa Midresso.

CAPITOLO VIII

"LO SCONTRO FINALE."

MEE HAO:~Eroi, in posizione! L'esercito di streghe e di Midressiani si sta avvicinando. Tenetevi pronti e ricordate: non dobbiamo annientarli, dobbiamo solo rallentarli, cercando di dare più tempo possibile a Dreamer, per neutralizzare l'oscuro incantesimo che li governa. Coraggio, andiamo!~

e ognuno di loro, dopo aver preso la posizione, assegnatagli, cominciano così BONK WHAMMM FLASH SPLASH SWOOOSH SMASH SBAM CIAF WUSSSH SMACK WHOCK PUFF STOCK una dura ed estenuante lotta, contro il potente e numerosissimo esercito di Okita, a cui però la malvagia strega non vi partecipa, perché è intenta a cercare, a bordo della sua FIOOOW rapidissima scopa volante, la 4ª mitica Gemella che vuole annientare, per impedirle di rovinargli un'altra volta i piani e infatti dopo un'ossessiva ricerca, sfortunatamente, la trova

OKITA:~Soldati e streghe di Liniglius fermatevi! Dreamer è lì, dentro quel Ghiter. Forza, catturatela!~

e sentendo l'ordine, i sottomessi sudditi scortano, inarrestabili, nonostante i vani tentativi della Smile Crew di fermarli o meglio di rallentarli, l'insensibile Okita, verso l'ignara Guardiana dei Sogni, ma proprio nell'istante in cui CLUNK apre la resistente conchiglia, da questa FLASH esplode un intenso e potentissimo lampo di luce che ricopre tutto il Pianeta e che spezza, come per magia, quel perfido sortilegio, riportando così su Midresso la magnificenza, i colori, la spensieratezza e la pace che lo contraddistinguono, tuttavia la magia della ragazza texana è talmente potente che oltre a riportare tutto alla normalità sull'intero astro, incredibilmente, riesce addirittura a trasformare tutte le streghe in gioiose e variopinte fate, nessuna esclusa, persino Okita che si trasforma nella magica fata del buon umore, dai lunghi e setosi capelli color arcobaleno, con le treccine, dai luccicanti occhi verdi, dalle allegre labbra gialle, dalle magiche ali, anch'esse color arcobaleno, vestita da un lungo e scintillante abito rosa e che possiede i sorprendenti poteri di regalare, a chiunque passi sotto FLAP FLAP FLAP FLAP al suo magico volo, incontrollabili sorrisi di gioia, ma a subire un drastico cambiamento è stato pure Click che sorprendentemente muta in un grazioso e CIP CIP CIP CIP CIP canterino pettirosso.

Sbalorditi e ammirati, da ciò che hanno appena vissuto, i Midressiani, entusiasti, in coro iniziano a gridare:~HIP! HIP! URRÀ! HIP! HIP! URRÀ! VIVA DREAMER-LA GUARDIANA DEI SOGNI! WHOOHO!~ ~DREAMER! DEAMER! DREAMER! DREAMER!~ ~EVVIVA I GLORIOSI GUARDIANI! EVVIVA I VALOROSI EROI DELLA SMILE CREW! GRAZIE PER AVERCI SALVATO YUUHU!~ ~EROI, MIDRESSO VI PORTERÀ PER SEMPRE NEL CUORE YEEE!~ ~ VIVA ELLIE! BENVENUTA SUL NOSTRO FANTASMAGORICO PIANETA YUPPEEE!~ ~YIPPE!~ ~HOO! HOO!~ ~WOOO OLÈ!~ e ad organizzare, euforici, un'eccezionale festa, per ringraziare e per celebrale i 7 fantastici eroi della Smile Crew, con GNAM GNAM GNAM saporitisse prelibatezze locali, con allegri balli di gruppo, con LALALALALA felici canti e con simpatici giochi SPLASH CIAF CIAF acquatici FLAP FLAP FLAP SWOOOSH aerei e campestri, tuttavia, tra ~AHAHAHAHAH!~ le risate di felicità e BLA BLA BLA BLA le allegre chiacchere del colorato popolo, c'è Ellie che, seduta sul meraviglioso ed enorme arcobaleno, malinconicamente, sta pensando alla sua dolce e cara Adelina e alla sua vita che, da un giorno a un altro, è improvvisamente cambiata.

EA:~EHI ELLIE! Dove sei? Vieni! Qui ci stiamo divertendo un mondo! Ah! Eccoti! Che ci fai qui tutta sola? A cosa pensi?~

ELLIE:~EHM! A nulla, non sto pensando a nulla. Eccomi! Ora arrivo!~

EA:~Aspetta Ellie. Con me puoi parlare. Sei mia sorella d'altronde no? Pensi ad Adelina vero? Lo so che è molto difficile, per una ragazza abbandonare tutto così all'improvviso, ma stai tranquilla, perché per quel poco che c'ho parlato, Adel mi è sembrata una splendida ed amorevole donna che sono sicura, ti accoglierà a braccia aperte ogni volta che tu vorrai, perché sí, potrai andare da lei ogni volta che desideri, perché è importante non dimenticare mai le persone che si amano e che ti amano, perché fanno parte di noi e della nostra fantastica storia che è la vita che ti assicuro non smetterà mai di sorprenderti. Adesso però fammi un sorriso e andiamoci a divertire Ok?~

ELLIE:~EHEH! OK! Grazie Ea. Sei fantastica. Sono contenta di averti conosciuta.~

e dopo un caloroso e rincuorante abbraccio, le due belle Gemelle vanno alla festa, dove ad accoglierle, festosi, in un bellissimo abbraccio, ci sono Mitch e Jasper e finalmente, dopo TIC TAC TIC TAC TIC TAC 20 lunghi anni, la straordinaria famiglia Rodriguez è al completo e mai più nessuno potrà separarli e vedendoli riuniti, in coro, tutti i Midressiani cominciano a cantare:~VIVA I 4 GLORIOSI GUARDIANI! VIVA I 4 STUPEFACENTI GEMELLI! VIVA LA MAGICA FAMIGLIA RODRIGUEZ! VIVA MIDRESSO! IUUUH!~.

SUPER EROI.

NOME: DREAMER- LA GUARDIANA DEI SOGNI.
SUPER POTERI: POSSIEDE LE INCREDIBILI DOTI DI PREVEDERE IL FUTURO, ATTRAVERSO I SUOI MAGICI SOGNI E DI MODIFICARE LA REALTÀ, GRAZIE AL SUO INCANTATO DISEGNO.

NOME: EA-LA GUARDIANA DEI MARI.
SUPER POTERI: HA GLI ECCEZIONALI POTERI SPLASH DI CONTROLLARE LE ACQUE E DI COMUNICARE CON QUALSIASI CREATURA ACQUATICA.

NOME: JASPER-IL GUARDIANO DELLE TERRE.
SUPER POTERI: POSSIEDE LE SORPRENDENTI CAPACITÀ TUMP DI DOMINARE LE TERRE E DI COMUNICARE CON TUTTE LE CREATURE TERRESTRI.

NOME:MITCH-IL GUARDIANO DEI CIELI.
SUPER POTERI: HA LE SPETTACOLARI FACOLTÀ SWOOOSH DI GOVERNARE I CIELI E DI COMUNICARE CON QUALSIASI CREATURA DEL CIELO.

NOME: MEE HAO.
POTERI: HA GLI ECCEZIONALI DONI DELLE ARTI MAGICHE, DEL TELETRASPORTO, DELLA TRASMUTAZIONE IN GATTO E DEL VOLO.

NOME: SUN LEY.
POTERI: HA LE STRAORDINARIE CAPACITÀ WHAMMM DI LANCIARE DAGLI OCCHI E DALLE MANI DEI POTENTI FULMINI DI FUOCO E POSSIEDE DEI FIAMMANTI, RICCI E VIVI CAPELLI, RIVOLTI ALL'INSÙ, CHE LA DIFENDONO.

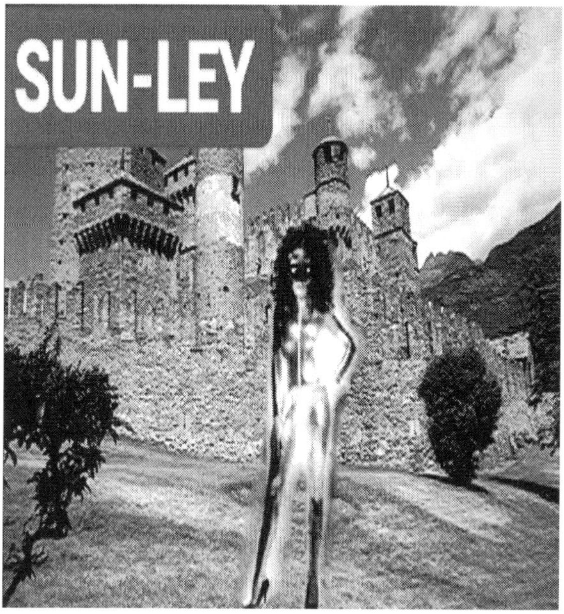

NOME: BOB.
SUPER POTERI: HA LA
SUPER LEALTÀ.

SUPER CATTIVI.

NOME: OKITA DRAKI.
SUPER POTERI: POSSIEDE GLI OSCURI E TERRIFICANTI POTERI CRICCH DI CONGELARE LE PROPRIE VITTIME E DI CONTROLLARNE LA MENTE.

NOME: CLICK.
SUPER POTERI: HA TIN UN PUNGIGLIONE SUPORIFERO E IN PIÙ, GRAZIE ALLA SUA MINUTA CORPORATURA, È QUASI INVISIBILE.

LE CREATURE.

NOME: CLEPROSNE.
SUPER POTERI: RACCAPRICCIANTE CREATURA PARLANTE, DALL'ENORME E ROBUSTO CORPO D'ALBERO, BONK DALLE GRANDI E POTENTI ZAMPE DI GORILLA, ROAR DALLO SPAVENTOSO MUSO DI LEONE E WHAMMM DALLA FIAMMANTE CRINIERA.

NOME: CAMADISAURO.
SUPER POTERI: GRRR UN SELVAGGIO, BLAST VELOCE E MASTODONTICO DINOSAURO ARANCIONE, DAL FEROCE MUSO VERDE, ZAK DAGLI APPUNTITI DENTI ROSSI E DALL'INCREDIBILE CAPACITÀ DI MIMETIZZAZIONE.

I PIANETI.

NOME: MIDRESSO.
ABITANTI: È UN MULTIETNICO POPOLO COMPOSTO DA:

I MARIANI, UNA DOLCE E TRANQUILLA POPOLAZIONE DI ALIENI BLU, DALLE MANI E DAI PIEDI PALMATI, DALLA CARATTERISTICA PINNA SUL DORSO DELLA SCHIENA E VESTITI DA UNO STRAVAGANTE COSTUME, FATTO DI ALGHE.

I TERRESTRIANI, UNA PARTICOLARE POPOLAZIONE DI PICCOLISSIMI ALIENI, ALTI 30 cm, DAL TONDO E BUFFO CORPO DI ROCCIA, COLOR SABBIA, DA UN SECCO E LUNGO VOLTO MARRONE IN LEGNO, DAI VERDI CAPELLI A CESPUGLIO E DA STRAVAGANTI MANI E PIEDI A FORMA DI RAMETTI.

I CELIANI, UNA POPOLAZIONE DI FANTASTICI ALIENI, DAL VOLTO UMANO, DALLO STRANO CORPO D'AIRONE, DALLE BELLISSIME PIUME LEOPARDATE E DALL'APPARISCENTE CRESTA GIALLA.

I LINIGLIUSIANI, UN TERRIFICANTE E POTENTE POPOLO DI STREGHE, DAGLI OSCURI POTERI, VESTITE DA UN LUNGO E PAUROSO ABITO NERO E CHE VIAGGIANO A BORDO FIOOOW DELLE LORO RAPIDISSIME SCOPE VOLANTI.

MIDRESSO

"GAIA GIULIA CESARIA, LA FIGLIA SEGRETA DEL GRANDE IMPERATORE GAIO GIULIO CESARE."

PREFAZIONE.

Nel lontano 44 a.C., nel sacro, semioscuro e imponente Tempio del Campidoglio, a Roma, dall'intenso odore d'incenso e dall'inquietante silenzio, c'è una gigantesca e magica porta in bronzo, dai fantastici e sublimi rilievi, raffiguranti le imprese più gloriose della storia passata, presente e futura della Grande Roma, che ha la sorprendente capacità di far viaggiare nel tempo (Nel Passato e nel Futuro), chiunque ne oltrepassi la soglia, senza però poter più tornare indietro e a farlo sono stati:

GAIA GIULIA CESARIA, la giovane, combattiva e sensibile gladiatrice e figlia segreta di Cesare, di 23 anni, dalla tonica e bassa corporatura, dai bellissimi e profondi occhi azzurri, dalle carnose labbra color carne, dalla riccia e folta chioma nera, vestita da lunghi stivali marroni, da una resistente armatura in bronzo, da elastici pantaloni neri, da una nera giacca in pelle che le ricopre la robusta corazza e da una semplice e magica collana in legno che raffigura una lupa e che ha la formidabile facoltà PUFF di far comparire una comprensiva, elegante, materna e potente lupa, di nome DESDE, dal setoso pelo, color porpora e dai grandi e luminosi occhi gialli, che va in soccorso della ragazza, quando è in pericolo, che è in grado di bloccare il tempo, AUUU con il suo fortissimo e incantato ululato e WUSSSH di volare e che ha donato alla giovane Gaia i suoi incredibili poteri, facendole bere, appena nata, il suo magico latte; che impugna un esagonale e robusto scudo in bronzo, con su scritto "ROMA CAPUT MUNDI!" e un'affilata e maneggevole spada, dalla preziosa lama d'argento e dalla sfarzosa impugnatura d'oro e che ha i formidabili poteri di trasformarsi in una Super-Guerriera, dai lucenti, lunghi e lisci capelli biondi, WHAMMM dalla fiammante, affilata e CLACKITTY dorata spada e da una dura e imperforabile armatura, anch'essa d'oro e di mutare i suoi nemici in fedeli lupi, grazie SWOOOSH al suo fenomenale soffio.

DAXAF, l'inarrestabile, prepotente e folle figlio-Centurione di Giulio Cesare, di 27 anni, dalla muscolosa e alta corporatura, dall'orribile e spaventoso volto bicolore, una metà verde e l'altra metà viola, dai piccoli occhi bicolore, dalla stravagante cresta, anch'essa bicolore, vestito da una robusta armatura in ferro, munita di 2 verdi e terrificanti serpenti che si trasformano, uno, CLACKITTY in un'affilata e indistruttibile spada, mentre l'altro, in un tondo, massiccio e imperforabile scudo e che possiede delle straordinarie doti combattive;

e UMAG DILI, il malvagio e meschino mago e braccio destro di Daxaf, di 16 anni, dall'alta e snella corporatura, dagli egizi occhi verdi, dalle sottili labbra viola, dai lunghi e bizzarri capelli arancioni, dal pizzetto anch'esso arancione, vestito da un'elegante tunica dorata e da rotondi occhiali viola e che è in grado FLASH di trasformare, chiunque lo desideri, in un orrendo e spaventoso mostro a 4 zampe, dallo strano sangue giallo, dall'ispido pelo blu, dagli sgranati occhi grigi, ZAK dagli appuntiti e pericolosi artigli e dagli aguzzi denti, grazie al suo potente e oscuro cubo stregato, con il quale cattura delle povere e innocenti vittime, a cui ne risucchia tutte le forze vitali, ricavando in questo modo l'energia necessaria per la tenebrosa magia;

mettendo in grave pericolo la Roma dei nostri giorni.

CAPITOLO I

"LA MISTERIOSA PORTA DEL TEMPIO."

Molto tempo fa, nel 44 a.C., Roma era governata dal grandioso e dall'iconico Imperatore, GAIO GIULIO CESARE che come sappiamo tutti: È stato assassinato, brutalmente, dagli ignobili e codardi Bruto e Cassio, ma l'influente uomo romano, venuto a sapere dell'infame congiura, preoccupato, si reca, di soppiato, dalla sua figlia illegittima, Gaia Giulia Cesaria

CESARE:" EHI Figlia mia! Grazie che sei venuta. Ho un'importante e grave notizia da darti: Bruto e Cassio, tra poche ore, mi assassineranno e non posso fare nulla, per evitarlo. Devo affrontare, con coraggio, il mio infausto destino e considerato che il mio tempo su questa splendida Terra è giunto quasi al termine, non posso fare altro che provare a garantire un roseo futuro alla nostra amata Roma che prevedo tormentato; quindi ho per te che sei la mia degna erede un gravoso, ma eccezionale compito: Quello di varcare, appena ci saremo lasciati, la soglia della magica porta di bronzo del Tempio del Campidoglio che ti teletrasporterà nel futuro, dove dovrai riportare Roma al suo antico splendore. Mi raccomando il futuro della Città è nelle tue mani."

CESARIA:"AHEM! Padre, non cercherò di convincerti ad evitare il tuo destino, perché so che quando prendi una decisione è impossibile farti cambiare idea; quindi ti dico che non devi preoccuparti, non ti deluderò. Ma perché hai scelto proprio me? Cosa ho fatto per meritarmi la tua fiducia?"

CESARE:"Gaia ho scelto te, perché è dal primo giorno, in cui ti ho vista, che ho capito che eri speciale e questa mia sensazione cresceva giorno dopo giorno, vedendoti crescere e affrontare la vita, con forza e determinazione ed è anche per questo che porti il mio stesso nome e che ti ho affidato questa importante missione. Figlia mia, ora è tempo che io vada e affronti il mio fato, ma prima di andare voglio dirti che sono fiero di te e so che avrai la forza di portare al termine questo arduo compito e ricorda non sarai mai sola, perché con te ci sarà Desde che sarà sempre pronta ad aiutarti. Addio figlia mia. Vai e rendimi orgoglioso di te."

CESARIA:"Addio Padre. Ti prometto che la tua morte non sarà vana, la onorerò, riportando Roma sul punto più alto del Mondo, dove merita di stare!";

allora mossi, entrambi, da una grande forza d'animo, affrontano, con coraggio, il loro destino e mentre Cesare viene, crudelmente, assassinato, la Gladiatrice, dai profondi occhi azzurri, si dirige, decisa, verso il tempio, CLUNK varcando la misteriosa porta del Tempio, ignara di ciò che il futuro le ha riservato.

CAPITOLO II

"SONO LA FIGLIA DEL GRANDE GAIO GIULIO CESARE!"

Varcata quell'enorme e misteriosa porta in bronzo, Cesaria viene "FLASH" inaspettatamente, accecata da un intenso lampo di luce che, per pochi istanti, ha illuminato il silenzioso e buio Tempio romano che curiosa, coraggiosa ed energica, in cerca di qualche cambiamento, la giovane Gladiatrice perlustra, ma non trovando nulla di diverso, sconsolata, pensa la magia non ha avuto effetto; così, triste, esce fuori da quell'antica e sacra costruzione, dove "OOOH!", con gran sorpresa, si accorge invece che la magia ha davvero funzionato; allora, di soppiatto, cercando di non farsi notare da nessuno, scende la grande scalinata che la porta dritta "HAAA!" nell'incredibile e spaziosa Piazza del Campidoglio, dal quale, proseguendo la sua esplorazione, raggiunge la suggestiva e grandiosa Terrazza, dal quale ammira ,"UUUH!" stupefatta, i resti dei Fori Romani e sempre più desiderosa di scoprire altre e nuove meraviglie, continua la sua stravagante passeggiata turistica, ritrovandosi, sorprendentemente, "WOW!" incredula, con la bocca aperta e con la testa rivolta all'insù, ai piedi del maestoso e famosissimo Colosseo, tuttavia lo stupore, per tante meraviglie, si tramuta, presto, in malinconia, perché la ragazza, dai ricci e lunghi capelli neri, si rende conto che della sua amata Roma non esiste più nulla.

CESARIA:"SOB! E ora che faccio?! La Roma che conosco non esiste più! Non pensavo che potesse cambiare così tanto...",

ma mentre è assorta nei suoi pensieri, un simpatico, grassoccio e rozzo romano di 60 anni, dagli attenti occhi blu, dagli spettinati capelli rosci, dalla trasandata e brizzolata barba che per lavoro si veste da antico Centurione Romano, la disturba

CENTURIONE:"AHO! Ammazza che bel costume. Che Me dici 'ndo l'hai comprato? Lo devo avè sicuramente anch'io!"

CESARIA:"Salve Centurione, io sono la figlia-Gladiatrice del grande Gaio Giulio Cesare e mi trovo qui, in non so quale epoca, per adempiere al volere di mio padre: riportare Roma, di nuovo, sul tetto del Mondo. Penso però che tu già sappia tutto, perché è mio padre che ti ha mandato, vero? Sapevo che mi avrebbe mandato qualcuno ad aiutarmi, lui ha sempre un piano. Puoi dirmi che è successo a Roma? Perché quelle case sono distrutte? Mica siamo in guerra?

Perché le persone sono vestite in questo insolito modo? E in che anno ci troviamo?"

CENTURIONE:"AHAHAHAH! Sei 'na forza! Me fa male la pancia da e risate AHAHAHAH! Mai nessuno, in tanti anni, me aveva fatto 'na battuta del genere AHAHAHAH! Daje, vieni. Ti offro una foto gratis, me stai simpatica!"

CESARIA:"ARGH! Perché ridi? Perché ti prendi gioco di me? Ma hai capito chi sono io? Se non la smetti, ti farò assaggiare la lama della mia spada! Allora lo sai o no perché Roma si è ridotta così?"

CENTURIONE:"ORC! Carmate AHO! Perdoname. Pensavo scherzassi. È impossibile che tu sia la figlia di Giulio Cesare, lui è morto ormai da migliaia e migliaia di anni e se come m'hai detto, sei sua figlia, dovresti esserlo pure te."

CESARIA:"HMMM! Ma tu non sei stato inviato da mio padre, dal passato, per aiutarmi a completare la missione?"

CENTURIONE:"EHM! Me dispiace dittelo, ma no. Non so proprio de cosa stai a parlà! Anche se me sarebbe piaciuto 'na cifra conoscerlo."

CESARIA:"Allora tu non sai nulla! Non sai nulla della missione! Non sai che, prima dell'assassinio, mio padre mi ha incontrato, di nascosto, dicendomi di recarmi su, nel Tempio del Campidoglio ed entrare nella possente e magica porta che mi avrebbe teletrasportato nel futuro, dove io avrei dovuto onorare la sua morte, rimettendo tutto a posto?"

CENTURIONE:"No, come t'ho già detto, purtroppo non so gnente. Io sò 'n semplice cittadino romano del XXI secolo, però considerato che è impossibile che tu te sia potuta inventá 'na storia der genere, te credo e se vuoi 'na mano a capire cosa sia successo, t'aiuterò volentieri. A casa ho degli incredib(b)ili libri che raccontano a straordinaria storia de Roma e poi penso che te serva un posto dove dormire, no?"

CESARIA:"Grazie Centurione, accetto volentieri il tuo aiuto. Devo riuscire a capire cosa è andato storto. AH! E comunque se siete tutti così ospitali e cordiali, già mi piace questo XXI secolo"

CENTURIONE:"DAJE! Sò contento che tu abbia accettato, ma te prego, chiamame Flavio, questo è solo 'n costume, non combatto mica davvero! Forza, seguime. Annamo a casa.";

così euforici si incamminano verso la comune-curiosa metro.

CAPITOLO III

"LO STRAVAGANTE VIAGGIO VERSO CASA."

Arrivati alla stazione, tra BLA BLA BLA BLA la voce della gente, TRA TRA TRA TRA il fastidioso rumore dell'altra metro e "Don't cross the Yellow line!" la voce del disco, Cesaria e Flavio aspettano l'arrivo della metro

CESARIA:"OOOH! Cos'è questo strano luogo? perché puzza così tanto? E perché tutti guardano dalla stessa parte? Che c'è di tanto interessante?"

FLAVIO:"EHEH! Cesaria questa è 'na stazione della metropolitana e come hai potuto notá, tutte ste persone, come noi, stanno aspettando che arrivi a metro che è un mezzo pubblico, messo a disposizione de noi poveri lavoratori, per permettece de movece più velocemente e più comodamente da 'na parte all'altra da città."

CESARIA:"BOH! È proprio bizzarra questa metro! Noi ai nostri tempi usavamo i cavalli o i carri, per spostarci da una parte all'altra e non importava quanto tempo ci impiegavi, perché ciò che contava era il viaggio, non la destinazione."

PASSANTE:"AHO! Guarda a quei due come sò vestiti! Ma nessuno ja detto che n'è carnevale?! HEH! HEH! HEH! HEH! HEH!"

CESARIA:"UFFF! Flavio ti avverto, se questi non la smettono di fissarmi e di ridere, gli farò assaggiare la furia distruttrice della mia formidabile spada GRRR! Non capisco, cosa ho di strano? Perché tutti ci guardano?"

FLAVIO:"EHI! EHI! Tranquilla. Nun me sembra er caso de partije de capoccia. BE'! Come daje torto? Guarda come semo vestiti. Sembramo dù 'mbecilli, anche io me sfotterei!"

CESARIA:"MAH! Per me sono loro gli strambi, ai miei tempi, tutti coloro che indossavano l'armatura da Gladiatore o da Centurione erano da rispettare e da riverire, perché combattevano in nome di Roma."

FLAVIO:"HMMM! Bei tempi annati. Ora nessuno più fa gruppo, pè combatte in nome de quarcosa. Tutti quanti lottano solo per se stessi ed è per questo che a società de oggi va a rotoli, perché nun c'è più coesione e comprensione l'uno con l'altro, sembra che ognuno de noi viva in città, anzi in pianeti diversi...OH! Ecco a metro! Seguime e stamme vicino, perché a gente, pur de prenne un posto a sedè, è pronta a impugná er guanto de guera, come farebbero i Centurioni da tua Roma."

CESARIA:"HEH! HEH! Sono loro che devono tenermi, perché, ai miei tempi, io ero il Gladiatore più forte e valoroso di tutti. Non vedo l'ora di combattere ARGH!"

e TRA TRA TRA TRA FIIIUUU quando arriva la metro e CLUNK le porte si aprono, tutti BONK CIAK WHOCK lottando come guerrieri, si buttano nel grigio, piccolo, maleodorante e trasandato vagone

CESARIA:"AAAH! Spostati! Questi due posti sono i miei! AHO! Flavio vieni a sederti. Hai visto? A me nessuno mi batte. Sono la migiore!"

PASSANTE:"AHO! Certo che te sei proprio 'na matta, se volevi er posto bastava che m'o chiedevi BOH!"

FLAVIO:"AHAHAHAH! Me stai a fà morì. Sei 'na forza! Nun dicevo mica sul serio, quando t'ho detto che era 'na lotta. Era solo un modo de dì. Adesso quer pischello sarà sconvorto. Avrà gli incubi tutta a notte AHAHAHAH!"

CESARIA:"AH! OPS! Ho sbagliato, scusami. Non pensavo scherzassi."

FLAVIO:"Vabbè! Nun preoccupatte. Nun importa. Ora rilassate e godite er viaggio, manca ancora un po' prima d'arrivà. Vedi dove c'è sta scritto "Garbatella"? Ecco! È lì che dovemo arrivà.";

perciò mentre TRA TRA TRA TRA TRA FIOOOW la metro corre, la segreta figlia di Cesare, con due enormi e curiosi occhi da bambina, scruta tutto e tutti della sua nuova e bizzarra Roma; finché

FLAVIO:"AHO! Gaia semo arrivati! Arzate!"

CESARIA:"EHM! Sì, eccomi! E ora dove andiamo?"

FLAVIO:"Vedi quella vecchia e piccola cosa rossa?"

CESARIA:"EHM! Sì!"

FLAVIO:"È la mia automob(b)ile e la uso, per moveme in città. Vedi? Proprio come stanno a fà quelli. Lo so che è 'n'attimono malconcia, ma t'assicuro che non m'ha mai lasciato a piedi. Le voglio bene, come se fosse 'na figlia. Sù! Nun esse timida, siedite! Che te porto a casa.";

quindi un po' titubante, entra in macchina e CLUNK dopo aver chiuso la portiera, i 2 DROOOW VROOOM sfrecciano tra le buie strade, illuminate dai lampioni, in direzione della casa del gentile uomo.

CAPITOLO IV

"UN'AGGHIACCIANTE NOTIZIA."

FLAVIO:"Gaia benvenuta. O so che è un po' piccola, ma sò sicuro che te troverai benissimo. Fai come se stessi a casa tua."

CESARIA:"UH! PUF quant'è morbido! Che cos'è? E quest'altra cosa a che serve? Assomiglia ad uno scudo!"

FLAVIO:"EHEHEHEH! Brava! Me piace vedette già a tuo agio. Questo su cui te sei seduta, se chiama divano, mentre quella strana scatola nera se chiama televisore, con il quale poi vedè tutto ciò che voi e che s'accende, premendo er pulsante rosso der telecomando e se nun dovesse funzionà, basta che je dai due o tre colpetti ed è come novo. Ecco! Vedi? Così è accesa. Che canale voi vedè? Er tg? Eccolo! Nun te piace? Cambi canale e metti quarcos'artro, ad esempio un talent show ecc... Bello no?"

CESARIA:"HMMM! Bello! Mi piace!"

FLAVIO:"Bene! Sò contento che te piaccia, ora però è mejo che tu te vada a fà 'na bella doccia; così te cambi quegli ingombranti e puzzolenti vestiti. Il bagno è lì su a destra. Io ner frattempo preparo a cena."

e discreta e impacciata, l'antica Romana entra in bagno e SSSHHH si butta sotto la doccia, sotto quello strano getto d'acqua calda che la profuma tutta e dopo essersi vestita, con gli abiti che gli ha preparato il gentile signore, esce tutta bella profumata, come non lo era mai stata in vita sua, dal bagno

FLAVIO:"HAAA! Hai visto come te stanno bene i vestiti de mì fia? Ora sì, che sembri 'na pischella der XXI secolo. Nun sò più comodi e profumati de quelli che avevi prima?"

CESARIA:"MMMH! Mi sento una stupida. Non mi sento molto a mio agio, con questi addosso. Come fate a starci comodi? Io non riesco neanche a muovermi!"

FLAVIO:"EHEH! Daje! Viette a sedè! Ho preparato er piatto mio preferito: l'amatriciana e nun vedo l'ora de fattela assaggiá. Sò sicuro che te piacerà, perché sennò hai 'na rotella fori posto."

CESARIA:"MMMH! Che odore! Dall'aspetto sembra buonissima. C'ho una fame che mi mangerei 3 maiali e 2 polli interi e non sarei ancora sazia.";

allora affamati GNAM GNAM GNAM GNAM mangiano e GLU GLU GLU bevono, come se non ci fosse un domani

CESARIA:"HAAA! PUF! PUF! Sono piena come un uovo. Non mangiavo così dall'ultima vittoria di Roma, contro i persiani."

FLAVIO:"Me devo fà i complimenti da solo, oggi me sò davvero superato. Ho preparato 'na cena stellare! Forza Cesaria! Adesso che avemo a pancia piena, annamo a sedecce sur divano, a vedè a Mag(gg)ica Roma che, ner tuo primo giorno der XXI secolo, nun te devi assolutamente perde, perché e carciatori fanno, in un certo senso, quello che facevate voi, gladiatori, al tuo tempo; cioè rappresentare, difendere e portare alla vittoria la Grande e Magica Roma."

CESARIA:"Quando comincia? Non vedo l'ora di guardare questa nuova generazione di gladiatori."

FIIIIII

FLAVIO:"Ecco! Ce semo! È iniziata! Noi semo quelli in maglia rossa. Daje! Urla insieme a me: Forza Roma!"

CESARIA E FLAVIO:"FORZA ROMA! FORZA ROMA! FORZA ROMA!"

CESARIA:"DAI! ANDIAMO E CONQUISTIAMO!"

FLAVIO:"No, Cesaria. Se dice Daje, non dai."

CESARIA:"AH! Va bene! DAJE! ANDIAMO E CONQUISTIAMO!"

FLAVIO:"Gaia vedi quei tre? Sò Totti, De Rossi e Bruno Conti e sò i calciatori che rappresentano de più Roma e se fossimo ai tuoi tempi, sarebbero proprio come il Grande Giulio Cesare, dei personaggi da antica mitologia romana.",

tuttavia la partita e il divertimento vengono, inaspettatamente, interrotti, da un'agghuacciante notizia

GIORNALISTA:"Buona sera telespettatori, ci scusiamo per l'interruzione, ma abbiamo un'importante notizia, di cronaca, da darvi: Due folli criminali, vestiti con abiti dell'antica Roma, stanno creando il panico, tra la folla, nella zona del Campidoglio; quindi per la vostra incolumità, vi consigliamo di non uscire di casa; finché le forze dell'ordine che si sono già messe in azione, non li avranno arrestati. Ecco! Queste alla mia destra sono le foto dei due ricercati e in caso di avvistamento, questo in sovraimpressione è il numero da contattare. Vi auguro buon proseguimento e una buona serata, arrivederci."

CESARIA:"OH! NO! Ma quelli sono Daxaf e Umag Dili! Che ci fanno qui? Come hanno fatto a teletrasportarsi in quest'epoca?"

FLAVIO:"AH! Quindi li conosci? Sò der tuo tempo?"

CESARIA:"EHM! Sì, purtroppo sì. Li conosco. Daxaf, quello nella foto a sinistra, è il mio fratellastro, mentre l'altro è il suo mago-tirapiedi, Umag Dili. Mi avranno sicuramente seguita e penso che siano venuti qui, in quest'epoca, per governare Roma, cosa che Cesare non gli ha mai permesso, a causa dei loro ideali tirannici e li devo assolutamente fermare, prima che facciano del male a qualcuno; quindi Flavio mi devi accompagnare lì, non c'è tempo da perdere. Roma è gravemente in pericolo, perché Daxaf è un tiranno e pur di raggiungere il potere farebbe qualsiasi cosa."

FLAVIO:"AHEM! OK! Te porto lì! Annamo a salvà Roma!";

allora audaci, dopo aver indossato le loro armature da battaglia, [illegible] sfrecciano verso il Campidoglio, ormai desolato.

CAPITOLO V

"CHI È IL DEGNO EREDE DI GAIO GIULIO CESARE?"

DAXAF:"CESARIA! CESARIA! CESARIA! DOVE SEI? VIENI! IO TI ASPETTO QUI. SONO PRONTO AD AFFRONTARTI, PER DIMOSTRARE A NOSTRO PADRE CHE NON SEI TU IL SUO DEGNO EREDE, PERCHÉ SEI SOLO UN'ARROGANTE BAMBINA VIZIATA CHE NON SA NULLA DI COME SI GOVERNA UNA GLORIOSA CITTÀ, COME ROMA! CHE ASPETTI? IO SONO QUI E NON ME NE ANDRÒ, FINCHÉ NON TI AVRÒ SCONFITTO!"

CESARIA:"Eccomi Daxaf! Sono qui! Sarò pure una bambina arrogante e viziata, ma tu sei un folle, un egoista, un tiranno che ha manie di grandezza e Cesare lo sapeva, per questo non ha scelto te! Daje! Io sono pronta a combattere. Fammi vedere che sai fare!"

DAXAF:"EHI! EHI! Sorellastra calmati! Non fare la maleducata. Non mi presenti il tuo nuovo amico?"

CESARIA:"ARGH! Questa è una questione tra noi due e a lui lo devi lasciare fuori. Non devi permetterti di fargli del male, è una brava persona."

DAXAF:"Va bene! Scusami! Perché sei così aggressiva? Non ti ho detto niente di male, se non mi vuoi dire come si chiama, non fa niente, non m'importa, ma una cosa la so: Serve più a me che a te. Vai Umag! Catturalo!"

e rapido come una saetta, senza dare al Centurione il tempo di reazione, PUFF lo intrappola, insieme alle altre vittime, nel suo oscuro cubo magico

CESARIA:"NO!!! FLAVIO!!! Mostro cosa gli hai fatto? Non ti dovevi permettere! Adesso te la vedrai con me. Assaggerai la lama della mia spadAAAH!"

e furiosa, sfoderando la spada, parte all'attacco, iniziando così CLACKITTY BONK STOCK SLAP SBAM SMASH ZAK il tanto atteso duello che decreterà, una volta e per tutte, chi è il degno Erede del Grande Gaio Giulio Cesare, ma per farlo c'è bisogno di un colpo a sorpresa, perché i due sono alla pari, stanno combattendo con tutte le loro forze, senza alcuna intenzione di resa e infatti Cesaria, SWOOOSH dopo aver evitato un poderoso colpo, CRASH atterra il burbero fratellastro, SMACK colpendolo violentemente alle gambe

DAXAF:"HEH! HEH! Brava! Mi hai atterrato. Adesso finiscimi! Cosa aspetti?

Dimostrami che sei la degna erede di nostro padre!"

CESARIA:"ANF! ANF! ANF! NO! Non è così che voglio dimostrare la mia forza e visto che ho rara possibilità di poter cominciare da zero, non la voglio sprecare. Voglio riportare giustizia in questo mondo e voglio farlo attraverso l'Amore, il Rispetto e la Fratellanza; quindi ti lascerò vivere, dandoti una seconda possibilità di redenzione!";

allora la saggia Guerriera si volta, deponendo le armi e concludendo così lo spietato duello

DAXAF:"IHIHIHIHIH! Che ingenua che sei! Mai dare una seconda opportunità a uno come me. Questa tua assurda decisione ti porterà alla morte IHIHIHIH! Umage è ora! Dammi il potere!"

e FLASH trasformato nel terrificante mostro blu a quattro zampe, grazie alla tenebrosa magia del suo fedele seguace, codardo, GRRR ZAK STOCK SBAM attacca ferocemente, alle spalle, l'onesta sorellastra, [illegible] facendola cadere a terra, prima di sensi, tuttavia prima che la spietata creatura le riuscisse a sferrare il definitivo colpo del K.O., FLASH, inaspettatamente, la collana dell'audace Gladiatrice si illumina e magicamente apparre la Lupa Desde che va, tempestivamente, in suo soccorso, frapponendosi tra di loro e AUUU AUUU AUUU con il suo incantato ululato, blocca il tempo, potendo in questo modo, WUSSSH volando, portare la sua cara ragazza, dal forte senso morale, lontano dal campo di battaglia.

CAPITOLO VI

"L'INARRESTABILE ESERCITO DI DAXAF."

DAXAF:"Guerrieri oggi vi ho portati qui, all'interno del maestoso Colosseo, a millenni di distanza dal nostro tempo, per chiedervi di unirvi a me e aiutarmi a realizzare la mia missione: Dominare l'intero pianeta, cominciando proprio da qui, dalla nostra gloriosa Roma e vi assicuro che se mi seguirete e mi sarete leali, vi guiderò sul tetto del mondo, perché io sono il più grande imperatore di sempre e perché sono l'unico in grado di governare questa massa di gente stolta! Guerrieri siete con me? O siete contro di me?"

GUERRIERI:"YEEE! GLORIOSO DAXAF SIAMO TUTTI CON TE! SIAMO PRONTI A DARE LA VITA PER TE! AVE A TE GRANDE DAXAF! NOI SAREMO IL TUO FEDELE E IMPAVIDO ESERCITO YAAAH!"

DAXAF:"ALLORA CORAGGIO! ANDIAMO E CONQUISTIAMOOOO!";

perciò il tiranno Gladiatore, accompagnato dal suo fido Mago e seguito dal suo numeroso e spietato esercito, implacabile, marcia alla conquista del mondo, CIAK KRASH SBAM WHAMMM TUMP KAPAOW CRACK SMACK mettendo a ferro e a fuoco tutto ciò che incontra sulla sua strada, tra "AAAH!" "AIUTO!!!" "UAAA!" "SI SALVI CHI PUÒ!" le grida isteriche e spaventate degli sventurati passanti.

CESARIA:"EHI Desde! Senti pure tu queste grida?! Andiamo a vedere cosa sta succedendo, svelta!"

DESDE:"ORC! Sta accadendo proprio ciò che temevo: Quel matto di Daxaf ha creato un esercito, per distruggere e conquistare l'intera città e dobbiamo fermarlo, prima che sia troppo tardi!"

CESARIA:"FORZA! ANDIAMO!"

ed eroiche l'elegante lupa e l'agguerrita ragazza, incuranti del pericolo, in nome della Giustizia, WUSSSH volano via dall'Isola Tiberina, dove si sono nascoste, dirigendosi verso il crudele esercito del prepotente despota e man mano che si avvicinano Desde, AUUU AUUU AUUU con il suo magico ululato, blocca il tempo, permettendo in questo modo a Cesaria, SWOOOSH grazie al suo potente soffio, di trasformare quei feroci guerrieri in fedeli lupi, formando perciò un numeroso esercito, da opporre a quello del fratellastro, dall'orribile volto bicolore.

CESARIA:"EHI Daxaf! Non ho ancora finito con te! Giustizia non è stata ancora fatta e visto che hai deciso si sprecare l'opportunità che ti avevo dato, non sarò più magnanima con te; quindi Coraggio! Fatti avanti! Io non ti temo!"

DAXAF:"AH! Guarda chi è tornata! Vedo che non ci tieni alla tua vita. Ti consiglio di arrenderti, perché io in un modo o nell'altro riuscirò a portare a termine il mio glorioso piano MUAHAHAHAH!"

CESARIA:"Se pensi che io mi arrenda, sei più folle di quanto pensassi!"

ed energici Cesaria, trasformata nella bionda e potente super Gladiatrice e Daxaf CLACKITTY SMASH SMACK TUMP STOCK SBAM KRASH CRACK BONK WHOCK partono nuovamente all'attacco, ma stavolta un vincitore dovrà per forza esserci; così facendo uso di tutte le loro abilità combattive, si affrontano, senza timore, a viso aperto; finché, sleale, Daxaf ordina a uno dei suoi guerrieri di SMACK colpire alle spalle la sorellastra che CRASH cade violentemente a terra, proprio sotto i piedi dello scorretto fratellastro che grazie al potere del tenebroso cubo magico, FLASH si trasforma nuovamente nello spaventoso e brutale mostro, dal sangue giallo, per sferrarle l'ultimo e decisivo colpo

DESDE:"NO GAIA!!! RESISTI! ORA ARRIVO!",

ma alla preoccupata Lupa la distrazione le è fatale, perché mentre HOP si sta per liberare in volo, viene STOCK violentemente colpita ad un fianco, PATAPUM cadendo dolorante a terra; quindi stavolta Cesaria è sola, non può contare su nessun aiuto, può contare solo su se stessa e infatti proprio quando ormai sembra finita, ecco che cogliendo un momento di distrazione del crudele antico romano, grazie SWOOOSH al suo magico soffio, l'eroina riesce ad annullare la sua trasformazione, PUFF riportandolo alle sue sembianze umane e il crudele gladiatore, sorpreso, da quell'astuta e inaspettata mossa, si immobilizza, consentendo alla tenace donna SBAM di colpirlo, con il suo possente scudo fiammante, CRASH atterrandolo.

DAXAF:"SÙ! Che aspetti? Finiscimi!"

CESARIA:"NO! Questa non è Giustizia! Ti lascerò vivere. Sconterai tutti i tuoi giorni di vita che ancora ti restano e tutte le tue pene in cella, quello è il posto giusto per gente come te!"

DAXAF:"HEH! Sciocc...",

ma non riesce a terminare di parlare che Cesaria, stufa del suo fastidioso comportamento di superiorità, lo stende definitivamente, facendogli perdere i sensi, BONK con un fortissimo pugno dritto in faccia.

CESARIA:"EHI! Vile Mago dove scappi? Fermati!",

però codardo, Umag Dili non curante delle parole della giovane eroina, BLAST continua a correre il più lontano e il più veloce possibile, ma invano, perché Cesaria, grazie alle sue aumentate capacità, lo raggiunge in quattro e quattr'otto, CRASH atterrandolo

UMAG DILI:"Ti scongiuro! Ti scongiuro! Non farmi del male. Farò tutto ciò che vorrai!"

CESARIA:"Libera quei poveri cittadini che avete crudelmente catturato e non ti farò nulla."

UMAG DILI:"OK! OK! Va bene! Potente cubo magico il tuo padrone ti ordina di liberare tutti i prigionieri, non abbiamo più bisogno di loro!"

e PUFF come per magia, tutti gli ostaggi appaiono, sconvolti, di fronte alla Gladiatrice che dopo avergli spiegato l'accaduto e in seguito ad aver sottomesso, al suo potere, quel vastissimo esercito di guerrieri, rimanadandoli nel passato, nella loro epoca, preoccupata, va dalla sua dolce protettrice Desde

CESARIA:"EHI Nonna! Sono qui, tranquilla! Hai visto? Ce l'abbiamo fatta. Li ho catturati. Ora non potranno più fare del male a nessuno. Giustizia è stata fatta! Dimmi! Come ti senti? Dove ti hanno colpita?"

DESDE:"KOFF! KOFF! Cesaria non preoccuparti, sto bene! Ho solo bisogno di un po' di riposo, ma prima di andare, voglio dirti che sono orgogliosa di te e ti assicuro che lo sarebbe anche tuo padre. Io e Cesare sapevamo che tu eri speciale e ciò che hai appena fatto ne è la dimostrazione; quindi non dubitare mai di te stessa, perché solo se credi in te, puoi davvero fare la differenza. Adesso io vado a riposarmi, però ricordati che ogni volta che ne avrai bisogno io sarò qui, sempre pronta ad aiutarti e a sostenerti. Ciao, valorosa eroina, a pesto!"

e PUFF, magicamente, ritorna nell'incantata collana di legno.

CAPITOLO VII

"Il 1° PASSO PER IL CAMBIAMENTO È LA FIDUCIA!"

FLAVIO:"AHO! Grazie Gaia pè avemme sarvato. Pensavo de morì, dentro quella scatola. Grazie! Grazie! Grazie! Sei a mia eroina!"

CESARIA:"BÈ! Flavio non devi ringraziarmi. È il minimo che potessi fare, visto che a causare tutto sono stata io, perché se fossi stata più attenta, quei due folli non mi avrebbero mai seguita, fino a qui."

FLAVIO:"Vabbè! Come a metti a metti te ringrazio, pè avemme salvato. Ma poi che hai deciso de fa? Hai ancora intenzione de realizzà er grandioso piano de Cesare?"

CESARIA:"HMMM! Flavio sono sincera. Dopo tutto ciò che è successo, mi sono resa conto che per realizzare il piano di mio padre, dovrei dichiarare guerra al mondo intero e considerato che non ho mai condiviso l'atteggiamento guerrigliero e oppressivo dell'antica Roma, soprattutto adesso che ho vissuto per qualche giorno qui, nel XXI secolo e ho visto che è possibile vivere pacificamente, senza l'uso della violenza, ho deciso di onorare, sì, il nome di mio padre, ma in un altro modo: Promuovendo un'associazione umanitaria che chiamerò "Siamo Tutti Terrestri!", con lo scopo di eliminare ogni tipo di razzismo, di violenza, di ingiustizia, di discriminazione e di disuguaglianza, ma soprattutto per dire che tutti noi siamo un unico e grande popolo, quello Terrestre, con gli stessi diritti e con le stesse possibilità e che se tutti quanti ci impegniamo e lavoriamo, come una grande famiglia, un giorno vivremo, sicuramente, in un Mondo più giusto."

FLAVIO:"WOW! È splendido quello che c'hai na mente, ma come hai intenzione de movete?"

CESARIA:"Tranquillo! Ho già pianificato tutto. Tra qualche ora, sotto al Colosseo, rivelerò al mondo intero la mia vera identità e il piano che ho in mente, per migliorare l'umanità."

FLAVIO:"EHM! Gaia te consijo de pensacce bene, perché te metterai in ridicolo, ottenendo l'effetto opposto de ciò che voi ottenè. L'uomo nei millenni, te l'assicuro, è diventato sempre più crudele e cattivo e nun se faranno nessuno scrupolo nell'umiliatte. Te prego, ripensace. Nun me va de assiste a no spettacolo der genere. Me stai troppo a core e nun vojo che tu possa perde fiducia ner monno, visto che sei l'unica a credece ancora."

CESARIA:"Flavio non ti obbligo a pensarla come me, ma io penso che il primo passo per il cambiamento è la Fiducia e io ho scelto di fidarmi dell'umanità; quindi non ho alcuna intenzione di cambiare idea. Ora devo andare, ma se cambi idea, sai dove trovarmi."

FLAVIO:"PUF! Cesaria aspettame! Va bè! M'hai convinto. Hai ragione a Fiducia è er primo passo. Daje! Annamo! T'accompagno io. Nun me va de fatte andà da sola."

CESARIA:"EH! Hai visto? Ti ho convinto e se ci sono riuscita con te, perché non dovrei riuscirci con gli altri?!";

perciò euforici e speranzosi, i due amici si dirigono, DROOOW BEEP BEEP a bordo della piccola macchina rossa, verso il mastodontico simbolo di Roma.

Arrivati, la ragazza, dai luminosi occhi azzurri, affiancata dall'anziano-falso centurio, si posiziona al centro della strada

CESARIA:"EHI GENTE! Ascoltatemi! Ho un'importante notizia da darti!"

FLAVIO:"AHO! Nun fate finta de 'Gnente. Nun semo mica matti! Pe' 'na vorta, prima de giudicá, ascortate prima quello che avemo da divve. Forza! Pe' du' secondi nun se more mica?!"

CESARIA:"Grazie Flavio. Ve l'assicuro, vi ruberò solo pochi minuti e poi sarete liberi di continuare a fare ciò che stavate facendo, ma ciò che ho da dirvi è davvero importante; quindi vi chiedo gentilmente di ascoltarmi...";

allora tra la curiosità e BLA BLA BLA BLA la confusione della folla che munita di cellulare è pronta a caricare sui social lo stravagante e improvviso evento, la figlia d'arte comincia a parlare

CESARIA:"...AHEM! Buongiorno a tutti e grazie per la vostra attenzione. Mi presento: Il mio nome è Gaia Giulia Cesaria e sono la figlia segreta del Magnifico Gaio Giulio Cesare e quest'oggi mi trovo qui, perché ho un'importante notizia da darvi: Nel 44 a.C., nel giorno del crudele Cesaricidio, mio padre che sapeva già tutto, prima della sua congiura, mi ha incontrato di nascosto, dandomi in consegna un prestigioso, ma arduo compito: Quello di andare nel futuro e riportare Roma al suo antico splendore, ma alla luce degli ultimi violenti avvenimenti, mi sono resa conto che per realizzarlo dovrei adottare lo stesso modus operandi di mio padre: la Guerra, però considerato che ci è stata concessa una seconda chance, io non la voglio sprecare così e ho intenzione, spero con il vostro sostegno, di promuovere "Siamo Tutti Terrestri", un'importante associazione umanitaria che lavorerà duramente, per combattere ogni tipo di violenza, di discriminazione, di ingiustizia e di disuguaglianza, ma soprattutto per ricordare a tutti noi che siamo un'unica e grande famiglia che vive e condivide questo splendido pianeta che è la Terra. Detto questo: Siete pronti a sostenermi? Siete pronti a vivere in un Mondo più Giusto? Vi fidate di me e di ciò che vi ho detto? Io sì, perché sennò oggi non sarei qui!",

ma la folla non le crede e arrabbiata "BUUU! BUUU!" "VIA! VAI VIA!" FIII FIIIUUUU "SEI UNA BUGIARDA!" "ROMA NON CI STA A FARSI PRENDERE IN GIRO!" "BUUU!" "VERGOGNATI!"

CESARIA:"No, vi prego! Non fate così. È tutto vero! Non vi ho preso in giro. Fidatevi di me, perché io ho fiducia in voi."

FLAVIO:"AHO! Gaia è mejo che c'è n'annamo, prima che a situazione degeneri.";

così malinconicamente, i due tornano a casa, con in mano un misero pugno di mosche, ma mentre la guerriera, sconsolata, PUF è sdraiata sul morbido divano, ecco che improvvisamente, FLASH un intenso lampo di luce inonda la stanza, accecandola

CESARIA:"EHI Flavio! Vieni, svelto! Sta succedendo qualcosa! Io non vedo nulla, sono accecata!"

STRANA FIGURA:"Ciao coraggiosa Gaia Giulia Cesaria, stai tranquilla. Siamo qui in pace, non vogliamo farti del male. Mi presento: Il mio nome è Mee Hao, mentre loro due sono Smile-Man ed Emonji e siamo 3 dei componenti della gloriosa e impavida Smile Crew, una squadra speciale, composta da eroi ancora più speciali che mossa dalla felicità e dall'amore, combatte per difendere i diritti di Pace e di Libertà dell'intera Galassia e oggi siamo venuti fin qui, da te, perché abbiamo assistito al tuo importante discorso e pensiamo che una donna, con questi ideali, debba assolutamente unirsi al nostro eccezionale gruppo, perché da soli è difficile cambiare l'universo, ma se uniamo le forze, possiamo riusciurci; quindi ti chiedo: Vuoi unirti alla nostra causa intergalattica?"

CESARIA:"EHM! Ciao ragazzi, piacere di conoscervi. Mi avete colto di sorpresa. Sono senza parole, però io mi fido del mio istinto e a pelle, sento che la decisione giusta è quella di fidarmi di voi; perciò sì, accetto! Grazie per l'opportunità!"

MEE HAO:"EEEH! Sono contento che tu abbia accettato. Avevamo bisogno di una valorosa ed ottimista guerriera, come te e per ufficializzare il tuo ingresso nella squadra, abbiamo un regalo per te..."

EMONJI:"Ciao Cesaria. Tieni! Non essere timida, è tutta tua. Questa statuetta dorata, a forma di Fenice, è il simbolo della nostra squadra, ma è anche un oggetto magico che ogni volta qualcuno, nella galassia, ha bisogno di aiuto o è in pericolo, FLASH si illuminerà e PUFF al solo tocco, ti teletrasporterà lì, dove c'è bisogno."

SMILE-MAN:"Giovane Eroina sono lieto di comunicarti che da ora, fai ufficialmente parte della grande famiglia della Smile Crew. Benvenuta!"

CESARIA:"WOW! È stupenda! Grazie ragazzi! È davvero bello quello che fate e non vedo l'ora di contribuire, anche io, a migliorare la Galassia IUUUH!

e i 4 Super eroi, riuniti in cerchio, gridano:"SMILE CREW! SMILE CREW! VIVA LA SMILE CREW!"

SUPER EROI.

NOME: GAIA GIULIA CESARIA.
SUPER POTERI: HA I FORMIDABILI POTERI FLASH DI TRASFORMARSI IN UNA SUPER GUERRIERA, DAI LUCENTI, LUNGHI E LISCI CAPELLI BIONDI, WHAMMM DALLA FIAMMANTE, ZAK AFFILATA E DORATA SPADA E DA UNA DURA E IMPERFORABILE ARMATURA, ANCH'ESSA D'ORO E DI TRASFORMARE I SUOI NEMICI IN FEDELI LUPI, GRAZIE FWWD AL SUO FENOMENALE SOFFIO.

NOME: DESDE.
SUPER POTERI: È DOTATA DI AUUU UN FORTISSIMO E INCANTATO ULULATO CHE BLOCCA IL TEMPO, È IN GRADO WUSSSH DI VOLARE E POSSIEDE UN MAGICO LATTE CHE SE BEVUTO, DONA DELLE FANTASTICHE ABILITÀ.

SUPER CATTIVI.

NOME: DAXAF.
SUPER POTERI: POSSIEDE, OLTRE A DELLE STRAORDINARIE DOTI COMBATTIVE, UNA ROBUSTA ARMATURA IN FERRO, MUNITA DI 2 VERDI E TERRIFICANTI SERPENTI CHE SI TRASFORMANO: UNO ZAK IN UN'AFFILATA E INDISTRUTTIBILE SPADA, MENTRE L'ALTRO IN UN TONDO, MASSICCIO E IMPERFORABILE SCUDO.

NOME: UMAG DILI.
SUPER POTERI: È IN GRADO DI TRASFORMARE, CHIUNQUE LO DESIDERI, IN UN ORRENDO E SPAVENTOSO MOSTRO A 4 ZAMPE, DALLO STRANO SANGUE GIALLO, DALL'ISPIDO PELO BLU, DAGLI SGRANATI OCCHI GRIGI, ZAK DAGLI APPUNTITI E PERICOLOSI ARTIGLI E DAGLI AGUZZI DENTI, GRAZIE AL SUO POTENTE E OSCURO CUBO STREGATO, CON IL QUALE CATTURA DELLE POVERE E INNOCENTI VITTIME, A CUI NE RISUCCHIA TUTTE LE FORZE VITALI, RICAVANDO IN QUESTO MODO L'ENERGIA NECESSARIA PER LA TENEBROSA MAGIA.

Dedicato alla Mamma più combattiva der Monno intero <3.

"EROI SI NASCE, NON SI DIVENTA!"

PREFAZIONE

A Guadalajara, una felice e piccola città del Messico, dove splende sempre il Sole, dove c'è il caratteristico odore della loro rinomata tequila, dove si ballano e LALALALALA si cantano continuamente, dalla mattina alla sera, le musiche tradizionali e che è popolato da festose e calorose persone, vivono:

TED COSTA, un simpatico e caparbio cuoco di 21 anni che lavora in un tipico e rinomato ristorante, chiamato "El Gusto!", dalla muscolosa corporatura, dai corti capelli neri, rigorosamente gellati, dagli impressionanti occhi azzurri, da un bel paio di folti e curati baffi neri, dalla particolare cicatrice in mezzo alla fronte, dall'appariscente tatuaggio che gli ricopre tutto il braccio destro e vestito da stilose e inseparabili t-shirt a mezze maniche;

RAVIOLINA, la dolce, gelosa e furba cagnolina di Ted Costa, dal morbido e riccio pelo bianco, macchiato, un po' la e un po' qua, un po' sulle orecchie e un po' sul naso, da curiose macchie nere, dai profondi e ammalianti occhi color nocciola e dalla singolare coda a forma di ciuffo;

BAK SWAN, un'altruista e gentile ex professore di scienze di 71 anni, nato a Kitakyūshū, in Giappone e che vive ormai da 40 anni nel caldo e popoloso paese del centro America, dalla robusta corporatura, dai corti capelli bianchi, dagli stretti occhi a mandorla marroni, dal buffo naso a patata e vestito dall'immancabile camicia verde a quadri;

e DURAN PAN, una mingherlina, timida e determinata scienziata di 28 anni, dai vivaci occhi marrone scuro, dai lunghi e mossi capelli castano chiaro, dalle sottili labbra rosa, dal piccolo naso a punta, su cui c'è un paio di grandi occhiali da vista viola e vestita dal suo amato impermeabile giallo;

mentre invece sulla lontana GUANPANT, il piccolo e intatto Pianeta Viola della Via Lattea, dall'intenso odore d'arancia, dovuto da un'intermittente e LALALALALA melodiosa SSSHHH pioggia viola, dalla spettacolare luce color arcobaleno, causata da una particolare e misteriosa reazione tra i rossi raggi del sole e le vaporose nuvole viola e che è abitato:

dai GUANPANTIANI, uno scaltro e super intelligente popolo di Alberi Alieni parlanti, dal caratteristico e magico corno blu posto sulla fronte, con il quale si collegano alla terra e che possiedono dalle eccezionali capacità di mutaforma e di comunicare con i proprio cari, defunti, di cui ne conservano l'essenza, all'interno delle loro verdi e profumate foglie; tra cui ci sono:

PIN ÖZUN, un prepotente e disperato padre di famiglia di 156 anni, dalla mastodontica statura, dalla lunga e marrone faccia schiacciata, dai nervosi occhi verdi, dalla folta e variopinta chioma, dal particolare e magico corno blu posto sulla fronte e vestito da una grigia e larga vestaia;

e PIAF, la dolce e introversa figlia del grande Pin Özun di 75 anni, dal simpatico e tondo viso schiacciato, dagli incatevoli occhi rosa, dalla lunga e setosa chioma di petali color arcobaleno, dalle sfiziose labbra gialle, a forma di cuore, dal caratteristico e magico corno blu posto sulla fronte e vestita da un elegante vestitino giallo;

e dai GUNFUNT, dei rudi, combattivi e verdi funghi giganti che hanno il compito di sorvegliare la sacra Treehouse dei Guanpantiani, l'enorme e confortevole Piazza, a forma di albero, composta dall'unione delle case dei vari Guanpantiani, illuminata da una speciale luce color arcobaleno, WUSSSH dal caratteristico e tranquillizzante suono del fruscio delle foglie e dal piacevole odore di margherita; che funge come sacro luogo d'incontro di questo singolare popolo Alieno; dalle irregolari macchie nere, dagli elettrici occhi gialli, dalle sottili labbra nere, dal rotondo naso anch'esso nero, vestiti da una robusta armatura verde, munita ZAK di un affilato bastone e che hanno la sorprendente dote di far svenire i loro nemici, grazie al loro ETCHU potente starnuto che puzza di muffa.

CAPITOLO I

'LA FINE DI GUANPANT'

Nel 2022 Guanpant, a causa della sua troppa vicinanza al Sole, ha tristemente e inesorabilmente terminato la sua vita, bruciata WHAMMM dal calore della Grande Stella fiammante e con esso è morta anche gran parte dell'inteligentissima popolazione dei Guanpantiani, ma fortunatamente alcuni di loro sono riusciti a salvarsi, imbarcandosi, prima dell'inevitabile fine, BIP BOP BIP BOP su delle navicelle d'emergenza, con cui hanno DROOOW navigato nell'immenso spazio, in cerca di un rifugio sicuro; infatti uno di loro, dopo mesi e mesi di navigazione, finalmente, trova il Pianeta giusto su cui soggiornare, la Terra, TUMP KAPAOW atterrando in Messico, nel piccolo paesino di campagna di Guadalajara, accanto alla modesta casa del cordiale Bak Swan che TUMP CIAK KRASH sentendo degli strani rumori, provenienti da fuori, curioso, nonostante il buio pesto, decide di andare a controllare, imbattendosi in un minaccioso e incappucciato Più Özun

BAK SWAN:<EHI Amico! Hai bisogno d'aiuto? Ti sei perso?>

PIN ÖZUN:<SÌ, mi sono perso. Puoi dirmi dove mi trovo?>

BAK:<Certo! Ti trovi nella vasta e florida campagna messicana, però se vuoi, visto che ho molto spazio libero in casa e che è molto tardi ed è meglio non viaggiare a quest'ora della notte, puoi trascorrere la notte a casa mia e riprendere il viaggio direttamente domani mattina, con più calma.>

PIN:<BÈ! Hai ragione. È molto tardi ed è meglio che mi fermi per questa notte. Continuerò domani mattina il viaggio. Accetto volentieri, grazie. Mi dai una mano con i bagagli, per piacere?>

BAK:<Certo amic...>,

ma proprio quando l'ex professore gli si avvicina, per aiutarlo con le borse, ecco che SMACK con un improvviso e forte colpo sulla pancia, lo colpisce, CRASH facendolo cadere <AAAH! AAAH!> dolorante a terra

BAK:<EHI! Perché l'hai fatto? Ti volevo solo aiutare! Ti scongiuro non farmi del male! Farò tutto ciò che vorrai!>

PIN:<ARGH! Io da te non voglio nulla. Voglio solo indietro la mia famiglia!>

BAK:<EHM! EHM! Va...va be...be...ne posso aiutarti a ritr...>,

ma non gli fa terminare di parlare che SMASH con un brutale colpo alla testa, lo uccide, prendendogli l'identità, grazie ai suoi sorprendenti poteri di mutaforma e perciò da quella terribile notte, lo spietato alieno lavora, indisturbato e senza sosta, nella fornita casa dell'anziano scienziato, per ricreare sulla Terra l'atmosfera che c'era sul suo, ormai, morto Pianeta che era ricco di CO_2 e di PT3, una particolare tossina, dallo speciale odore d'aracia che provoca l'eccezionale pioggia viola e che è molto dannosa all'organismo umano; così da riunire il suo amato popolo, ma soprattutto per riabbracciare la sua dolce figlia, Piaf, l'unica insieme a lui della sua famiglia ad essere sopravvissuta all'inesorabile catastrofe.

CAPITOLO II

"LA STRANA PIOGGIA VIOLA."

PIN:<EEEH! VAI! Ce l'ho fatta! Sono riuscito a sintetizzare l'atmosfera di Guanpant e ora non mi resta che immettere quest'essenza nell'atmosfera terrestre e poi finalmente potrò di nuovo riabbracciare mia figlia.>;

allora energico e pieno di speranze, il folle guanpantiano si dirige verso la rigogliosa e spaziosa campagna messicana, iniettando, TIN con delle siringhe, quel siero artificiale nei tronchi degli alberi, nei fiori, nei frutti, nelle foglie e in tutto ciò che si considera flora

PIN:<Forza Amici Alberi, non mi deludete. Aiutatemi a riunire il mio popolo e a ritrovare la mia bambina!>

e Pin, in attesa che il suo siero faccia effetto, si siede tranquillo e fiducioso, sotto un vecchissimo, bellissimo ed imponente salice piangente, finché dopo TIC TAC TIC TAC TIC TAC due lunghe ed interminabili ore, finalmente, qualcosa succede: Il sereno e limpido cielo, lentamente, inizia a macchiarsi qua e là di piccole e informi nuvole viola e alla loro vista l'intelligente Albero Alieno, euforico, inizia HOP HOP HOP a saltare e <EEEH! EVVIVA! Ci sono riuscito! Grazie Amici Alberi! IUUUH!> a urlare dalla gioia e subito dopo, BLAST veloce come una saetta, torna nel suo laboratorio, ad informare dell'accaduto, con un video-messaggio, la sua gente

PIN:<Buongiorno Guanpantiani, il mio nome è PIN Özun e vi contatto per dirvi che negli ultimi sei mesi, ho vissuto sulla Terra, uno dei Pianeti della vasta Via Lattea che ha un'atmosfera quasi simile alla nostra, se non fosse per la presenza in enormi quantità di ossigeno e di CO_2 e se esposti per un lungo periodo, provocano un precoce invecchiamento delle foglie, tuttavia come potete vedere, la mia chioma già sta guarendo, perché in questi mesi ho lavorato duramente, per riuscire a sintetizzare l'atmosfera della nostra Guanpant, cosa che sono riuscito a fare; infatti proprio poche ore fa ho iniettato il mio siero nella vegetazione circostante, iniziando il processo di mutazione atmosferica; quindi Amici Guanpantiani vi invito a raggiungermi sulla Terra; così da riunire, finalmente, il nostro popolo!

EHM! Ciao piccola mia, non so se mi stai guardando, ma voglio dirti lo stesso che ti voglio bene e che tutto questo l'ho fatto per te, l'ho fatto per riuscire ad abbracciarti di nuovo, adesso però devo andare, Ciao! Spero che ci rivedremo presto. Io ti aspetto a rami aperti! MUAH!>.

Nessuno in città, a causa dei loro impegni, delle loro gioie, delle loro preoccupazioni e dei loro pensieri, si è accorto di ciò che sta accadendo al cielo e all'atmosfera; quindi ignari del losco piano del crudele Alieno, dai nervosi occhi verdi, tutti quanti continuano, tranquilli, a vivere le loro indaffarate vite; infatti Ted Costa, come ogni pomeriggio, esce di casa e porta a passeggio, nel parco sotto casa, la sua dolce cagnolina, Raviolina, ma questa volta non è come le altre, perché all'improvviso, dal cielo comincia SSSHHH a cadere un'intensa e fitta pioggia viola, dallo strano odore d'arancia

TED COSTA:<GULP! Raviolina guarda! Hai visto che bella questa pioggia? È viola! Incredibile!>

RAVIOLINA:<BAU! BAU! BAU! BAU!>

TED:<SNIF SNIF MMMH! lo senti pure tu questo buonissimo aroma d'arancia?>

RAVIOLINA:<BAU! BAU! BAU!>

TED:<Piccola, mi dispiace! Lo so che ti stai divertendo, ma sta piovendo troppo forte ed è meglio che torniamo a casa, se non vogliamo ammalarci.>;

perciò ancora estasiati da ciò che hanno appena visto, BLAST veloci, correndo SSSHHH sotto l'odorosa pioggia, tornano a casa che subito dopo, il giovane chef lascia di nuovo, per andare a lavoro

TED:<Raviolina, io ora devo andare. Mi raccomando: Fai la brava e non mi far preoccupare. Ci vediamo dopo ok? Ciao piccolo, a dopo!>

e CLUNK dopo aver chiuso la porta alle sue spalle, va entusiasta a lavoro, come tutti i giorni.

Terminato, finalmente, un altro entusiasmante servizio, il ragazzo, dai folti baffi neri, ritorna soddisfatto a casa, dove esausto, PUF si butta sul letto, ZZZZZ addormentandosi immediatamente, appena il suo viso tocca il cuscino, insieme alla sua graziosa cagnolina, tuttavia quella notte è, per i due grandi amici, indimenticabile, perché Ted preso, nel cuore della notte, da un lancinante mal di testa, <AAAH!> sofferente, si alza dal letto e frastornato va in bagno CIAF CIAF a sciacquarsi il viso, ma quando sta per uscire, goffo, inciampa sul tappeto e per non cadere BOING si appoggia alla parete

TED:<PHEW! Per fortuna non sono caduto!>,

però quando rialza la testa

TED:<ORC! Questo buco in mezzo alla parete chi l'ha fatto? E mo come faccio?! Chi glielo dice al padrone di casa?!>,

ma a causa del frastuono anche Raviolina si sveglia e va in bagno, dal padroncino, a controllare cosa stia succedendo

RAVIOLINA:<YAWN! Ted che è tutto questo baccano? Ma lo sai che ore sono? Sono le 4 del mattino! Se continui così, sveglierai tutto il condominio. Dai! Vieni! Rimettiamoci a dormire.>

TED:<Raviolina SSSH! Ho sentito una voce. Mettiti dietro di me, penso che ci sia un ladro nella stanza.>;

allora coraggioso il ragazzo, impugnando un vecchio sturalavandini, HOP con un portentoso salto, esce fuori dal bagno

TED:<YAAAH! Ladro non hai scampo!>,

ma non sentendo nulla, perplesso, CLICK accende la luce della camera e si accorge che non c'è nessuno

RAVIOLINA:<HMMM! Ted che c'hai? Qui non c'è nessuno! Mi sa che non ti senti molto bene, vero? È meglio che ti rimetta a dormire, hai una brutta cera.>

TED:<Eccola! Eccola! Eccola di nuovo! Piccola la senti anche tu questa voce?

BOH! È meglio che mi rimetta a letto, forse sto veramente male e questo è solamente un bruttissimo incubo. Buona notte Raviolina a domani.>

RAVIOLINA:<Ciao Ted, Buona notte!>

e i due assonnati e intontiti, pensando che tutto ciò che hanno appena vissuto fosse solo un orrendo sogno, ZZZZ si rimettono a dormire.

CAPITOLO III

"SÌ, È PROPRIO COSÌ!"

Sono le 7 del mattino e come tutti i giorni DRIN DRIN DRIN DRIN la sveglia suona

TED:<YAWN! Raviolina buongiorno. Come hai dormito? Io malissimo. Ho fatto un sogno stranissimo: Ho sognato che c'era un enorme buco nella parete del bagno e che era entrato un ladro in casa, ma fortunatamente PHEW! era solo un incubo.>

RAVIOLINA:<Buongiorno Ted. Io invece ho dormito un'amore. EHM! E penso che ti sbagli, perché quello che hai sognato, non era un sogno...>

TED:<ORC! Un'altra volta quella voce, ma da dove viene? OOOH! Guarda lì la parete! E ora chi glielo dice al signor Martinez?!>

RAVIOLINA:<Ted, ma ti senti bene? Già te l'ho detto: Sei stato tu a romperlo e in casa non c'è nessun ladro.>

TED:<Eccola di nuovo quella voce! Raviolina la senti pure tu?>

RAVIOLINA:<Ted, ma se ci siamo solo io e te qui. Di che voce parli? Io non sento nulla, apparte noi due.>

e sconvolto, il giovane cuoco PUF si butta sul letto e TIC TAC TIC TAC TIC TAC TIC TAC per ben 10 lunghi minuti, si mette HMMMM! a pensare su quanto sta succedendo e su quanto è accaduto la sera prima, finché

TED:<PUF! PUF! Lo so che è impossibile, ma è l'unica spiegazione. Sì, deve essere per forza questo.>

RAVIOLINA:<Ecco! Mi è impazzito il padroncino. Ora si è messo a parlare anche da solo...>

TED:<Raviolina ascoltami: Non so come e non so perché, ma penso che tu abbia imparato a parlare, mentre io ho la super forza...>

RAVIOLINA:<EHM! Ted, perché ancora non l'avevi capito? Io già lo sapevo da ieri sera. AHHH! Quindi è per questo che ti comportavi in modo strano?! Io pensavo che non ti sentissi bene. Io sono gasatissima e tu no?>

TED:<AHEM! Non lo so. Non capisco. Come abbiamo fatto ad acquisire queste eccezionali capacità? BAH! Questo è davvero un mistero! Vabbè! Andiamo a fare colazione. È meglio, per ora, non pensarci più.>;

così lasciando da parte, per un attimo, tutte le proccupazioni, GNAM GNAM GNAM GNAM GNAM si mettono a fare colazione, però purtroppo vengono interrotti da un'incredibile notizia, data dalla televisione

GIORNALISTA:<Buongiorno signori telespettatori, stamane abbiamo per voi, una sorprendente notizia; quindi vi invito a prestare la massima attenzione al prossimo servizio che riguarda lo strano fenomeno della pioggia viola, caduta tutta la giornata di ieri, su l'intera Guadalajara. Sì, Marc! A te la linea.>

MARC:<Buongiorno telespettatori, quest'oggi ci troviamo nel C.S.F.C, "Il Centro Studi Fenomeni del Cielo", insieme alla scienziata Duran Pan che ci parlerà di questo eccezionale evento.>

DURAN PAN:<AHEM! SÌ! Buongiorno signori! Vi consiglio di prestare la massima attenzione a ciò che vi dirò, perché è molto importante: Ieri, quando ha cominciato a cadere questa strana e odorosa pioggia viola, io e la mia squadra ci siamo messi subito a lavoro, per capire cosa fosse e dai primi esami effettuati, abbiamo scoperto che se si è esposti per lungo tempo a questa pioggia, c'è il rischio di contrarre una pericolosa febbre tossica che ha già colpito una trentina di persone che adesso si trovano ricoverate in ospedale e per cui non esiste ancora ma cura; quindi vi suggeriamo di ridurre al massimo le uscite e di rimanere dentro casa, finché non si troverà una cura, a cui vi assicuro, già stiamo lavorando.>

TED:<Raviolina hai sentito?! Incredibile vero? Tu come ti senti? Mica ti senti influenzata?!>

RAVIOLINA:<No, ma che dici!? Io mi sento alla grande! Non mi sono mai sentita così bene!>

TED:<Sì, è vero! Anche io mi sento benissimo. Non mi sento per nulla influenzato, ma come è possibile, se noi abbiamo preso la pioggia in pieno? BOH! Forse, per una volta, siamo stati fortunati. Ci è andata bene! Però secondo me, è meglio se ci andiamo a fare TIN una bella analisi del sangue, per essere più sicuri.>;

così TIC TAC TIC TAC TIC TAC TIC TAC TIC TAC attesi un paio di giorni, per i risultati, i due, curiosi, leggono gli esiti

TED:<Raviolina, qui c'è scritto che stiamo in perfetto stato di salute, nonostante sui nostri globuli bianchi c'è un piccola anomalia: Su di essi c'è una nuova e piccola molecola, chiamata PT3 che è la stessa che si trova anche nell'incredibile pioggia viola.

HMMM! Sì, forse ho capito come abbiamo preso i poteri! Il nostro organismo, non so come, ma anziché combattere l'influenza, ha fuso i nostri globuli con questa speciale molecola, trasformando il nostro organismo e dandoci così questi incredibili poteri.>

RAVIOLINA:<YEEE! Allora è vero!? Abbiamo dei Super-Poteri.!? Fichissimo!>

TED:<EHEHEH! AHEM! Sì, non pensavo che l'avrei mai detto, ma è proprio così: Abbiamo davvero dei Super-Poteri!>.

CAPITOLO IV

"NUOVE E INCREDIBILI CAPACITÀ"

Negli straordinari ed eccitanti giorni successivi alla sorprendente scoperta, Ted e Raviolina si sentono alla grande, sono sempre di buon umore e cercano, quando possono, di familiarizzare il più possibile con le loro nuove doti, ma un giorno, improvvisamente, si cominciano a sentire male:A Ted che sta a lavoro, gli si offusca la vista, mentre alla piccola cagnolina che si trova a casa, le viene un lancinante dolore alla gola e il cuoco, dai neri capelli gellati, preoccupato per la sua piccoletta, <ISSA! ISSA! ISSA!> facendo uso di tutta la sua forza e di tutta la sua determinazione, la raggiunge il più velocemente possibile, tuttavia appena entra e CLUNK chiude la porta, dalla fatica PATAPUM soccombe per terra, come Raviolina che sentitolo arrivare, nonostante il doloroso mal di gola, gli è voluto andare incontro.

È appena scoccata l'alba e fuori, sotto un particolare e inusuale cielo viola, si sta scatenando SSSHHH un potentissimo temporale, dall'insolito odore d'arancia e i due grandi amici stanno lentamente riprendendo i sensi

TED:<AH! Che cos'è successo?! Perché sono steso a terra?! Raviolina dove sei? Stai bene?>

RAVIOLINA:<AHEM! Ted, sono sul divano. Sto bene, tranquillo. Sono solo un po' intontita.>

TED:<OK! Aspettami lì, che arrivo!>;

allora ancora stordito, barcollando, si alza e raggiunge la sua fedele amica

TED:<URC! Raviolina ma tu stai fluttuando!!!>

e dallo stupore, dai suoi occhi fuoriesce WHAMMM una formidabile e infuocata vista laser che BOOM colpisce il divano, bruciandolo e subito dopo, impaurita la cagnolina, <BAUTCHU!> con un potentissimo starnuto, KRASH frantuma in mille pezzi la televisione che ha davanti

TOC TOC TOC TOC TOC TOC

SIG.MARTINEZ:<Signor Costa buongiorno, sono Martinez. Cos'è tutto questo baccano?! Gliel'ho detto mille volte cosa penso di chi fa confusione nel condominio. Per piacere mi apre? Voglio controllare cosa sta succedendo lì

dentro.>

TED:<ORC! E ora che facciamo?! Siamo spacciati! Ci caccerà sicuramente di casa!>

RAVIOLINA:<Ted calmati! Ho un'idea. Fidati di me! Vai a coprire il buco e poi vai ad aprire al signor Martinez che al resto ci penso io!>

TED:<EHM! O...OK!>;

così ignaro di ciò che ha in mente la sua brillante cagnolina, esegue ciò che le ha ordinato, andando a coprire, con un quadro, il buco e CLUNK ad aprire la porta

SIG.MARTINEZ:<HAAA! Finalmente! Ci siamo riusciti ad aprirla questa porta! Mi dica: Che sta succedendo qui den...>,

ma il signore non riesce a concludere la frase e ad entrare dentro casa, perché Raviolina BAU BAU BAU BAU GRRR GRRR GRRR ringhiandogli e mordendogli i suoi vecchi pantaloni marroni di velluto, lo fa indietreggiare, impedendogli di varcare la porta

SIG.MARTINEZ:<OH! OH! OK! Non entro! Signor Costa per stavolta le è andata bene, ma la prossima volta non sarà così fortunato ed educhi un po' il suo cane, sennò prima o poi sbranerà qualcuno!>

TED:<Raviolina MUAH! Sei stata grande! Mi hai salvato e per questo ti sei meritata una scatola intera di biscottini!>

RAVIOLINI:<MMMH! Già sogno di mangiarli! Ho sempre desiderato farlo, mi è stato sempre antipatico. Mi sono divertita un casino! Hai visto che faccia ha fatto!? HEH! HEH! HEH! HEH! HEH!>.

CAPITOLO V

"MI SENTO CARICO COME UNA MOLLA!"

Ted e Raviolina, come ogni mattina, dopo GNAM GNAM GNAM GNAM GNAM un'abbondante colazione, sono soliti andare nella palestra sotto casa, dove il giovane chef partecipa a delle energiche e liberatorie lezioni di Box, mentre la furba cagnolina si rilassa nella Spa, con massaggi e con degli speciali trattamenti di bellezza, oggi però la routine viene bruscamente stravolta, a causa di un distratto guidatore che si trova a bordo di un costoso VROOOM SUV nero che non accorgendosi del semaforo rosso, DROOOW FIOOOW BEEP BEEP a tutta velocità, sta per investire un'anziana signora che presa dal panico si immobilizza e <AAAAH!> inizia ad urlare, ma fortunatamente per lei, proprio lì vicino, c'è Ted che BLAST con un poderoso scatto, si getta contro la macchina, SBAM CIACK ammaccandola e salvando così l'anziana e immediatamente dopo, per rimanere celata la sua identità, coperto dal cappuccio della felpa, FLASH scappa via, insieme a Raviolina, nascondendosi in un cantiere abbandonato

TED:<ANF! ANF! ANF! Raviolina hai visto cosa ho fatto? Incredibile vero?! Sono carico come una molla! Sento di poter fare qualsiasi cosa!>

RAVIOLINA:<Sì, sei stato fortissimo! Però sei stato anche un grande incosciente, perché oltre al fatto che non potevi sapere se i tuoi poteri avrebbero funzionato, hai pure rischiato di farti scoprire.>

TED:<BÈ! Adesso che mi ci fai pensare, hai ragione! Ho agito senza pensare, ma per fortuna è andato tutto bene e mi sento alla grande YEEE!>

RAVIOLINA:<WOW! È vero! Anche io mi sento in formissima! Tutta quest'adrenalina che mi sta scorrendo nelle vene, mi fa sentire più viva che mai e Ted se stai pensando pure tu quello che sto pensando io: Mettere al servizio della città queste nostre sorprendenti abilità, dobbiamo prima affinarle e crearci dei fantastici costumi da Super-Eroi.>

TED:<EHEHEHEH! Vedi perché sei la mia migliore amica?! Nessuno mi conosce meglio di te! FORZA! Che aspettiamo?! Mettiamoci subito a lavoro!>;

perciò euforici e con molta voglia di fare, ritornano a casa e senza accorgersi minimamente TIC TAC TIC TAC TIC TAC TIC TAC del tempo che passa, si mettono a lavorare sui costumi.

Sono le 4:00 del mattino e Ted sta lavorando ininterrottamente da ormai una ventina di ore e finalmente le Speciali tute sono pronte; così entusiasta ed orgoglioso, va a svegliare la sua dolce compagna d'avventure che poche ore prima, esausta, si era addormentata, per farle vedere il lavoro concluso

TED:<EHI Raviolina! Svegliati, Forza! Ho finito! I costumi sono pronti! Dai! Vieni a vederli!>

RAVIOLINA:<YAWN! Ted ma che ore sono?>

TED:<Sono le quattro del mattino!>

RAVIOLINA:<OH! Ma tu sei matto! Dai, sono stanchissima! Vai a dormire. Me li farai vedere domani mattina, tanto tra poche ore sarà giorno!>

TED:<SÙ, alzati! Sono troppo eccitato! Voglio un tuo parere subito! Non mi va di aspettare fino a domani!>

RAVIOLINA:<YAWN! Va bene! Mi hai convinta. Mi alzo, però mi devi promettere che dopo YAWN! mi lascerai dormire d'accordo?>

TED:<SÌ! SÌ! Tutto quello che vuoi, basta che vieni e mi dici cosa ne pensi!>;

perciò intontita, l'assonnata cagnolina barcollando segue il suo energico padroncino che le mostra, gioioso, i costumi

RAVIOLINA:<WOW! Ted sono bellissimi! Ti sei davvero superato!>

TED:<EHEH! Grazie! Grazie! Sono contento che ti piacciano. Ti va di provarlo? Voglio vedere come ti sta!>

RAVIOLINA:BÈ! Che domande sono?! Certo che la voglio provare!>

TED:<EEEH! Allora per indossarli, devi metterti al polso questo speciale orologio e premere il pulsante rosso OK?>

RAVIOLINA:<EHM! OK! Belli questi orologi con le nostre sagome sopra. Non me l'aspettavo!>;

allora contenti, indossano gli orologi e CLICK premono il pulsante, ritrovandosi, magicamente, vestiti con quegli incredibili costumi: Ted con una maschera nera, con una bandana dello stesso coloro, con un paio di elastici e resistenti jeans, con una lunga e rinforzata maglia a giro maniche arancione che sul petto ha un logo che ritrae le sagome di lui e della sua bianca cognolina e con delle sgargianti scarpe rosse, mentre Raviolina con un paio di eccentrici occhiali da Hockey rosa, con un piccolo e argentato giacchetto in pelle imperforabile che sul dorso ha lo stesso logo che c'è sull'orologio e sulla T-Shirt del Cuoco e con delle sfiziose scarpette in pandam con il giacchetto.

CAPITOLO VI

"THE INSEPARABLE SQUAD."

È una tranquilla e silenziosa notte di primavera e mentre la Luna osserva, dall'alto, le buie e deserte strade, i bambini ZZZZ dormono beati e sognano cose fantastiche e i grilli CRI CRI CRI CRI cantano delle allegre lodi alle luminose stelle, all'improvviso da uno degli appartamenti del palazzo di Ted BOOM si sente una potentissima esplosione che WHAMMM manda in fiamme l'intero condominio, <AAAAH!> <AIUTO! VA TUTTO IN FIAMME!> <SVELTI! ANDIAMO VIA! È L'APPARTAMENTO DEI RAMIREZ CHE VA IN FIAMME!> <FORZA! STATE CALMI! PRENDETE I BAMBINI PER MANO E IN FILA INDIANA, SCENDETE LE SCALE!> <CORAGGIO! TUTTI NEL PARCHEGGIO!>

provocando il panico tra i condomini

TUMP TUMP TUMP TUMP

SIG.MARTINEZ:<TED SVELTO! APRI LA PORTA! IL PALAZZO VA IN FIAMME! DOBBIAMO EVECUARLO IMMEDIATAMENTE!>

e TUMP TUMP TUMP TUMP grazie all'insistenza dell'ostinato signore, finalmente, il ragazzo si riesce a svegliare

TED:<YAWN! Ma chi è che urla e che fa tutto questo casino, fuori alla mia porta alle tre del mattino?!>;

così intontito CLUNK va ad aprire la porta, ritrovandosi davanti il signor Martinez che preoccupato, gli grida in faccia

SIG.MARTINEZ:<AH! Finalmente l'hai aperta questa maledetta porta! Mi stavo preoccupando. Pensavo che ti fossi sentito male. Forza! Non c'è tempo da perdere. Dobbiamo evacuare immediatamente l'edificio, perché sta andando tutto in fiamme!>

TED:<UH! OK! OK! Grazie signor Martinez.Vengo subito...>

TES:<...EHI Raviolina! Svegliati! Ce ne dobbiamo andare via da qui, il palazzo sta andando in fiamme!>;

così un po' agitato, dopo aver indossato una felpa e aver preso in braccio la sua dolce cagnolina, si unisce BLA BLA BLA BLA alla caotica e impaurita fila di persone che raggiunge passo dopo passo il buio, calmo e sicuro parcheggio, dove il Sig. Martinez, uomo di grande esperienza, con grande freddezza, prende in mano la situazione e autoritario, DRIN DRIN DRIN DRIN chiama subito i vigili del fuoco e fa l'appello, per verificare che tutti abbiano evacuato il condominio, tuttavia nel frastuono si sente:<AIUTO! AIUTO! AIUTATECI! QUALCUNO CI SALVI! IO E MIA FIGLIA SIAMO BLOCCATE DALLE FIAMME AL SESTO PIANO. VI PREGO AIUTATECI!>

e al sentire quella disperate urla d'aiuto, tutti, istantaneamente,

ANZIANA SIGNORA:<AAAH! Guardate è Julia Hernandez! Sta affacciata a quella finestra, con sua figlia. Dobbiamo fare qualcosa, prima che sia troppo tardi...>

si impanico, ma non Ted e Raviolina che senza pensarci su due volte, PUSH premono il pulsante dei loro Speciali orologi, FLASH indossando quasi per magia, le loro incredibili tute ed entrano eroicamente nel rosso palazzo in fiamme e <ISSA! ISSA! ISSA!> dopo aver salito a fatica WHAMMM le scale invase completamente dalle fiamme, raggiungono finalmente il sesto piano, dove lo chef, con SBAM delle portentose spallate, TUMP abbatte la porta, entrando in quella che non è più possibile definire un'accogliente e tranquilla casa

TED:<EHI Julia! Dove state?>

JULIA:<WUAAAH! Siamo in bagno. La porta non si apre! Vi prego, fate in fretta! Salvateci!>

TED:<Tenete duro! ARRIVIAMO!>;

così combattendo contro WHAMMM le potenti fiamme, si fanno largo, raggiungendo più in fretta possibile quella benedetta porta che il ragazzo, prontamente, KRASH sfonda, WHOCK con un poderoso calcio e subito dopo, decisa, la cagnolina KRECK frantuma la finestra, BAUUUU con il suo formidabile abbaio a ultrasuoni, dalla quale SWOOOSH esce in volo con le due sventurate, sotto gli attenti occhi della folla, portandole in salvo, seguite poi anche da Ted che esce fuori da quella terrificante stanza, HOP con un eccezionale salto

JULIA:<Matilda vieni qui! Abbracciami piccola mia! Come ti senti? Tutto bene?>

MATILDA:<Sì, mamma sto bene! Ma hai visto quant'è bella quella cagnolina?! Ha il pelo morbidissimo!>

JULIA:<WUAAAH! Bella piccola mia! Menomale! Ho temuto per il peggio!...>

JULIA:<...SNIF! EHI Voi! Grazie per averci salvato! Come posso sdebitarmi?!>

TED:<Signora, è stato un piacere! L'importante è che siate sane e salve, il resto non conta!>,

ma prima che riescano ad andare via, vengono fermati da quella riconoscente mamma

JULIA:<Aspettate! Aspettate, vi prego! Almeno diteci come vi chiamate!>

RAVIOLINA:<Noi siamo: "THE INSEPARABLE SQUAD!" Il mio nome è ULTRADOG!>

TED:<mentre il mio è CHEFFORZ! E siamo qui per aiutare la città!>

e <YIPPE!> <YEEE!> <VIVA LA INSEPARABLE SQUAD!> <WHOOHO!> < EVVIVA! CI SONO DEI NUOVI ED INCREDIBILI EROI IN CITTÀ!> <YUHUU!> <EVVIVA ULTRADOG!> <EVVIVA CHEFFORZ!> <YUPPE!!!> tra le grida di acclamazione e CLAP CLAP CLAP CLAP CLAP CLAP gli applausi di gratutidine della gente, i due Super-Eroi si allontanano, mentre su, nello spazio profondo, BIP BOP BIP BOP DROOOW FIOOOW a grande velocità, si sta avvicinando alla Terra una numerosa e minacciosa schiera di navi aliene.

CAPITOLO VII

"BENVENUTI SULLA NOSTRA NUOVA CASA!"

Nell'ultimo mese il cielo di Guadalajara si è riempito sempre di più di scure nuvole viola e con esse è aumentato, terribilmente, anche il numero di quella strana, inspiegabile e profumata pioggia viola che ha attirato l'attenzione di molti scienziati che provenienti da tutto il mondo, curiosi, sono andati in questo piccolo paesino di campagna a studiarla, per capirne la causa, ma invano, perché sono riusciti solo a scoprire che le molecole contenute nella particolare pioggia, se combinate alle molecole presenti nell'atmosfera terrestre, danno origine a delle tossine che per l'organismo umano sono molto dannose e che se non curate in tempo, può portare addirittura alla morte e quindi in tutta la cittadina ora, stranamente deserta e silenziosa, c'è l'allerta sanitaria: di non uscire di casa, per evitare di inalare queste sostanze tossiche e nessuno sa, apparte il singolare popolo Alieno, che quest'improvviso cambiamento atmosferico è dovuto proprio da loro, per permettergli di insediarsi sulla Terra; infatti in arrivo, ci sono i Guanpantiani, provenienti da Pianeti vicini e lontani della vastissima e incredibile Via Lattea BIP BOP BIP BOP BIP BOP DROOOW VROOOM a bordo delle loro mimetiche navicelle.

Il loro arrivo non si fa attendere molto, perché solamente poche settimane dopo il Video-Messaggio dell'insensibile Pin, maestosi e prepotenti, DROOOW TUMP KAPAOW atterrano nell'estesa e florida campagna messicana, dove ad accoglierli ,orgoglioso, c'è Pin Özun

PIN:<Cari Amici Guanpantiani, benvenuti sulla nostra nuova terra.Ora che siete qui, non dovete più temere nulla, qui staremo al sicuro, perché il processo di mutamento atmosferico è avvenuto con successo e perché il popolo dei terrestri è un innocuo e stolto popolo di primati che non potrà mai farci del male e adesso che finalmente il nostro eccezionale popolo è nuovamente riunito, non ci resta che concludere il processo di colonizzazione, collegandoci, con il nostro magico e speciale corno blu, a questo rigoglioso terreno;

allora tutti gli adulti di questo sorprendente popolo di Alberi Alieni si inginocchiano, con un'eccezionale simultaneità e con il loro caratteristo corno bucano la terra, connettendosi ad essa e TIC TAC TIC TAC TIC TAC dopo più di due ore di immobilismo e di silenziosa meditazione, ecco che incredibilmente TUMP CHOK KRASH CHOOOM WUSSSH dal terreno spuntano delle altissime e straordinarie Treehouse e contemporaneamente a questo straordinario evento, mentre i Guanpantiani si mettono seduti in cerchio LALALALALALA a lodare SSSHHH quella sorprendente pioggia viola, sulla piccola città messicana CHOOOM CHOK si abbatte un terrificante e fortissimo terremoto che <AAAAH! AIUTO!> <OH! NO! CROLLA TUTTO!> <AIUTO! IL TERREMOTO!> <SI SALVI CHI PUÒ!> <INSEPARABLE SQUAD DOVE SIETE? ABBIAMO BISOGNO DI VOI!> <UAAA! VI PREGO SALVATE MIO FIGLIO!!!> causa il panico tra i sfortunati cittadini che però vengono prontamente soccorsi dai loro incredibili Super-Eroi che senza esitare, salvano chi è rimasto in bilico su un ponte CHOK crollato, chi è rimasto chiuso dentro gli ascensori e chi si trovato coinvolto KRASH in un incidente stradale o chi si è ritrovato CIAK schiacciato nella propria auto da un albero e subito dopo aver messo al sicuro l'intera popolazione, portandoli nella spaziosa, vivace e verde piazza di Guadalajara, piena di fantastiche fontane e immersa dalle tipiche musiche dei mariachi, Ultradog e Chefforz si dirigono, EOOOH EOOOH EOOOH EOOOH avvertiti da un poliziotto:<EHI Eroi! Dalla centrale mi hanno comunicato che delle terrificanti ed enormi navicelle aliene sono atterrate sulla campagna messicana, causando tutto questo caos; quindi prima che la situazione peggiori vi chiediamo di unirvi alla polizia e capire cosa sta succedendo alla nostra amata città.>

e determinati, vanno verso l'invasa campagna messicana.

CAPITOLO VIII

"LA COLPA È DI QUESTO CURIOSO POPOLO ALIENO."

PIAF:<Papà! Papà! Ti voglio bene! Mi sei mancato tantissimo! WUAAAH!>

PIN:<WUAAAH! Piccola mia anche io ti voglio bene! Stringimi forte, mi sono mancati i tuoi abbracci! Ti prometto che non ti lascerò mai più, soprattutto adesso che ti ho finalmente ritrovata!>

e mentre commossi, i due si recano nella loro accogliente treehouse, per raccontarsi le vicende vissute negli ultimi mesi, trascorsi lontano, The Inseparable Squad, accompagnata dalla polizia, giunge finalmente nei pressi della vasta campagna

ULTRADOG:<WOW! Che spettacolo!>

CHEFFORZ:<OOOH! Favolosi! Sono giganteschi!>

POLIZIOTTO:<HAAA! Incredibile! Ma da dove sono spuntati?>

PAN:<EHI! SSSH! Abbassate la voce! Non vorrete mica farmi scoprire?! Forza! Abbassatevi!>

CHEFFORZ:<EHM! OK! OK! Scusaci! UH! Ma tu sei quella scienziata che l'altro giorno era al telegiornale, giusto?>

PAN:<EHM! SÌ, Sono proprio io! E voi invece siete The Inseparable Squad, vero?>

ULTRADOG:<SÌ, siamo noi! Ma che ci fai qui, nascosta dietro a questi cespugli, tutta sola?>

PAN:< Mi sono appostati qui, perché ho visto, grazie ai miei satelliti, che delle insolite ed enormi navicelle aliene stavano per atterrare nella campagna e considerati gli ultimi e strani fenomeni avvenuti sulla città, ho pensato che il loro arrivo non fosse solo una casualità, ma che fossero proprio loro i responsabili di tutte questi eccezionali e inspiegabili eventi; infatti sono riuscita a scoprire, dopo più di sei ore di attesa, che il loro scopo è quello di colonizzare la Terra, atto che hanno appena completato, poco prima del vostro arrivo.>

CHEFFORZ:<ORC! In che senso siamo stati colonizzati?>

PAN:<Nel senso che sono riusciti, non so come, a modificare la nostra atmosfera, adattandola alle loro esigenze, per potersi infiltrare e vivere senza problemi sul nostro Pianeta, ma purtroppo ho tristemente scoperto che le componenti molecolari di questa nuova atmosfera sono gravemente tossiche per l'organismo terrestre e se non agiamo in fretta, questa situazione ci porterà tutti, inesorabilmente, alla morte.>

CHEFFORZ:<Allora forza! Dicci! Hai un piano?>

PAN:<AHEM! Allora il mio piano è quello di intrufolarci dentro quel loro incredibile e gigantesco Albero che a quanto ho capito è il loro sacro luogo d'incontro e di rubare un po' dell'essenza, con il quale hanno modificato la nostra atmosfera e di sintetizzarla, per creare un antidoto che annulli l'effeto, ma per agire dobbiamo aspettare che SSSHHH cominci a piovere, perché quando piove tutti quanti si siedono in cerchio, all'esterno di quella loro sacra casa e si mettono a lodare l'incredibile pioggia viola che è la donatrice delle loro eccezionali capacità e in base ai miei calcoli pioverà all'incirca tra una ventina di minuti.>

CHEFFORZ:<OK! Perfetto! Ragazzi ascoltatemi: mentre io, Pan e Ultradog ci addentriamo lì dentro, voi rimarrete qui fuori a comprirci le spalle, avvertendoci, con i walkie-talkie, se succede qualcosa di strano Ok?>

POLIZIOTTI:<D'accordo Chefforz! Vi copriamo noi le spalle. Voi pensate a salvare la Terra!>;

quindi attesi quei venti interminabili minuti più lunghi di tutta la loro vita, come previsto dalla giovane scienziata, SSSHHH comincia copiosamente a piovere e i Guanpantiani, fermando qualsiasi tipo di attività, prendendosi l'uno con l'altro per ramo, si siedono in cerchio e LALALALALALA si mettono a cantare, in onore della pioggia, permettendo in questo modo all'Inseparable Squad e a Pan di introdursi, indisturbati, nel mastodontico albero

ULTRADOG:<SNIF! SNIF! MMMH! Buono quest'odore di margherita!>

PAN:<HAAA! Fantastico! Non ho mai visto nulla di così bello!!!>

CHEFFORZ:<EHI RAGA! Muovetevi! Dobbiamo sbrigarci. La pioggia non durerà in eterno.>;

così si mettono, energici, a cercare la stanza, dove è nascosta quella fiala e proprio quando i tre l'hanno trovata, ecco che sfortunatamente vengono fermati da tre combattivi e robusti Gunfunt che in difesa della loro sacra casa, partono all'attacco dei tre coraggiosi eroi, cominciando WHAMMM STOCK BONK BAUUU WHOCK ZAK SBAM SMASH CIAK KRASH una dura lotta che tuttavia viene vinta dai tre forti guardiani che ETCHU con il loro potente starnuto che sa di muffa, li sorprendono, PATAPUM facendoli soccombere, privi di sensi, a terra e poi quelle tre strane creature li rinchiudono in delle buie, strette, fredde e rotonde celle, fatte di un particolare legno indistruttibile e dal forte odore di pioggia.

CAPITOLO IX

"LA CRUDELE SENTENZA."

È l'alba e per i tre eroi è arrivato il momento di scoprire il loro destino; infatti vengono portati, tra SBAM spintoni e insulti, come dei criminali, legati mani e piedi da una robusta catena in quercia, in un'enorme, rotonda e silenziosa stanza verde, illuminata da una calda luce gialla e dalla meravigliosa fragranza di pesca, dove ad attenderli, al centro dell'aula, seduto su un maestoso e nobile trono in mogano, c'è Più Özun

PIN:<Buongiorno Guanpantiani, questa mattina vi ho riuniti qui, nella stanza del tribunale, per giudicare questi tre prigionieri terrestri che ieri pomeriggio, durante una delle nostre lodi alla pioggia, si sono intrufolati all'interno della nostra sacra casa e chiedo il vostro aiuto per giudicarli nel modo più corretto possibile. Detto questo TUMP che abbia inizio il processo! Intrusi qual'è il vostro alibi? Perché vi siete intodotti, di nascosto, nella nostra sacra treehouse? Cosa cercavate?>

PAN:<Buongiorno straordinario popolo alieno, il mio nome è Duran Pan e sono una scienziata e ci siamo intrufolati nella vostra incredibile e grandiosa casa, perché da alcuni studi effettuati, ho scoperto che la causa di tutti questi strani e inspiegabili fenomeni che si sono verificati sulla Terra, siete voi e che porteranno il genere umano all'estinzione; quindi il nostro piano era quello di rubare una boccetta, contenente l'essenza che avete utilizzato per il mutamento atmosferico e sintetizzare un antidoto, per annullare l'effetto.>,

e mentre la ragazza, dai grandi occhiali viola, spiega il piano al crudele popolo di Alberi Alieni, Ultradog parla, con il suo partner, telepaticamente

ULTRADOG:<EHI Chefforz! Sono Ultradog e ti sto parlando telepaticamente. Ascoltami! Ho un piano: Al mio via, con la tua vista laser, liberaci da queste catene, così poi io potrò, con il mio super abbaio a ultrasuoni, stordirli tutti e sfruttare il momento per scappare via Ok?>

e Chefforz rispondendole con un pratico occhiolino, acconsente

ULTRADOG:<OK! Tieniti pronto! 3-2-1 Vai!>

e fulmineo, il neo eroe chef, WHAMMM con la sua potente vista laser, KRASH manda in frantumi le sue e le altre catene che li immobilizzavano e come pianificato, immediatamente dopo, l'astuta eroina, grazie BAUUUU al suo formidabile abbaio a ultrasuoni, stordisce tutti i Guanpantiani che CRASH PATAPUM cadono doloranti a terra e BLAST rapidi si dirigono, indisturbati, verso l'uscita

PIN:<AHH! NO!!! Gunfunt forza, catturateli! Stanno scappando!>,

ma purtroppo proprio quando la studiosa e the Inseparable Squad raggiungono e CLUNK aprono la porta, ecco che vengono tempestivamente e inaspettatamente bloccati da altri due feroci e verdi funghi giganti che erano a guardia della porta e che CRASH li atterrano, FWWD con il loro paralizzante starnuto

PIN:<PUF! PUF! Buon lavoro Gunfunt! Adesso riportateli in cella e assicuratevi che non possano più scappare. Voglio che non li perdiate mai di vista. Guanpantiani TUMP TUMP TUMP TUMP silenzio! È l'ora della sentenza: La mia decisione riguardo gli oltraggi commessi da questi stolti terrestri, nei confronti della nostra superiore e gloriosa civiltà, è la condanna a morte che avrà luogo stasera alle otto in punto, all'esterno della nostra treehouse. Questa è la mia irrevocabile decisione. La seduta è conclusa. Ci riaggiorniamo questa sera.> TUMP.

TIC TAC TIC TAC TIC TAC TIC TAC il tempo che a volte è alleato, ma che sa anche essere un implacabile nemico, inesorabilmente passa e quasi senza accorgersene, sono già le otto e il momento della condanna è ormai prossimo;

infatti alle otto spaccate i tre coraggiosi e fieri Super-Eroi, incatenati mani e piedi, legati ad un robusto albero di pioppo, incappucciati, per annullare i poteri di Chefforz e imbavagliati, per annullare quelli di Ultradog, affrontano il loro ingiusto e infausto destino

PIN:<Ben ritrovati fratelli Guanpantiani, questa sera siamo qui riuniti, per giustiziare questi tre deplorevoli prigionieri terrestri, a causa dei loro continui oltraggi alla nostra imperiosa e onorevole popolazione. Che abbia inizio l'esecuzione!> TUMP

CHEFFORZ:<EHI infame Alieno! Non credere di aver vinto, la Terra non si sottometterà mai a te, noi troviamo sempre il modo di rialzarci e di reagire alle avversità ARGH!>

PAN:<NO!!! Ti supplico! Non puoi farci questo! Non puoi condannare a morte un intero Pianeta! Tu al nostro posto che avresti fatto?! Non avesti tentato di salvare la tua gente?! Noi abbiamo solamente agito, per amore del nostro Pianeta.>

ULTRADOG:<GRRR! Siete un popolo perfido ed egoista, perché se solo vi metteste a pensare a quante vittime innocenti moriranno, a causa di questa vostra scellerata decisione, ve ne andreste immediatamente via, lasciandoci in pace. Mi fate schifo BLEAH!>

PIN:<Silenzio! Voi siete un inutile popolo di stolti sempliciotti e non capite che tutto ciò che ho fatto, l'ho fatto per amore di mia figlia e della mia gente e adesso è arrivata l'ora che paghiate per le vostre vostre stupide azioni. Via! Che abbia inizio ufficialmente l'esecuzione!> TUMP.

CAPITOLO X

"WALD VON LEBENDEN BÄUMEN."

I rozzi e brutali Gunfunt, armati di un particolare e quadrato frutto nero avvelenato, si dirigono imperterriti verso i tre indifesi paladini che eroicamente attendono il momento della loro irrevocabile esecuzione, ma proprio nel momento in cui quei puzzolenti funghi alieni li stanno per imboccare, con quel frutto tossico, alle loro spalle, si sente BANG un secco e feddro colpo di pistola, proveniente da dei folti cespugli, dove si sono appostati, come da accordo, i poliziotti, con lo scopo di entrare in azione quando e se ce ne fosse stato bisogno e considerate le circostanze, hanno deciso, giustamente, di intervenire, però purtroppo, a causa SWOOOSH SWOOOSH SWOOOSH di una violenta raffica di vento, il gelido proiettile cambia direzione, volando in direzione dell'innocente Piaf.

L'intera campagna messicana, gremita di gente, di colpo si ammutolisce in un inquietante silenzio di paura e assiste inerme alla strana traiettoria di quel'infame proiettile

PIN:<NOOO! PIAF SPOSTATI!!!>,

ma sfortunatamente la dolce alberella, dagli splendidi occhi rosa, non si accorge di nulla, perché sta allegramente giocando a nascondino, con i suoi amici e mentre la pallottola le si avvicina sempre di più, Chefforz che avverte un terrificante senso di paura, facendo uso della sua super forza <UAAA!>, KRASH si libera da quelle resistenti catene, si toglie il sacco che gli impediva di vedere e accorgendosi di ciò che sta miresaremente accadendo, valoroso, BLAST comincia a correre in diagonale rispetto alla traiettoria del proiettile, il più rapidamente possibile, per cercare di intercettarlo, però ben presto si accorge che è troppo lontano; allora con un ultimo disperato tentativo, decide di raggiungere l'indifesa quanpantiana, HOP con un poderoso salto che lo fa PATAPUM atterrare proprio sui piedi di Piaf, proprio nell'istante in cui quel freddo proiettile la sta per colpire, ma che con gran sfortuna, STOCK non può evitare l'audace chef che facendosi colpire al posto suo, riesce a salvarla, in extremis.

L'eccezionale atto di eroismo, compiuto da Chefforz, viene assistito, da tutti i presenti, con il fiato sospeso e quando il giovane eroe si ritrova steso per terra, immobile, tutti quanti, guidati dallo spietato Özun, BLAST corrono, preoccupati, in suo soccorso

PIN:<EHI! Forza! Aiutatemi a girarlo! Controlliamogli il battito.>,

ma sfortunatamente non ha polso

PIN:<NO! Cosa ho fatto?! L'ho ucci...>,

tuttavia il suo grido di disperazione si interrompe quasi subito, quando incredibilmente TU-TUM TU-TUM TU-TUM TU-TUM TU-TUM il cuore del giovane paladino, dai folti baffi, ricomincia a battere

CHEFFORZ:<KOFF! KOFF!KOFF! KOFF! Che cos'è successo? Perché siete tutti intorno a me, con quelle facce tristi? La bambina come sta? Sono riuscito a salvarla?>

PIN:<UH! Che sollievo! Sei vivo! Sì, Sì, per fortuna mia figlia sta bene e per questo devo ringraziare te. Grazie di aver salvato una parte del mio cuore, l'unica parte buona che mi è rimasta.>

CHEFFORZ:<PUF! PUF! Menomale! Non sarei più riuscito a vivere come prima, sapendo di non essere riuscito a salvarla...>

PIN:<Ragazzo, ma perché nonostante io ti abbia, con le tue amiche, condannato a morte, hai rischiato la tua vita, per salvare la mia piccola Piaf?>

CHEFFORZ:<AHEM! Perché anche se ci si trova in un momento complicato, bisogna sempre essere altruisti e disposti ad aiutare chi è in pericolo e poi perché non dovrebbe mai morire nessuna anima innocente, a causa delle assurde e scellerate scelte degli adulti.>

PIN:<Coraggio Gunfunt! Alzatelo da terra e portatelo in infermeria, ha bisogno di urgenti cure, la pallottola gli ha perforato la spalla e liberate anche le altre due prigioniere, la condanna è annullata, perché oggi questi terrestri mi hanno dato un insegnamento che non dimenticherò mai più in vita mia: Non conta chi sei o da dove vieni, conta solo ciò che è giusto e ciò che è sbagliato; quindi vi comunico che questa sera stessa ripristiremo l'atmosfera della Terra e la abbandoneremo per sempre, impedendo così che muoiano ingiustamente milioni e milioni di persone.>

e subito dopo, mentre Pin abbraccia, commosso, la sua adorata Piaf, i guanpantiani medici sollevano l'eroe e tra CLAP CLAP CLAP CLAP CLAP CLAP gli applausi di acclamazione, si allontana, a bordo di una barella.

Trascorse un paio di ore da quel terribile e imprevisto incidente, Chefforz, frettolosamente e con un vistosa fasciatura sulla spalla, esce dall'infermeria, per raggiungere il Capo Albero Alieno che sta per terminare le ultime operazioni prima della partenza

CHEFFORZ:<EHI Pin! Fermati! Ho una cosa importante da dirti! Non c'è bisogno che lasci la Terra, qui c'è abbastanza spazio per tutti!>

PIN:<NO, ormai ho scelto. Non puoi dirmi nulla per convincermi a non andarmene, perché se rimarremo, uno dei due popoli morirà e io non me lo perdonerò mai!>

CHEFFORZ:<Pin ascoltami: C'è spazio per entrambi i popoli; non c'è bisogno che ve ne andiate, perché Pan ha appena fatto delle ricerche e ha scoperto che in Namibia, un caldo paese dell'Africa del Sud, c'è una particolare Riserva Naturale che ha un clima differente da quello della della Terra e che sorprendentemente è molto simile al vostro e se vi trasferirete lì, potrete vivere sul nostro Pianeta, senza problemi.>

PIN:<EHM! Grazie Chefforz! Non so che dire. Mi hai rimasto senza parole. Grazie! Grazie! Grazie, per aver dato al mio popolo una seconda possibilità. Te ne sarò per sempre riconoscente.>

e subito dopo il Guanpantiano, dalla folta chioma variopinta, contento, riunisce la sua grandiosa gente, nell'imperiosa Treehouse e gli comunica la sbalorditiva e fantastica notizia che accolgono <YEEE!> <YUPPE!!!> <YAHOO!> <YUUHU!> <YIPPEEE!> <GRAZIE TERRESTRI!> <VE NE SAREMO PER SEMPRE GRATI!> <EVVIVA LA TERRA!> <WHOOHO!> con incontenibile gioia e gratitudine.

Sistemati i Guanpantiani nella loro nuova, vasta, variopinta e favolosa casa, dai suggestivi suoni della fauna e dagli inebrianti odori della flora circostante, finalmente, The Inseparable Squad può godersi un po' di meritato riposo, sul loro PUF morbido e nuovo divano, appena comprato,

TED:<Raviolina HAAA! Bene quel che finisce bene. Ce l'abbiamo fatta! Abbiamo rimesso tutto a pasto! Abbiamo veramente fatto un buono lavoro. Siamo una squadra incredibile. Dammi il cinque!> CLAP

RAVIOLINA:<Vero! Siamo stati davvero grandi, ma dimmi una cosa: Ora che il popolo di Alberi alieni vive serenamente nella favolosa Riserva Naturale "WALD VON LEBENDEN BÄUMEN", che i gravi casi di febbre mortale stanno scomparendo e che quindi sta tornando tutto alla normalità, hai capito chi è la ragazza giusta per te?>,

ma prima che lo chef riuscisse a risponderle,

TOC TOC TOC TOC TOC TOC bussano alla porta

PAN:<EHI TED! Mi apri? Sono Pan!>.

SUPER EROI.

NOME:CHEFFORZ & ULTRADOG.
POTERI:CHEFFORZ POSSIEDE LE SORPRENDENTI CAPACITÀ SBAM DELLA SUPER FORZA E WHAMMM DELLA VISTA LASER, INVECE ULTRADOG HA LE SPECIALI DOTI BAUUU DELL'ABBAIO A ULTRASUONI, DEL VOLO, BLA BLA BLA BLA DELLA PAROLA E DELLA TELEPATIA.

NOME:DURAN PAN.
POTERI:CORAGGIO E
INTELLIGENZA.

SUPER CATTIVI.

NOME:PIN ÖZUN.
POTERI: È IN GRADO DI COLLEGARSI ALLA TERRA, GRAZIE AL SUO MAGICO CORNO BLU CHE HA SULLA FRONTE, DI MUTARE LA PROPRIA FORMA, ASSUMENDO QUELLA DI ALTRI INDIVUDI E DI COMUNICARE CON I PROPRIO CARI, DEFUNTI, DI CUI NE CONSERVA L'ESSENZA, ALL'INTERNO DELLE SUE VERDI E PROFUMATE FOGLIE.

LE CREATURE

NOME:GUNFUNT.
POTERI:HANNO LO SPIETATO DONO DI FAR SVENIRE I LORO NEMICI, GRAZIE AL LORO ETCHU POTENTE STARNUTO CHE PUZZA DI MUFFA.

I PIANETI

NOME:GUANPANT.
ABITANTI: È UNO SCALTRO E SUPER INTELLIGENTE POPOLO DI ALBERI ALIENI PARLANTI, DAL CARATTERISTICO E MAGICO CORNO BLU SULLA FRONTE, CON IL QUALE SI COLLEGANO ALLA TERRA E CHE POSSIEDONO LE ECCEZIONALI CAPACITÀ DI MUTAFORMA E DI COMINUCARE CON I PROPRIO CARI, DEFUNTI, DI CUI NE CONSERVANO L'ESSENZA, ALL'INTERNO DELLE LORO VERDI E PROFUMATE FOGLIE.

DEDICATO A FRATM MATTEO CHEF CHE CI METTE SEMPRE 'A CAZZIM, PER QUESTO NON SI ARRENDE MAI.

P.S. USATELA ANCHE VOI! E SE VI STATE CHIEDENDO CHE COS'È, È CHE NON VE LO VOGLIO DIRE....

"CHAT GIRL, EROINA PER CASO."

PREFAZIONE.

DAIKI HAO, la prepotente e dittatrice maga, sorella-gemella del Grande Mee Hao e capo di un'oscura e segreta organizzazione, chiamata "DOMINATOR ARMY", è un'aliena dalla piccola e magra corporatura, dagli egizi occhi gialli, dalle carnose labbra viola, dai lunghi e lisci capelli rosa, vestita da un'elastica tuta nera e da un lungo e solenne mantello viola e che possiede una lunga e viola coda prensile, il sorprendente dono di trasformarsi in una gatta, dal folto e morbido pelo viola e la spaventosa facoltà dell'immortalità che ha acquisito grazie ad un incantato amuleto in quarzo;

MAISTOG SARPO, un egoista e vandalo cinghiale mercenario di mezz'età, dalla tarchiata e grassa corporatura, dagli strabici occhi grigi, dall'ispido, puzzolente e raso pelo marroncino, dal bizzarro ciuffo castano, ZAK dagli appuntiti canini sporgenti, da un autocelebrativo tatuaggio sulla spalla che lo ritrae in posizione di vittoria e vestito da una grigiastra e maleodorante armatura in ferro, a giromaniche, corazzata da una pesante, pericolosa e arrugginita ascia, da un ammaccato elmetto e da un paio di robuste scarpe, anch'esse in ferro;

e i CACIARI, mostruose, giganti, muscolose e verdi lucertole samurai, provenienti da IEIE o TERRA DELLA TRISTEZZA, il bianconero, buio e rettangolare Pianeta della Via Lattea più lontano dal Sole, WUAAAH! dal triste e inquieto rumore di un interminabile e disperato pianto, dall'asfissiante puzza di zolfo, dalle squallide e anonime città in cemento bianconero, in cui non esiste la natura e in cui sono severamente vietate, con crudeli e dolorose punizioni corporali, la musica, la danza, i giochi e le risate e che è abitato dagli IEKERI, malinconici alieni, ricoperti da strisce bianconere, dagli spenti occhi bianchi, dai corti capelli neri, dalle sottili labbra bianconere e dal piccolo e strambo naso nero e vestiti da lunghi, ordinari e tristi grembiuli neri; vestite da un kimono nero, legato da una stretta cintura rossa e che sono in grado PUFF di trasformarsi in mastodontici e terrificanti topi neri, dagli inquietanti occhi rossi, ZAK dagli affilati denti giallastri e SMACK dalla furiosa forza distruttrice, quando gli viene ZAK tagliata la lunga coda;

assediano brutalmente RYPER CHER, il quadrato, splendente e piccolo Paineta della Via Lattea, dai vivaci colori giallo e verde, dal caratteristico e fastidioso ZAM ZAM ZAM ZAM strepito di potenti scariche eletriche, dal particolare odore di peperone arrostito, dal liscio e scintillante pavimento in argento che propaga l'energia prodotta all'intero Pianeta, dalla tipica e strana pioggia di scintille, dai *gialloverdi, rotondi e piccoli laghi elettrici e dai singolari alberi gialli dalle verdi foglie, anch'esse elettriche; e che è popolato dai CHEPKERS, un popolo di pacifiche, operose, enormi e gialle papere meccaniche, dal buffo becco blu, dalle grigie ali robot che possono trasformarsi in grosse mani prensili e dalle grandi zampe palmate blu, con le quali ogni volta che camminano, producono, a contatto con il loro speciale pavimento in argento, ZAM ZAM ZAM ZAM energia ecologica che gli consente di tenere in vita l'intero astro;*

che fortunatamente viene prontamente soccorso da:

AURORA PAC, una dolce e travolgente ragazza di 21 anni, dalla bassa e magra corporatura, dai truccati occhi verdi a mandorla, dal simpatico e piccolo naso, dalle carnose labbra viola, dai lunghi e lisci capelli castani, vestita da un paio di basse scarpette bianche, da uno stretto pantalone nero e da una estiva t-shirt rosa, dalla forte passione per la moda che coltiva nella sua cameretta, arredata da macchinari che le permettono di poter creare nuovi e fantastici outfit, dalla malsana super dipendenza dai social e che è nata in Giappone, a Kanazawa, nel popoloso quartiere Hitachi Chaya, la città del magnifico e suggestivo giardino Kenrokuen, del maestoso castello bianco di Kanazawa, dalla fresca fragranza d'erba e dalla rilassante melodia del tradizionale Koto;

OSCAR, un'affettuosa e amichevole papera di 6 anni, dalle delicate piume bianche che gli ricoprono l'esile corpicino, dai piccoli e tondi occhi marroni, dalle irregolari macchie castane, dalla buffa coda marrone, dall'eccentrico ciuffo verde sulla testa, vestito da un originale ed appariscente costume giallo a pois rossi e che vive, ormai già da 5 fantastici anni, insieme ad Aurora che BRRR in un freddo e SSSHHH piovoso giorno di Gennaio, trovandolo, ferito e sporco, in un puzzolente e lercio cassonetto, decise di portarselo con sé, salvandogli la vita;

MANOLO PIOTTO, un timido e determinato ragazzo di 24 anni, nato a Madrid, ma che sin da piccolo ha vissuto in Giappone, con il padre, dall'alta e snella corporatura, dai rotondi e grandi occhi marroni, dai corti capelli neri, vestito da una sportiva feloa blu, da un paio di pantaloni bianchi, da un bel paio di sneakers azzurre, da un paio di quadrati e neri occhiali da vista, dalla grande passione per la scrittura e che lavora come elettricista nella ditta del padre;

POTU, l'anziano e saggio presidente di Ryper Chep, dalla lunga e pettinata barba grigia, dalle folte sopracciglia, anch'esse grigie, dai piccoli e vivaci occhi arancioni, da un paio di tondi e stravaganti occhiali da vista blu e dal suo inseparabile bastone giallo;

e SMICK, un coraggioso e tenace Chepker di 16 anni, dai scintillanti occhi rosa, dalla bizzarra cresta verde e dallo stravagante piercing sul becco.

CAPITOLO I

"NULLA DI NUOVO."

AURORA:-Ciao Oscar, sono tornata! Indovina? Anche oggi trovo lavoro domani...PUF! PUF!-

OSCAR:-HMMM! QUAK! QUAK! QUAK!-

AURORA:-Hai ragione. È meglio che mi metta a cucire; così almeno per un po' non ci penso.-;

perciò l'energica ragazza, dagli occhi a mandorla, incoraggiata e rincuorata dal suo tenero paperotto, TIKETIKETIC TIKETIKETIC TIKETIKETIC si mette a confezionare un nuovo e fantastico outfit, con la sua professionale e nuovissima macchina da cucito

AURORA:-AH! Quasi mi dimenticavo di dirtelo: Indovina cosa mi è successo, mentre scendevo dall'autobus!-

OSCAR:-HMMM! QUHAAA! QUAK! QUAK! QUABLEAH!-

AURORA:-EHEHEHEH! NO! NO! Per fortuna oggi nessuno mi ha asfissiato, con la puzza d'ascelle, anche se avrei preferito... Ma AHIMÈ! Mi è andata peggio, molto peggio, perché proprio quando stavo per scendere dal bus, una macchina che VROOOM sfrecciava a tutta velocità, è passata su una pozzanghera e SPLASH mi ha bagnata tutta.-

OSCAR:-QUAQUHAHAHAHAH! QUAQUHAHAHAHAH! QUAQUHAHAHAHAH!-

AURORA:-HA! HA! HA! HA! Che simpatico che sei...Il peggio però ancora non te l'ho detto, perché tutti quelli che erano sulla fermata, mi hanno filmato con i loro cellulari e te lo giuro, in quel momento mi volevo sotterrare.OH! Che vergogna!-

OSCAR:-SOB! QUAK! QUAK!-

AURORA:-Vabbè! Non pensiamoci più. Il passato è passato, fortunatamente; pensiamo a qualtre altra cosa. AH! A proposito, Oscar ho finito il tuo vestitino. Eccolo! Che ne dici, ti piace?-

OSCAR:-QUWOOOW! QUHAAA! QUHAAA!-

AURORA:-EHEHEH! Bene! Sono contenta che ti piaccia, c'ho lavorato tantissimo! Su! Provatelo! Fammi vedere come ti sta, sono troppo curiosa!-

OSCAR:-QUHOOHO! QUHOOHO!-

ed emozionato, l'allegro papero, dal buffo ciuffo blu, HOP HOP HOP HOP saltando e gridando dalla gioia, si prova il suo nuovo vestitino giallo a pois rossi

AURORA:-OOOH! Sei proprio un figurino. Ti sta benissimo. Dai! Mettiti in posa, devo assolutamente farti una foto!-

ed euforico Oscar si mette in posa e CLICK si fa scattare una bella foto artistica, dalla sua allegra amica che la posta immediatamente su Instagram, dove si fa chiamare @Chat_Girl

AURORA:-UH! Oscar vieni a vedere! Non ho fatto neanche in tempo a pubblicarla che sei già arrivato a 300 "like". Sei un modello nato. AH! E guarda anche chi ti ha messo mi piace!? Una bella Cigna della California. Bravo il mio paperotto. Conquisti tutti con la tua bellezza, ma d'altronde chi non si innamorirebbe di te!?-

OSCAR:-EHM! QUAK! QUAK!-

AURORA:-HEH! HEH! Dai! Stavo scherzando! Non ti devi mica mettere vergogna. È una cosa bella!-

OSCAR:-QUYAWN!-

AURORA:-UH! Che carino che sei, quando sbadigli! Vai a riposare piccolo, sennò mi crolli a terra, come un salame. AHAHAHAH! Mi immagino la scena. Ciao bello, buon riposo!-;

allora il grazioso Oscar, preso da un improvviso attacco di sonno, PUF si sdraia sulla sua morbida e confortevole cuccetta e RONF RONF RONF RONF si addormenta, mentre la padroncina, dai lunghi e lisci capelli castani, PUF seduta sul suo morbido letto, per ingannare il tempo, mette "like",condivide post e chatta, su tutti i suoi profili social, con i suoi amici virtuali.

CAPITOLO II

"IL PRIMO INCONTRO CON AURORA."

PAPÀ DI MANOLO:-OH! Manolo è da un'ora che ti chiamo.Ti vuoi svegliare!?-

MANOLO:-YAWN! Sì pà! Ora mi alzo YAWN!-

PAPÀ:-Fai in fretta, il primo appuntamento è alle 9:00 e sai che a me non piace fare ritardo; quindi...-

MANOLO:-Sì, Sì, lo so. YAWN!-

PAPÀ:-Ti voglio giù tra dieci minuti. Ok? Io vado a mettere in moto il furgoncino.
-

MANOLO:-MMH! MMH! Va bene pà! Dieci minuti e sto giù da te!-;

perciò nonostante il grande sonno, il giovane ragazzo spagnolo, in fretta e in furia, dopo SSSHHH essersi fatto una bella e rinfrescante doccia fredda, per svegliarsi, BLAST si fionda, tutto scocciato, in auto

PAPÀ:-AH! Finalmente ce l'hai fatta! Ancora un altro minuto e me ne sarei andato, senza di te. Forza! Chiudi la portiera e andiamo!-;

così CLUNK chiusa la portiera DROOOW BEEP BEEP partono.

PAPÀ:-Manolo eccoci! Siamo arrivati! Ascoltami: Mentre io cerco il parcheggio, nel frattempo, tu vai a citofonare alla signora Pac e fatti aprire. Io ti raggiungo subito.-

MANOLO:-OK! Pà!-;

quindi eseguendo gli ordini del padre, CLUNK scende dall'auto e DRIN DRIN va a citofonare alla signora

SIG.PAC:-SÌ? Chi è?-

MANOLO:-Buongiorno Signora Pac, sono l'elettricista. Si ricorda? Avevamo un appuntamento fissato per stamattina alle 9:00.-

SIG.PAC:-SÌ, SÌ, mi ricordo. Buongiorno. Le apro subito. L'aspetto al 3° piano.-;

così raggiunge la signora che cordiale, lo fa entrare nella sua luminosa, silenziosa ed accogliente casa, dalla buonissima fragranza di vaniglia, in cui vive con la sua Aurora

SIG.PAC:-Buongiorno, piacere Christie. Entri, si accomodi.-

MANOLO:-Piacere Manolo, Buongiorno. Sono il figlio di Paolo, mio padre arriva subito, sta parcheggiando l'auto, nel frattempo però mi faccia vedere il guasto.-

SIG.PAC:-Vabbene, mi segua! La centralina dell'antenna è fuori al balcone.-,

ma mentre la mamma di Aurora gli sta mostrando il guasto, ecco che DRIIIN suona il campanello

SIG.PAC:-OH! Dev'essere tuo padre! Aurora, per piacere, vai ad aprire al signore e fammi un favore: Almeno per due secondi staccati da quel maledetto telefono. Sei davvero incredibile!-

AURORA:-UFFF! Sì, Ma! Ora gli apro!-

e nel vederla Manolo ne rimane incantato, non capisce più nulla; infatti non non si accorge nemmeno che il padre sta accanto a lui

PAPÀ:-OH Manolo! Svegliati! Che ti è preso all'improvviso!? Perché ti sei imbambolato così!? Forza! Passami la scala!-

MANOLO:-EHM! AHEM! Scusami Pà! Tieni!-

e operosi, padre e figlio si mettono a lavoro e nel giro di un'oretta, terminano il lavoro

PAPÀ:-Signrora, abbiamo finito. L'antenna vecchia l'ho dovuta sostituire, con una nuova, perché il temporale di ieri sera l'ha bruciata completamente. Prego, questa è la fattura.-

SIG.PAC:-OK! Tenga. Grazie!-

PAPÀ:-Grazie a lei signora. Buona giornata e arrivederci.-

SIG.PAC:-Arrivederci e buona giornata anche a lei.-

e poco prima che CLUNK la porta si chiuda, il ragazzo, con la passione per la scrittura, si gira improvvisamente di scatto, perché non riesce a resistere all'impulso incontrollabile di rivedere, forse per l'ultima volta, quel delicato volto *di quell'affascinante ragazza.*

CAPITOLO III

"LA DOMINATOR ARMY."

Maistog, fiero e spavaldo, percorre il lungo e cupo corridoio che lo porta in una buia e spaziosa stanza, dalla pungente puzza di varechina, dallo stridulo e spaventoso verso di cornacchie urlanti e dalle deboli e rossastre luci delle fiaccole, dove ad aspettarlo, imperiosa, sul suo sfarzoso trono dorato, c'è Daiki Hao

MAISTOG SARPO:-Salve eminente Stregatta. È un immenso piacere, per me, essere al suo cospetto quest'oggi.-

e subito dopo il saluto, in segno di rispetto, si inchina davanti a lei

DAIKI HAO:-Salve Maistog. Ascoltami:Quest'oggi ti ho convocato qui, nella mia lussuosa villa, per ringraziarti, per avermi sempre dimostrato grande fedeltà e dopo questi 5 anni, in cui hai lavorato per me, dimostrando di essere il mio miglior marcenario, è giunto il tempo che ti affidi un incarico più importante: Diventare il capo della della mia "Dominator Army", ma per accertarmi che tu sia davvero in grado di assumerti un incarico del genere, voglio metterti alla prova e per farlo voglio che tu ti crei un tuo esercito e che invada uno dei Pianeti di questa vasta Via Lattea.-

MAISTOG:-Importante Stregatta, queste sue parole mi inorgogliscono e questa sua stima in me, le assicuro, mi spingerà a dare tutto, affinché io non la deluda, perché sarebbe un onore, rappresentare, in battaglia, il suo influente nome.-

DAIKI HAO:-Maistog mi fa piacere sentirti parlare così, perché ciò significa che ho scelto l'Alieno giusto, a cui affidare la mia gloriosa missione: Riportare ordine e rispetto in questa caotica Galassia, in cui tutti fanno e dicono cosa vogliono e per farlo ci sarà bisogno della forza della "Dominator Army" che spero guiderai tu e di regole ferree che detterò io stessa:Niente più giochi, fantasia, musica, colori e sorrisi, poiché ci sarà spazio solo per il lavoro, l'addestramento militare, il rispetto delle regole e l'adorazione per la "Dominator Army", perché solo così è possibile eliminare qualsiasi tipo di disuguaglianza, di sopruso e di razzismo. Adesso Maistog, alzati e vai. Dimostrami di non aver sbagliato Alieno, a cui affidare tutte le mie speranze.";

quindi il vandalo cinghiale si alza e dopo essersi inchinato alla maestosità della *potente Daiki Hao, ripercorre al contrario quel lungo e buio corridoio, per salire BIP BOP BIP BOP BIP BOP BIP BOP sulla sua modesta e tenebrosa navicella nera, dall'orribile odore di silicone e DROOOW FIOOOW andare, alla massima velocità, in direzione di Ieie, su cui c'è il più grande e segreto mercato illegale di mostruose e feroci creature che vengono torturate, rinchiuse in piccole e anguste gabbie e tenute, fino all'acquisto, in un enorme, rettangolare e trasandato magazzino, illuminato da fredde luci al neon, dalla fetida puzza di pesce e dalle assordanti OOOH! EEEH! YOWEEE! AAAH! voci urlanti dei contrabbandieri; dove ad attenderlo c'è il viscido Wilter Lum*

MAISTOG:-EHI Wilter! È da un po' che non ci vediamo. Tutto bene? Come vanno gli affari?-

WILTER LUM:-HAAA! Guarda chi si rivede! Ciao Maistog, sono contento di rivederti. Gli affari, come sempre, vanno alla grande. Ho appena venduto, per 1 milione di biliargigi, un esercito di 100 Shinji e tu che mi dici? Perché stai qui? Di cosa hai bisogno?-

MAISTOG:-EHEHEH! Sei il migliore! Non ti smentisci mai! Sono qui, perché ho bisogno, per un importante missione, di un esercito di forti, brutali ed obbedienti mostri. Cosa hai da offrirmi?-

WILTER:-EH! Sei fortunato, perché mi sono appena arrivati delle eccezionali creature che fanno proprio al caso tuo e se vuoi dargli un'occhiata, seguimi, stanno nel magazzino.-

MAISTOG:-OOOH! E questi da dove li hai pescati? Non li ho mai visti! Come si chiamano? Da dove vengono? Quanti ne sono? E che doti hanno?-

WILTER:-Sono 30 eccezionali Caciari, dei violenti lucertoloni samurai che provengono da Zlavotto e che hanno la sorprendente capacità di trasformarsi in giganti e feroci topi, se gli viene tagliata la coda. Amico te l'assicuro che in battaglia è meglio averli come alleati che come avversari; il mio consiglio, se lo vuoi, è quello di prenderli e per farlo il loro costo è di 15 milioni di biliogigi.-

MAISTOG:-URC! Costose queste creature EH? Però se è vero tutto ciò che mi hai detto, devo assolutamente averli; quindi ecco a te i soldi.-

WILTER:-Maistog la qualità si paga e questi sono dei veri fenomeni della lotta e fattelo dire: Abbiamo fatto entrambi un affarone. Dimmi dove te li devo portare che ti aiuto a caricarli.-

MAISTOG:-Grazie Wilter, sei davvero un amico. Devo caricarli lì,sulla mia navicella.-

e dopo aver imbarcato tutti e 30 i Caciari BIP BOP BIP BOP BIP BOP BIP BOPsull'astronave, il prepotente cinghiale, dal bizzarro ciuffo castano, DROOOW VROOOM mette in moto e vola verso il piccolo Pianeta di Ryper Chep.

CAPITOLO IV

"PUFFI È SCOMPARSA NEL NULLA."

DROOOW FIOOOW dopo un lungo e faticoso viaggio, attraverso la vasta e sbalorditiva Via Lattea, Maistog BIP BOP BIP BOP BIP BOPTUMP KAPAOW atterra, per gran sfortuna dei Chepkers, sul pacifico e piccolo pianeta di Ryper Chep, su cui, appena CLUNK le porte di quella tenebrosa navicella si spalancano, si abbatte SMASH BONK WHOCK SBAM SMACK SLAP STOCK la furia distruttiva dei terrificanti Caciari che KRASH CIAK distruggono e annientano chiunque e qualsiasi cosa incontrino sulla loro strada e purtroppo essendo i Chepkers un tranquillo e mansueto popolo di papere meccaniche, non possono fare altro che arrendersi e soccombere sotto la crudeltà di quei rovinosi colpi, tuttavia Potu, l'anziano e saggio presidente di questo particolare ed altruista Pianeta non ci sta a cedere sotto quella gratuita e insensata violenza; così aiutandosi con il suo inseparabile bastone, si alza in piedi

POTU:-BASTA!!! Vi prego, fermatevi! Non c'è bisogno della violenza, noi siamo un umile e pacifico popolo e se volete qualcosa da noi, basta che ce lo chiediate.-

MAISTOG:-AH! Salve Anziano Chepker, il mio nome è Maistog Sarpo e sono venuto fin qui, perché solo voi che siete i migliori costruttori dell'intera Galassia, potete realizzare, per me, una nuova e potentissima arma.-

POTU:-Salve Maistog, io sono Potu, il presidente di questo piccolo e operoso Paineta e sono enormemente onorato di fare la tua conoscenza, ma mi dispiace informarti che non è possibile esaudire la tua richiesta, poiché qui c'è una sola ed infrangibile regola: È severamente vietato costruire armi da guerra, pena l'esilio dal Pianeta; quindi tu e le tue brutali bestie ve ne potete anche andare via, perché per voi, qui, non c'è nulla.-

MAISTOG:-ARGH! Vecchio, questa non è una richiesta, è un ordine e a me nessuno dà un No! come risposta e ora, per la tua arroganza, proverai la potenza distruttiva dei miei formidabili Caiciari. Forza! Catturatelo!-

e BLAST con un poderoso scatto, lo raggiungono in men che non si dica e SMASH lo colpiscono, violentemente, con un vigliacco e crudele colpo dietro alla testa e poi SBAM lo rinchiudono in una fredda, fetida e stretta gabbia

MAISTOG:-Chepkers! Fate attenzione, a ciò che vi dirò: Se non mi costruirete una nuova ed eccezionale arma, ucciderò, proprio qui, davanti a voi, il vostro caro e stupido presidente e vi assicuro che lo farò, non è uno scherzo; quindi vi conviene mettervi subito a lavoro.-;

allora sconsolate, preoccupate e spaventate le giganti papere meccaniche, per amore del loro illustre e sapiente presidente, mestamente, si voltano e ZAM ZAM ZAM ZAM si dirigono, sotto lo sguardo attento e soddisfatto del crudele mercenario, verso la loro enorme, privata e speciale industria ecologica, dalla calda e luminosa luce gialla, dal rumoroso suono di oggetti elettrici, come quello dei trapani, dei saldatori, delle lime elettriche, degli avviatori ecc... e dalla fastidiosa puzza di bruciato; a progettare e a realizzare l'arma che gli è stata ordinata

MAISTOG:-MUAHAHAHAH! Hai visto vecchio!? Alla fine sono riuscito ad ottenere ciò che volevo. MUAHAHAHAHAH! MUAHAHAHAHAH! MUAHAHAHAHAH!-,

nel frattempo però sulla Terra, a Kanazawa, è una tranquilla e calda serata estiva, ma non per Manolo che a causa dei suoi continui e incontrollabili pensieri, rivolti alla bella ed affascinante Aurora, vive una notte insonne e non riuscendo a dormire, decide di scriverle una storia da dedicarle:

~"PASTERIKE E ZAGRIKO."

C'era una volta Pasterike, l'amorevole e malinconica Regina del cielo stellato, proveniente dalla meravigliosa costellazione "Chioma di Berenice", dall'alta, magra e sinuosa corporatura, dagli scintillanti occhi dorati, dal piccolo e delicato naso a punta, dalle carnose labbra blu notte glitterate, dai lunghi e morbidi capelli neri, tempestati da una scintillante e preziosa polvere di stelle e vestita da un elegante e lungo vestitino beige; che una notte mentre passeggiava e ammirava serenamente le meravigliose opere, esposte nei Musei Vaticani, si incanta alla vista di un incredibile e incantevole quadro, "Zagriko e la maledizione della notte.", che ritrae il disperato Re del Giorno, un ragazzo proveniente dalla "Morning Glory", la nuvola più grande dell'Universo, dalla muscolosa e alta corporatura, dai profondi occhi marroni, dai lunghi capelli castani, dalla curata e perfetta barba e vestito da un'elegante tunica dorata; che fluttua solitario, senza meta, nell'infinito ed inesplorato Universo, in cerca di un ormai insperato aiuto e da quella notte, non ne passa una in cui non si reca in quei fantastici Musei ad ammirarlo per ore e ore, fino a quando non si fa giorno, tuttavia una sera la ragazza, dagli incredibili occhi dorati, trova sulla poltroncina, su cui abitualmente si siede, un messaggio di Zagriko...~,

che purtroppo non riesce a concludere, perché, esausto, ZZZZZ si addormenta di botto, risvegliandosi direttamente DRIN DRIN DRIN DRIN il mattino successivo, stranamente, di buon umore, perché durante il breve, ma intenso sonno, ha avuto una brillante e geniale idea: Conoscere quella fantastica e speciale ragazza; perciò energico e gioioso, dopo SSSHHH una bella e rilassante doccia, CLUNK si mette in macchina e DROOOW VROOOM a tutta velocità, va sotto al palazzo di Aurora e aspetta che esca, cosa che succede TIC TAC TIC TAC TIC TAC TIC TAC dopo più di due ore di appostamento

MANOLO:-OH! Eccola! Eccola, finalmente! Coraggio Manolo, stai calmo! Ce la puoi fare! Forza!-

e mentre scende dall'auto e pensa cosa dirle, cercando di controllare TU-TUM TU-TUM TU-TUM TU-TUM l'impazzito battito, le si avvicina, ma proprio nel momento in cui la sta per chiamare, ecco che incredibilmente PUFF lei scompare nel nulla.

CAPITOLO V

"EROI IMPROVVISATI."

PUFF Aurora e Oscar si ritrovano, improvvisamente e incredibilmente, in un piccolo, rotondo e verdastro bunker, dalla luminosa luce al neon gialla, dalla rimbombante e ritmica musica pop e dal singolare odore di peperoni arrostiti; dove vengono accolti da uno strano e sorridente Chepker

CHEPKER:-EEEH! VAI! Ci sono riuscito! Adesso Maistog non avrà scampo!-

AURORA:-GULP! Tu chi sei? E dove mi trovo?-

CHEPKER:-AHEM! Ciao Aurora, ciao Oscar, benvenuti su Ryper Chep. Il mio nome è Smick e vi chiedo umilmente scusa, per avervi teletrasportato così bruscamente nel mio segreto laboratorio sotterraneo, ma il mio Pianeta è in pericolo e non sapevo cosa fare.-

AURORA:-AAAH! Riportaci immediatamente a casa, non mi importa nulla del tuo Pianeta!!!-

SMICK:-Aurora mi dispiace, ma non vi riporterò sulla Terra, fino a quando non mi avrete aiutato a liberare il mio amato Pianeta e il saggio Potu, dalle grinfie di quel malvagio cinghiale e dobbiamo fare in fretta, perché tra poche ore, sarà pronta la sua nuova arma e a quel punto sarà troppo tardi per agire e per tutti noi sarà la fine.-

AURORA:-EHM! Scusami, anche se ti volessimo aiutare, come possiamo fare? Noi siamo solo dei semplici terrestri! Ci servirebbero delle armi, delle armature, perché senza di questi ci annienterebbe in pochi secondi e il nostro sacrificio sarebbe stato inutile...-

SMICK:- Cara Aurora, di questo non ti devi assolutamente preoccupare, perché penserò a tutto io. Voi adesso dovete solo mettervi comodi e fare come se stesse a casa vostra.-

AURORA:- Ma perché hai scelto proprio noi? E che cos'è questo fantastico odore di peperoni arrostiti?-

SMICK:-EHEH! Non ci crederete, ma vi ho scelto, solo perché, mentre sfogliavo il globale di Instagram, mi sono uscite le vostre foto e mi stavate simpatici; non c'è un motivo vero e proprio, invece questo splendido profumo di peperoni è dovuto ad una speciale molecola che è presente nella nostra atmosfera.-

AURORA:-EHM! Bene...-

ed il papero Alieno, dalla buffa cresta blu, dopo avergli preso le misure, per i costumi e averli congedati, operoso e determinato, si mette a lavoro che tuttavia viene improvvisamente interrotto PEEPPEREPE PEEPPEREPE PEEPPEREPE PEEPPEREPE da un rumoroso squillo di trombe che sta annunciando il grandioso Maistog che equipaggiato dalle sue nuove e potentissime armi:Una possente e lunga ascia, con il quale è possibile creare CHOOOM dei terribili e vigorosi terremoti e di lanciare ZAM ZAM ZAM ZAM ZAM delle distruttive e fortissime scariche elettriche; Un paio di potenziati scarponi in ferro, con il quale si possono dare WHOCK dei devastanti calcioni e HOP fare dei formidabili salti; scortato dai suoi bellicosi e fedeli Caciari, passa, imperioso, attraverso una lunghissima fila di sottomessi ed inginocchiati Chepkers, per dirigersi verso BIP BOP, BIP BOP BIP BOP BIP BOP BIP BOP la sua tenebrosa navicella

MAISTOG:-MUAHAHAHA! AH! Ora si che mi sento davvero imbattibile. Bravi Chepkers, ottimo lavoro. Sono eccezionali queste armi, ma il vostro caro vecchio viene con me, può essermi utile. Forza Ciaciari, partiamo e andiamo via da qui!-,

ma mentre il puzzolente e vile mercenario DROOOW sta per decollare, Smick, coraggioso, accompagnato dai due terrestri, gli si mette davanti, impedendogli di partire

SMICK:-EH! Mostro! Fermati! Non ti lascerò andar via da qui, finché non avrai liberato il nostro presidente. Un patto è un patto e va rispettato!-

MAISTOG:-HA! HA! HA! HA! HA! Perché se no che mi fai microbo!? Non vedi che sono più grande e forte di te?-

SMICK:-Sì, sarò purè piccolo, ma non sono mica scemo. Lo so che mi annienteresti con la sola forza del tuo pollice; infatti non devi preoccuparti di me, ma di loro...-

ed eroici, Aurora, equipaggiata da un paio di rinforzati leggins in kevlar, da una robusta felpa viola, anch'essa in kevlar, da un paio di elettronici e quadrati occhiali rosa, in grado di vedere al buio, da lontano e di studiare i punti deboli *degli avversari, da una rosa scopa volante elettrica, da un paio di particolari scarpe viola palmate che ZAM ZAM ZAM ZAM lanciano delle potenti scariche elettriche e da un paio di speciali guanti viola, dotati ZAK di affilate unghie allungabili; e OSCAR, equipaggiato da un robusto elmetto in oro che ZAM ZAM ZAM ZAM lancia delle fortissime scariche elettriche, con la sola forza del pensiero, da una potenziata tuta gialla a pois rossi in kevlar, munita TIN di appuntite e paralizzanti piume, da lanciare e da una speciale collana, collegata alle corde vocali che gli permette ZAM ZAM ZAM ZAM di sparare delle formidabili fuomini; cercando di controllare BRRR TU-TUM TU-TUM TU-TUM TU-TUM la paura, di fronte a quella bestiale e terrificante creatura, si fanno avanti*

MAISTOG:-HA! HA! HA! HA! HA! E loro sarebbero quelli che dovrebbero salvare questo vecchio!? Mi fate pena! Siete messi davvero male, se pensate che questi possano sconfiggermi.-

SMICK:-Ridi, ridi, tanto non conta ridere adesso, conta ridere alla fine e te l'assicuro che a ridere saremo noi. Forza Chat Girl! Forza Paperack! Fategli vedere di cosa siete capaci!-

CAPITOLO VI

"LA STRANA SUPER TUTA."

Manolo arrivato perplesso a casa, dopo aver visto PUFF scomparire, incredibilmente, davanti ai suoi occhi la bella Aurora, cerca, allarmato, di capire cosa le sia accaduto; così, curioso, accende il cellulare della ragazza che ha trovato per terra e vede che sulla chat direct di Instagram c'è una disperata richiesta d'aiuto:-Chat Girl, ti prego, aiutaci! Sei la nostra unica speranza! Il mio Paineta è in pericolo. È stato invaso dal malvagio e terrificante Maistog che ha preso in ostaggio il nostro saggio presidente e ci ha minacciato di ucciderlo, se non obbediamo ai suoi ordini. Ti supplico, salvaci!- che il giovane scrittore legge e rilegge milioni di volte, per capirne di più, ma niente; allora non ricavando un ragno dal buco, decide di hackerare quel messaggio, per scoprire chi è il misterioso destinatario, ma purtroppo anche questo tentativo è vano, perché si conclude sempre con PRRR lo stesso snervante e triste suono e con lo stesso fastidioso messaggio"Nessuna informazione trovata!"; però quando il ventiquattrenne si alza, per mettere CLICK in carica il cellulare, ecco che nell'istante in cui mette la presa, PUFF sorprendentemente, anche lui scompare nel nulla, ritrovandosi in una bizzarra e desolata distesa argentata, ZAM ZAM ZAM ZAM dalle spaventose ed intese scariche elettriche e "AAAH!" preso dalla paura BLAST comincia a correre lontano da lì, senza una meta ben precisa, raggiungendo, con gran fortuna, una piccola, buia, impolverata ed abbandonata casetta in sughero, ZAM ZAM ZAM ZAM dall'inquietante trambusto di potenti scariche elettriche, dalla soffocante puzza di bruciato e al cui interno c'è solamente un lercio e logoro materasso, sul quale però c'è una particolare e attillata tuta intera blu, in gomma da uomo, con una strana scritta sul dorso: "El Fogonazo"; che il ragazzo decide di indossare, perché fatto di materiale isolante e così poter esplorare, senza correre alcun rischio, questa stravagante e ignota terra, tuttavia appena la indossa, improvvisamente e involontareamente, FLASH comincia a correrre come un razzo, andandosi STOCK rovinosamente a schiantare contro la porta di quella disabitata casetta e PATAPUM cadendo perciò miseramente a terra, con un gran bernoccolo sulla fronte e siccome gli gira fortemente la testa, decide PUF di buttarsi sul letto, per riposarsi due minuti, ma ZZZZ finisce con l'addormentarsi, risvegliandosi soltanto 5 ore dopo, quando ormai sul Pianeta è già calata la notte e considerato che non è prudente girovagare di notte, da soli, su una stramba e sconosciuta terra, come quella, decide di rimanere al riparo e di aspettare che *si faccia giorno e per ingannare il tempo, visto che si è portato dietro il suo diario segreto, decide di continuare a scrivere il suo romantico racconto: ~ "Ciao, il mio nome è Zagriko e sono il Re del Giorno e ti scrivo questa lettera, perché io penso che non sia una coincidenza che tu, da un paio di settimane, ti sieda qui, davanti al mio quadro, a fissarmi ed è per questo che ho una strana richiesta da farti: Puoi rimanere qui, davanti al mio quadro, fino a domani mattina, all'alba, per ballare un valzer con me?*

Spero che tu accetta il mio invito, perché sono vittima di un oscuro e crudele sortilegio e questo è l'unico modo che esiste, per romperlo; cioè io ogni notte mi ritrovo, tragicamente, rinchiuso dentro questo maledetto dipinto, da cui esco soltanto il giorno dopo, all'alba. So che può sembrare assurdo ciò che ti ho detto, ma sappi che ti ho detto la verità e mi auguro, con tutto il cuore, che tu mi creda e di ritrovarti domani mattina, seduta su questa poltroncina. Ciao, a domani. Spero." e sbigottita da ciò che ha appena letto, dopo aver fatto un profondo respiro, si riprende e gli scrive, anche lei una lettera:"Ciao Zagriko, piacere di conoscerti. Io sono Pasterike, la regina del Cielo Stellato e mi addolora, moltissimo, dirti che sono impossibilitata ad accettare il tuo invito, perché purtroppo anche io sono vittima di un disgraziato sortilegio che ogni giorno, al sorgere del Sole, mi porta su nel cielo, tra stelle e RONF RONF RONF RONF mi fa cadere in un sonno profondo, dal quale mi sveglio solamente quando nel cielo a splendere è la Luna e l'unica maniera per spezzarlo è lo sguardo del Vero Amore." e i due da quella speciale e inattesa notte, non smettono più di scambiarsi dei carini e amorevoli messaggi, innamorandosi così, perdutamente, l'una dell'altra, ma all'improvviso tutto cambia, quando Zagriko, grazie ad un sogno, i cui protagonisti sono il Sole e la Luna, fa una sorprendente e splendida scoperta:... ~,

tuttavia Manolo che è completamente assorto nella sua scrittura, viene bruscamente distratto CHOOOM da uno spaventoso, rumoroso e inatteso terremoto che fa vibrare tutto e curioso di scoprire cosa stia succedendo lì fuori, rimette apposto il suo diario e dopo essersi rivestito con quella particolare tuta, esce da quella misera casetta e in lontanza, scorge ZAM ZAM ZAM ZAM ZAM FLASH delle potentissime, violente e accecanti scariche elettriche che si alzano da terra; allora deciso a fare chiarezza su dove sia finito e su cosa sta incredibilmente accadendo, BLAST rapido come una saetta, corre, coraggiosamente, verso quel luogo, dove vede, nascosto dietro ad un basso muretto in sughero, che due minute e inermi figure stanno per essere annientate, da un mostruoso e brutale Cinghiale Alieno.

[redacted]

[redacted]

MAISTOG:-HA! HA! HA! HA! HA! Se sei convinto che loro siano in grado di battermi, va bene! Accetto la tua sfida; così potrò provare anche queste mie nuove e formidabili armi. Forza! Che aspettate!? Fatevi avanti! ARGH!-

e decisi Chat Girl e Paperack -UAAA!- -YAAAH!- partono all'attacco, la ragazza, a bordo della sua rosa scopa volante, ZAM ZAM ZAM ZAM gli spara dei potenti fulmini d'energia, con le sue speciali scarpe palmate, mentre l'affettuoso paperotto TIN TIN TIN TIN gli lancia le sue appuntite e paralizzanti piume, però i loro impetuosi ed energici colpi, sfortunatamente, non fanno neanche il solletico al bestiale Alieno che BOOM BOOM BOOM li stoppa, facilmente, con la sua nuova e fenomenale ascia e che stufo di questo stupido teatrino, decide di farla finita; così HOP con un portentoso salto, raggiunge Chat Girl che SBAM CRASH lancia, veementemente, contro Paperack, rimanendoli a terra, doloranti e privi di forze e dopo averli ulteriormente storditi, CHOOOM con un terrificante terremoto, il barbaro mercenario si prepara ad infliggergli il definitvo colpo grazia, ma proprio nel momento in cui gli sta per lanciare contro una fortissima scarica elettrica, ecco che incredibilmente, davanti ai suoi occhi, FIOOOW passa una velocissima ombra che li salva, portandoli lontano, nella desolata e puzzolente casetta

PEPERACK:-QUAAAHK!-

CHAT GIRL:-AAAH!-

EL FOGONAZO:-EHI Ragazzi! Tranquilli! Non avete più nulla da temere, qui siete al sicuro!-

CHAT GIRL:-UFFF! Grazie, per averci salvato. Credevo di morire. Ma perché l'hai fatto? Chi sei? E dove ci hai portato?-

EL FOGONAZO:-AHEM! Ciao ragazzi! Io sono El Fogonazo e vi ho salvato, perché mi sono allarmato, quando ho sentito e ho visto che da laggiù arrivavano delle fortissime esplosioni e dei terrificanti terremoti; perciò mi sono avvicinato e ho visto che eravate in pericolo e senza pensare, ho deciso di portavi via, al sicuro, dentro quest'abbandonata casa.Voi, invece, chi siete? Come vi chiamate? E che ci facevate lì?-

CHAT GIRL:-Ciao El Fogonazo, noi siamo Chat Girl e Paperack ed eravamo lì, per liberare, dalle grinfie di quella feroce bestia, questo indifeso popolo e il loro anziano presidente, ma come hai visto non ci siamo riusciti ed è per questo che voglio ringraziarti ancora, per averci salvato, perché senza il tuo intervento saremo sicuramente morti.-

EL FOGONAZO:-EHM! Di nulla! Non potevo non aiutarvi...GULP! Aspetta! Ma tu sei la figlia della Signora Pac, vero!? Come ci siete finiti fin qui?-

CHAT GIRL:-EHM! Sì, sono io e lui è il mio papero e non so bene come ci siamo finiti fin qui, perché un momento prima eravamo sulla Terra e poi un momento dopo ci siamo trovati su questo misterioso Pianeta, nel bunker di Smick, uno degli abitanti di questo strano luogo, che ci ha detto che ci avrebbe riportato sulla Terra, solo dopo che l'avevamo aiutato a salvare il suo popolo e il suo amato presidente; infatti come puoi vedere, ci ha costruito queste tute e queste armi, per fronteggiare e sconfiggere quello spaventoso mostro. Ma tu come fai sapere chi siamo?-

EL FOGONAZO:-Lo so, perché io sono Manolo, il figlio dell'elettricista che un paio di giorni fa è venuto a casa vostra, a riparare l'antenna.-

CHAT GIRL:-OH! È vero! Con quella maschera non ti ho riconosciuto. Comunque piacere, io sono Aurora e lui è Oscar. Scusa la domanda, ma come ci sei finito anche tu qui?-

MANOLO:-Aurora, Oscar, il piacere è tutto mio. Mi trovo anche io qui, perché quando voi vi siete, incredibilmente, teletrasportati su questa strana terra, io per caso passavo di lì e ho visto in diretta tutta la scena; allora stupito da ciò, a cui avevo appena assistito, sono sceso dalla macchina, a controllare più da vicino cosa vi fosse successo, trovando però, a terra, solamente il tuo cellulare, su cui c'era un disperato messaggio d'aiuto che purtroppo io non sono riuscito a capire; finché il tuo telefono si scarica e decido di metterlo in carica e nel momento in cui l'ho collegato alla presa, PUFF, come per magia, mi sono ritrovato qui, su questo ignoto Pianeta, di cui non so neanche il nome.-

AURORA:-AH! Ho capito! Comunque il Pianeta, su cui ci troviamo, si chiama Ryper Chep ed è abitato dai Chepkers, un bizzarro popolo di gigantesche Papere Aliene meccaniche. Ma sai come ritornare a casa?-

MANOLO:-EHM! Purtroppo no, non so come potremmo ritornare a casa, ma in base a quanto mi hai raccontato prima, l'unico modo che abbiamo, è quello di aiutare questo strano popolo. Lo so che sarà un'impresa titanica, ma ci dobbiamo provare e insieme penso che ce la possiamo fare, a sconfiggere quel terrificante Cinghiale.-

AURORA:-HMMMM! BOH! Non lo so. È troppo pericoloso, quel mostro ha una forza impressionante...-

OSCAR:-QUAK! QUAAK! QUAAAK!-

AURORA:-PUF! PUF! Sì, forse avete ragione. Mi avete convinta. L'unico modo che abbiamo per ritornare a casa, è quello di combattere e ve l'assicuro: Sono già stufa di questo assurdo Pianeta e me ne voglio andare al più presto; quindi Forza! Sono pronta a combattere!-

MANOLO:-Allora è deciso: Combatteremo! Coraggio, qui le mani!-

TUTTI INSIEME:-LET'S GO! LET'S GO! LET'S GO!-

CAPITOLO VIII

"SIETE DEI VERI EROI!"

MAISTOG:-ARGH! Sgorbio, che fine hanno fatto i tuoi codardi eroi? Io non vi permetto di prendervi gioco di me e se non mi dici, immediatamente, dove sono finiti, vedrai l'ira della mia formidabile ascia, schiantarsi contro questo inutile vecchio!-

SMICK:-Maistog te lo giuro, non so dove sono andati a finire. Qui nessuno ti vuole prendere in giro, te l'assicuro e ti scongiuro, se te la devi prendere con qualcuno, prenditela con me, perché il responsabile di questa scellerata azione sono io; prendi me al suo posto, lui non merita di morire!-

MAISTOG:-Forza Caciari! Catturatelo e rinchiudetelo in quella gabbia e poi caricateli tutti e due sull'astronave; così andiamo dall'eminente Daiki Hao a dirle che questo operoso e debole Pianeta è sotto il mio controllo!-;

allora Smick, altruista e coraggioso, senza fare resistenza, per amore del suo importante presidente, si lascia prendere, da quei brutti e brutali Lucertoloni e si fa rinchiudere in gabbia, come se fosse lui il criminale

SMICK:-Maistog, adesso però che mi sono fatto catturare, rispetta il patto e libera Potu!-

MAISTOG:-IHIHIHIHIH! Stupida Papera! Tua mamma non ti ha mai detto che non bisogna mai fidarsi di alieni come me!? Voi due sarete il mio prezioso trofeo, da donare alla gloriosa Daiki Hao!-

SMICK:- ARGH! Brutto mostro! Liberalo subito, non erano questi i patti! Sei senza onore!-

POTU:- Smick SSSH! SSSH! Calmati! Ti ringrazio, per esserti sacrificato per me, ma non preoccuparti, perché qualcosa di magnifico sta per accadere!-

SMICK:-Saggio Potu, non posso calmarmi, perché non ci sto ad assistere inerme a questo insensato e oltraggioso attacco nei confronti del nostro fantastico popolo, ma lei come fa ad essere così calmo!? Non la disturba che un malvagio mercenario manchi di rispetto alla nostra gente?-

POTU:-Certo che sono addolorato, per tutto ciò che il mio amato popolo sta vivendo, ma come ti ripeto: lo so che tra poco accadrà qualcosa di grandioso, *perché so dove si trovano i tuoi audaci eroi...-*

SMICK:-GASP! Come? Lei sa dove si trovano? La prego, me lo dica, per piacere! Dove sono?-

POTU:-Caro Smick, si trovano in un'abbandonata casetta, immersa nella desolazione del nord, insieme al leggendario "El Fogonazo", l'eroe più veloce della Galassia che è ritornato, a più di 70 anni di distanza, per salvarci e liberarci dalla schiavitù, a cui ci ha costretti questo crudele tiranno.-

SMICK:-WOW! Allora "El Fogonazo" esiste davvero!? Non è una leggenda che si racconta ai bambini!? WOW! Non ci credo!-

MAISTOG:-EHI Voi! Zitti! Mi avete stufato! Forza Caciari! Storditeli e portateli sull'astronave che tra poco partiamo!-,

ma nell'istante in cui 2 di quelle orripilanti creature stanno per caricare sulla navicella i due indifesi Chepkers, ecco che FLASH una rapidissima scia blu gli passa davanti, rubandogli le due gabbie e portando in questo modo in salvo i due sventurati e dopo averli nascosti dietro ad un muretto in sughero, ritorna indietro e BLAST veloce come un fulmine, parte all'attacco e pensando che la coda sia il loro punto debole, ZAK ZAK ZAK ZAK ZAK gliela taglia a tutte quante

CHAT GIRL:-EHI Smick! Tutto bene? Come vi sentite? Stai tranquillo, sistemeremo tutto. Non mi sono dimenticata del nostro patto, una promessa è una promessa e va mantenuta e ti prometto che ce la metteremo tutta, per onorarla.-

SMICK:-SNIF! AHEM! Gr... Grazie Chat Girl, pensavo che ci aveste abbandonato, al nostro infausto destino, invece siete ritornati indietro, a salvarci, Grazie! Siete dei veri Eroi!-

POTU:-Coraggiosi e Grandi Eroi, a nome del mio magnifico popolo, vi dico che per questo inatteso e non scontato aiuto, ve ne saremo per sempre grat...-,

ma l'anziana Papera Aliena, dalla lunga barba grigia, viene improvvisamente interrotta -AAAH!- -YAAAH!- -ARGH!- GRRR!- -UAAA!- dalle terrificanti e sofferenti grida dei Caciari che si stanno, incredibilmente, trasformando in mastodontici e feroci topi neri.

CAPITOLO IX

"LA FINE DI MAISTOG."

EL FOGONAZO:-OH! NO! E ora che succede? Perché si stanno trasformando!? Fanno più paura di prima! Se lo sapevo, non gliel'avrei mai tagliate quelle code... -

CHAT GIRL:-SSSH! Fogonazo abbassa la voce, non ci vorra...-,

tuttavia l'eroina non fa in tempo nemmeno a terminare la frase che SNIF SNIF SNIF SNIF quei terrificanti Topi giganti li scovano, raggiungendoli subito, HOP con dei portentosi salti, non lasciandogli via di scampo

MAISTOG:-MUAHAHAH! Bravi Ciaciari! Adesso finiteli, mi hanno già fatto perdere troppo tempo questi inutili insetti!-

e furiosi, eseguendo l'ordine del cattivo Cinghiale, partono all'attacco, però qualche istante prima che gli si avvicinassero, Chat Girl, grazie ai suoi portentosi occhiali, si accorge che hanno un visibile e indifeso punto debole, il naso; allora repentinamente SWOOOSH si alza in volo, con la sua eccezionale scopa volante e ZAM ZAM ZAM ZAM con una potentissima scarica elettrica, colpisce il muso di una di quelle bestiali creature

CHAT GIRL:-YEEE! VAI! -1! Forza Raga! Fate come ho fatto io: Colpitegli, anche voi, il naso, è il loro punto debole!!!-

e seguendo il suo esempio e le sue indicazioni, Paperack, El Fogonazo e Smick ZAM ZAM ZAM TIN TIN TIN FLASH SBAM BONK WHOCK STOCK ZAM ZAM ZAM SMASH partono, anche loro, all'attacco, con degli incredibili e fortissimi colpi che CRASH PATAPUM fanno crollare a terra, prive di forza, quelle rabbiose creture che subito dopo, nel giro di un respiro, vengono legate, da una resistente e robusta catena d'acciaio e rinchiuse dentro una di quelle anguste e fredde gabbie, FLASH da El Fogonazo.

Lo spietato Maistog, dopo aver assistito, senza intervenire, a tutta la scena, ironicamente, CLAP CLAP CLAP CLAP inizia ad appaludire

MAISTOG:-WOW! Siete stai davvero bravi! Quelli però non erano altro che degli insignificanti mostri. Adesso ve la vedrete con me e vi farò rimpiangere di non aver abbandonato, quando potevate, questo insulso popolo! ARGH!-

e HOP con un imperioso salto, il mercenario va all'attacco dei 3 Super Eroi, cominciando da Chat Girl che BONK con un violentissimo pugno, PATAPUM la fa ,disgraziatamente, cadere a terra, da una spaventosa altezza di tre metri e vedendo che la giovane paladina non si muove, FLASH rapidissimi, El Fogonazo e Oscar corrono immediatamente in suo soccorso

OSCAR:-QUAK! QUAK! QUAAAK!!!-

EL FOGONAZO:-Chat Girl mi senti? Svegliati! Svegliati, ti prego! Paperack non respira! Le dobbiamo fare un massaggio cardiaco!-;

quindi i due eroi, ansiosi, il più velocemente possibile, cercano di fare il possibile per farle riprendere i sensi, ma purtroppo la giovane giapponese fatica a riprendere conoscenza; così provano, avviliti, un ultimo e disperato tentativo

EL FOGONAZO:-Paperack ascoltami: Al mio tre le devi scaricare dritto sul petto una scarica elettrica, ok?-

PAPERACK:-MMH!-

EL FOGONAZO:-Perfetto! 1-2-3!-

ZAAAM

EL FOGONAZO:-Vai! Di nuovo!-

ZAAAM

EL FOGONAZO:-Di nuovo! Dai!-

ZAAAM,

ma sfortunatamente non succede nulla

EL FOGONAZO:-Nooo! Non c'è nulla da fare, non si sveglia. È morta...-

e al sentire quelle tristi parole, il dolce paperotto -QWUAAAHK! QWUAAAHK! QWUAAAHK!- crolla in un singhizzante pianto a dirotto, mentre El Fogonazo, furioso e con gli occhi pieni di lacrime, si scaglia, FLASH con tutta la sua collera e con tutta la sua velocità, verso quello spietato Cinghiale Alieno, ma lo fa talmente rapidamente che PUFF incredibilmente, ritorna indietro nel tempo, proprio qualche istante prima che Maistog colpisca l'audace Chat Girl e *sorpreso e contento di rivederla di nuovo in vita, accorgendosi di essere ritornato indietro nel tempo, con un potentissimo urlo, grida forte all'amata:-CHAT GIRL ATTENTA! GUARDA ALLA TUA SINISTRA!-;*

così la travolgente ragazza, dagli speciali occhi verdi, grazie alla potente voce del compagno, si accorge in tempo del violento colpo del loro bestiale nemico, da riuscire ad evitarlo, ma non solo, perché riesce anche a ferirlo, ZAK con un profondo taglio sul volto, grazie ai suoi particolari guanti e mentre Maistog è steso a terra sofferente:-AHI! GRRR! Ve la farò pagare!!!-, Chat Girl scopre, grazie ai suoi straordinari occhiali, come sconfiggerlo

CHAT GIRL:- El Fogo grazie! So come annientarlo:Dobbiamo sovraccaricargli l'ascia, nel momento in cui sta per lanciare una delle sue poderose scariche elettriche e per farlo dobbiamo cercare di avvicinarci il più possibile e colpirla con degli straordinari fulmini simultanei!-;

perciò sotto una straordinaria pioggia di scintille, i 3 eroi, valorosi, prendono posizione: Chat Girl, a bordo della sua scopa volante, si alza in volo, mentre El Fogonazo prende in braccio Paperack e si prepara, per scattare; e aspettano che il crudele mercenario faccia la prima mossa che non tarda ad arrivare, perché Maistog, -ARGH!- più rabbioso che mai, si rimette in piedi e HOP con un portentoso salto, si alza in volo, -YAAAH!- preparandosi a scaraventare, contro i 3 giovani paladini, una potentissima scarica, con la sua potenziata ascia ed è proprio in questo momento che Chat Girl, Paperack ed El Fogonazo attuano il loro furbo piano; infatti con uno straordinario attacco combinato ZAM ZAM ZAM ZAM ZAM ZAAAAM gli scaraventano contro un incredibile super fulmine d'energia che gli fa sovraccaricare l'ascia che come previsto ZAAAM BOOM esplode in mille pezzi, tra le possenti zampe del malvagio Alieno, dagli strabici occhi grigi che in seguito a questo stupefacente colpo, si ustionano gravemente

MAISTOG:-AHI! ARGH! Come vi siete permessi, a distruggermi l'arma!? Avete proprio superato il limite, non vi dovevate azzardare e ora ve la farò pagare!!!-

e più iracondo che mai, parte all'attacco dei tre straordinari amici che senza lasciargli il minimo tempo di reazione, HOP BONK CIAK SBAM CRACK STOCK SMASH KRASH SLAP WHOCK li stende tutti, con ferocia inaudita, colpendo SBAM El Fogonazo alle gambe, KRASH frantumando in mille pezzi la scopa volante di Chat Girl e ridicolizzando Paperack che CRASH crolla atterra privo di forze, SLAP SLAP SLAP SLPA con dei violenti ceffoni

MAISTOG:-HEH! HEH! HEH! HEH! HEH! E voi dovevate essere quelli che mi avrebbero dovuto sconfiggere!? PTUH! Non siete nient'altro che degli insulsi e vomitevoli microbi!-,

ma il superbo e cattivo Alieno, dal bizzarro ciuffo castano, non vuole annientarli subito, perché prima non vuole perdere l'occasione di umiliarli; infatti, crudele, si avvicina a El Fogonazo e CIAK gli schiaccia la testa

MAISTOG:-PTUH! Che? Ora non fai più il grande!?-,

però così facendo, ha abbassato la guardia e ha permesso all'astuta eroina di accorgersi, grazie ai suoi super occhiali, che è ferito gravemente alle zampe; allora cogliendo quel fortunato momento di distrazione della feroce bestia, -ISSA! ISSA! ISSA!- si alza a fatica e con le ultime forze rimaste, ZAK gli taglia entrambe le zampe, con un deciso colpo dei suoi ZAK ZAK ZAK affilati guanti

MAISTOG:-AAAH! Cosa mi hai fa...-,

tuttavia il mostro non riesce a terminare la frase, perché il ragazzo spagnolo, dalla speciale tuta della super velocità, dopo essersi repentinamente liberato, grazie all'aiuto della sua giovane compagna d'avventura, FLASH rapidissimo, ruba al paperotto, dalla robusta armatura a pois, una delle sue straordinarie piume paralizzanti che TIN conficca nell'occhio di Maistog, facendolo PATAPUM cadere pesantemente a terra e ora che si trova immobile e privo di sensi, i tre eroi colgono l'inaspettata e fortunata opportunità, per SBAM rinchiuderlo dentro una di quelle fredde e anguste gabbie.

CAPITOLO X

"AD AURORA..."

Dopo che il pacifico e amichevole popolo dei Ckepkers, si è liberato, dopo tanto patire, dal dispotico e brutale Maistog, l'anziano e saggio Potu, per ringraziare i 3 coraggiosi eroi, ha ordinato, ai suoi cordiali e pacifici concippaperini, di allestire una festa in loro onore, nella rotonda, grande e sbalorditiva piazza di Fuskunt che galleggia nell'aria, -W CHAT GIRL!- -W PAPERACK!- -W EL FOGONAZO!- -GRAZIE EROI!- -W I NOSTRI SALVATORI! -W I TERRESTRI CHE SARANNO PER SEMPRE NOSTRI AMICI!- con eccezionali festoni d'acclamazione, con variopinti e simpatici palloncini, con BOOM BOOM BOOM BOOM delle energiche e festose canzoni pop, con MMMMH! GNAM GNAM GNAM CRUNCH CRUNCH CRUNCH degli invitanti e odorosi chioschi e con -YUPPE!- -YUUHU!- -YUPPE!- -WHOOHO!- dei festosi e allegri giochi fieristici

POTU:-AHEM! Chepkers silenzio! Un attimo di attenzione, è giunto il momento di spendere due doverose parole, per questi tre magnifici eroi...-

e all'istante tutte le giganti papere meccaniche, per lo smisurato rispetto che nutrono nei confronti del loro saggio presidente, si ammutoliscono e impazienti di ascoltare cosa ha da dire, si dirigono verso il centro della piazza

POTU:-...Chat Girl, Peperack ed El Fogonazo, a nome di tutto il mio popolo, voglio ringraziarvi di cuore, per averci, con immenso coraggio e con immensurabile altruismo, salvato e liberato dalla tirannia di quell'ignobile e malvagio mercenario, di cui, vi informo, che me ne sono già occupato, contattando gli straordinari ragazzi della Smile Crew che lo hanno rinchiuso, insieme al suo feroce branco di bestiali creature, a Legtriz, l'inespugnabile e celato carcere di maggior sicurezza dell'intera Galassia, ma prima di concludere, desidero fare un ringraziamento speciale anche al nostro piccolo, ma coraggioso Smick, perché senza la sua intraprendenza, a quest'ora, il nostro amato Pianeta sarebbe già stato messo in schiavitù; quindi grazie, grazie, grazie, ve ne saremo eternamente grati. Ora però cari fratelli, è giunto il momento di salutare questi nostri nuovi e fantastici amici terrestri, poichè Smick, tra poco, li riporterà a casa, come promesso, con la sua salvifica e straordinaria macchina del teletrasporto.-

e CLAP CLAP CLAP CLAP sotto una scrosciante e commovente pioggia di applausi, i tre audaci ed improvvisati Super Eroi, mentre contraccambiano, commessi, quel gratificante applauso di riconoscenza, vanno verso il giovane Chepker, dagli scintillanti occhi rosa, che ha appena finito di preparare la sua eccezionale macchina

SMICK:-Ciao Amici, Grazie di tutto! Mi mancherete e ricordatevi che qui sarete per sempre i benvenuti.-

CHAT GIRL:-Smick, all'inizio ero molto arrabbiata con te, ma ora ti sono grata, per avermi dato la possibilità di conoscere questo tuo stupefacente Pianeta, ma soprattutto per averti conosciuto, perché sei un papero speciale! Ciao Chepkers, non mi scorderò mai più di voi! MUAH!-

PAPERACK:-QUAK! QUAK! QUA! QUAK!-

EL FOGONAZO:-Ciao incredibile popolo di Chepkers, la mia vita non sarà più la stessa, dopo questa fantasmagorica avventura e per questo vi ringrazio con tutto il cuore!-

e in seguito a questi emozionanti saluti, PUFF come per magia, si ritrovano sulla Terra, nella stanza di Manolo, senza i loro speciali costumi, ma con i loro abituali e comuni abiti

AURORA:-WOW! Non ci credo che siamo sulla Terra! Sono contenta che sia finito tutto, pensavo che non sarei più tornata a casa! Che Bello! OH! Aspetta! Mia mamma mi ucciderà, sarà preoccupatissima! Chissà per quanto tempo siamo stati laggiù!-

MANOLO:-HAAA! Casa dolce casa! Sono felice di essere ritornato! UH! Aurora vieni a vedere! Il mio computer segna che è ancora il 28 Maggio e ciò significa che siamo scomparsi, dalla Terra, solo per qualche ora; quindi stai tranquilla, tua mamma non si accorgerà di nulla.-

AURORA:-PHEW! Menomale, non avrei saputo cosa dirle, si sarebbe arrabbiata tantissimo e ti assicuro che quando lo fa,cosa che succede raramente, fa quasi più paura di Maistog! HEHEHEHEH!-

PAPERACK:-QUEHEHEHEHK!-

MANOLO:-AHAHAHAHAH! Ti credo, perché mio padre, quando si infuria, potrebbe sconfiggere, con BONK un solo pugno, un esercito intero di Caciari!-

AURORA:-MMMH! Però lo sai!? Quasi mi dispiace non indossare più quegli straordinari costumi, peccato...-

MANOLO:-MH! MH! Vero! Hai ragione! Erano fichissimi! E lo sai!? Quasi mi piaceva fare l'eroe, però se ora ripenso a tutto ciò che abbiamo vissuto, mi viene solo voglia di buttarmi sul letto e riposarmi!-,

e quando BOING si getta, di peso, sul suo morbido letto, dalla tasca della sua giacca, CRASH cade il suo segreto diario che viene raccolto, con gran sfortuna o con gran fortuna, dalla vulcanica ragazza, dal piccolo e simpatico naso, che senza farlo a posta, legge la curiosa scritta che c'è sulla copertina:"Ad Aurora, la donna più bella che abbia mai visto!" e senza badare a cerimonie, indiscreta, sotto agli spaventati ed emozionato occhi di Manolo, comincia a leggere~... Il 28 Maggio di ogni anno, per un solo e breve minuto, alle 5:00 del mattino, il Sole e la Luna splendono contemporaneamente e poeticamente sul nel cielo e questo straordinario evento può permettere così ai due amanti di potersi, finalmente, incontrare in carne ed ossa; allora atteso, con ansia e impazienza, quel magico ed incredibile giorno, finalmente, Pasterike e Zagriko, alle 5:00 del mattino spaccate, si ritrovano, romanticamente, uno davanti all'altro, proprio di fronte al loro tanto odorato/odiato quadro, a scambiarsi un lungo e passionale sguardo e LALA LALA LALA LA LA LALA LA a ballare un delicato e romantico valzer e così facendo, riescono, dopo anni e anni di agonia, a rompere, con gran gioia, quei malvagi e perfidi sortilegi che li affliggevano e da quell'incantato e favoloso minuto, continuano a vivere, a più di 50 anni di distanza, il loro eterno amore.

SUPER EROI.

NOME:CHAT GIRL E PAPERACK.
POTERI: CHAT GIRL POSSIEDE UN PAIO DI ELETTRONICI E QUADRATI OCCHIALI ROSA, IN GRADO DI VEDERE AL BUIO E DA LONTANO E DI STUDIARE I PUNTI DEBOLI DEGLI AVVERSARI, UNA ROSA SCOPA VOLANTE ELETTRICA, UN PAIO DI PARTICOLARI SCARPE VIOLA PALMATE CHE ZAM ZAM ZAM ZAM LANCIANO DELLE POTENTI SCARICHE ELETTRICHE E UN PAIO DI SPECIALI GUANTI VIOLA, DOTATI ZAK DI AFFILATE UNGHIE ALLUNGABILI, MENTRE INVECE PAPERACK HA UN ROBUSTO ELMETTO IN ORO CHE ZAM ZAM ZAM ZAM LANCIA DELLE FORTISSIME SCARICHE ELETTRICHE, CON LA SOLA FORZA DEL PENSIERO, UNA POTENZIATA TUTA GIALLA A POIS ROSSI, IN KEVLAR, MUNITA TIN DI APPUNTITE E PARALIZZANTI PIUME, DA LANCIARE E UNA SPECIALE COLLANA, COLLEGATA ALLE CORDE VOCALI CHE GLI PERMETTE ZAM ZAM ZAM ZAM DI SPARARE DEI FORMIDABILI FULMINI.

NOME:EL FOGONAZO.
POTERI:POSSIEDE UNA SPECIALE TUTA CHE GLI HA DONATO LA SORPRENDENTE FACOLTÀ DELLA SUPER VELOCITÀ CHE GLI PERMETTE ANCHE DI POTER VIAGGIARE AVANTI O INDIETRO NEL TEMPO.

NOME:SMICK.
POTERI: HA UN'INCREDIBILE INTRAPRENDENZA E TENACIA.

SUPER CATTIVI

NOME:DAIKI HAO.
POTERI:POSSIEDE UNA LUNGA CODA VIOLA PRENSILE, IL SORPRENDENTE DONO DELLA TRASMUTAZIONE IN GATTA, DAL FOLTO E MORBIDO PELO VIOLA E LA SPAVENTOSA FACOLTÀ DELL'IMMORTALITÀ CHE HA ACQUISITO GRAZIE AD UN INCANTATO AMULETO IN QUARZO.

NOME:MAISTOG.
POTERI:HA UNA GRIGIASTRA E MALEODORANTE ARMATURA A GIROMANICHE, IN FERRO, CORAZZATA DA UNA PESANTE, PERICOLOSA E ARRUGGINITA ASCIA, DA UN AMMACCATO ELMETTO E DA UN PAIO DI ROBUSTE SCARPE.

NOME: WILTER LUM.
POTERI: HA L'INFIMA DOTE DI CANCELLARE LA MEMORIA DEI SUOI NEMICI, AL SOLO SGUARDO.

LE CREATURE

NOME:I CACIARI.
POTERI:SONO IN GRADO PUFF DI
TRASFORMARSI IN MASTODONTICI E
TERRIFICANTI TOPI NERI, DAGLI INQUIETANTI
OCCHI ROSSI, ZAK DAGLI AFFILATI DENTI
GIALLASTRI E SMACK DALLA FURIOSA FORZA
DISTRUTTRICE, QUANDO GLI VIENE ZAK
TAGLIATA LA LUNGA CODA.

I PIANETI.

NOME: IEIE O PIANETA DELLA TRISTEZZA.
ABITANTI: IEKERI, MALINCONICI ALIENI, RICOPERTI DA TRISTI STRISCE BIANCONERE, DAGLI SPENTI OCCHI BIANCHI, DAI CORTI CAPELLI BIANCHI, DALLE SOTTILI LABBRA BIANCONERE, DAL PICCOLO NASO NERO E VESTITI DA ORDINARI GREMBIULI NERI.

NOME:RYPER CHEP.
ABITANTI:CHEPKERS, UN POPOLO DI PACIFICHE, OPEROSE, ENORMI E GIALLE PAPERE MECCANICHE, DAL BUFFO BECCO BLU, DALLE GRIGIE ALI ROBOT CHE POSSONO TRASFORMARSI IN GROSSE MANI PRENSILI E DALLE GRANDI ZAMPE PALMATE BLU, CON LE QUALI OGNI VOLTA CHE CAMMINANO, PRODUCONO, A CONTATTO CON IL LORO SPECIALE PAVIMENTO, IN ARGENTO, ZAM ZAM ZAM ZAM ENERGIA ECOLOGICA CHE GLI CONSENTE DI TENERE IN VITA L'INTERO ASTRO.

Dedicato a chi ha deciso di fuggire via.

P.S Puoi fuggire dai problemi, ma no da te stesso; quindi affrontali e vedrai che una volta che li avrai risolti, ti sentirai bene con te stesso e ciò ti consentirà di stare bene anche con gli altri. CHU

"SMILE CREW vs DOMINATOR ARMY-L'INFINITA GUERRA TRA IL BENE E IL MALE."

PREFAZIONE.

È il 2040 e una terribile ed inaspettata catastrofe si sta abbattendo sull'intera Galassia e la colpevole è DAIKI HAO che, grazie alle eccezionali doti del feroce SPIKE SNADER, della vista ipnotica e della spietata OKITA DRAKI, del controllo della mente, dopo aver liberato i suoi alleati: SPIKE SNADER, BATTLECRIME, ZÙ, WILTER LUM, LAKU, DRED, OKITA DRAKI, DAXAF, UMAG DILI E MAISTOG, evadono tutti insieme da LEGTRIZ, l'enorme e rotondo carcere, a tre piani, di maggior sicurezza dell'intera Galassia, fatto di Grafene, il materiale di colore fucsia più resistente che esista nell'Universo e che resisterebbe BOOM KAPAOW persino ad un potentissimo attacco atomico, dalle scure pareti grigie scuro, dalla perenne penombra, ~AAAH!~ ~YAAAH!~ ~ARGH!~ ~GRRR!~ ~UAAA!~ dalle terrificanti e cattive grida di rabbia e dall'asfissiante puzza di uova marce, dove sono rinchiusi i peggiori e spietati criminali dell'intero Spazio e che si trova su TAMIRIA, il primo, unico, gigantesco e particolare Pianeta piatto della Galassia, dal continuo rumore di passi, dall'asfissiante puzza di uova marce, che si trova al centro dell'Universo, isolato da tutti, che è interamente composto dal Grafene che gli dà il colore e che è abitato dai TAMIRIANI, un sorvegliante popolo di stupidi alieni, alti più di tre metri, dalla muscolosa corporatura, dalla stravagante testa a forma di mela, dai particolari occhi a forma di ciliegie, dal simpatico naso a forma d'aglio, dalle sfiziose labbra a forme di 2 mini bananine, dalla folta chioma, fatta da sottili strisce di verza, dal robusto corpo a forma di peperone, dalle possenti braccia a forma di melanzana, dalle buffe dita a forma di piccole carotine, dalle potenti gambe a forma di zucchina e vestiti da una dura e resistente corazza, realizzata, utilizzando il robusto materiale, ricavato dal guscio delle noci di cocco e che sono equipaggiati BANG da un potentissimo fucile a forma di banana che spara FLASH dei rapidissimi e perforanti noccioli di pesca, BOOM da una bizzarra cintura di pere-bomba e da un massiccio scudo, composto da resistenti foglie di carciofi e che hanno l'arduo compito di sorvegliare giorno e notte, senza sosta, i super-cattivi rinchiusi a Legtriz; formando così una nuova, potentissima e malvagia Dominator Army, con cui può tentare un'altra volta di realizzare il suo folle piano di sottomettere l'intera Galassia, riportando in questo modo ordine in uno spazio disordinato e senza regole, a cui capo, oltre alla malvagia Stregatta, c'è TIC TLIVO, il violento e dispotico Super Cattivo di Tamiria, più sorvegliato di tutta la Galassia, dalla muscolosa e gigantesca corporatura, dagli spiritati occhi marroni, dai lunghi capelli neri, raccolti, dal perfetto pizzetto nero, dai tribali tatuaggi che gli ricoprono tutto il corpo, vestito da una robusta tuta nera in kevlar, dotata di affilate lame sugli avrambracci e sui polpacci, che ha i terribili poteri di lanciare dalla bocca, dalle mani e dagli occhi che gli diventano neri, perché il suo potere viene alimentato dalla paura degli alri alieni, SPLUT delle devastanti onde nere e FWWD un'asfissiante e mortale fumo nero e che si trova ormai da più di 13 miliardi di anni; cioè da quando è nato l'Universo, rinchiuso a Legtriz; e a fermarli, nel compiere il loro assurdo e crudele piano, ci pensano tutti gli eroi della Smile Crew: MEE HAO, SMILE-MAN, EMONJI, SUN LEY, ROSELAWER, TEF MELCOI, VANESSA SCAR, JASON POOF, PEDDY EAG, PHOENILY, NEBBIA, BETEP, COLISSEUM, DREAMER, EA, JASPER, MITCH, GAIA GIULIA CESARIA, DESDE, ULTRADOG, CHEFFORZ, CHAT GIRL, PAPERACK, EL FOGONAZO e in più si unisce a loro la leggendaria LEDIS REAL, la solare, gentile e decisa Eroina di Tamiria, più forte dell'intero Universo, dalla bassa e atletica corporatura, dagli scintillanti occhi azzurri, dal piccolo naso a punta, dalle carnose labbra rosa, dai ricci, lunghi e lucenti capelli rossi, vestita da un rinforzato, incredibile e imperiale vestitino giallo, adornato da tante rose rosse, che possiede, al suo interno, la forza di milioni e milioni di stelle e ciò le consente WHAMMM di lanciare, dalle mani, dagli occhi e dalla bocca che le si illuminano di una accecante e sorprendente luce gialla, FIOOOW delle formidabili onde di luce stellare e di dare ai morti nuova vita, PUFF trasformandoli in imperiose Fenici, al solo tocco e inoltre il suo potere viene alimentato e aumenta con l'Amore degli altri Alieni e che ha il difficile e importante compito di sorvegliare e proteggere, da qualsiasi minaccia, tutto lo spazio, conosciuto e non.

CAPITOLO I

"LE STATUETTE-FENICI."

13 miliardi di anni fa, quando l'Universo non era ancora popolato da nessuno, a Tamiria, i saggi e potenti Signori dello Spazio hanno creato Ledis Real e Tic Tlivo.

SIGNORE DELLO SPAZIO:~Ledis e Tic benvenuti su Tamira, il primo e speciale Pianeta di questo vasto e formidabile Universo. Noi siamo i Signori dello Spazio e vi abbiamo creato, perché voi, facendo uso delle formidabili abilità che vi abbiamo donato, difendiate i diritti di Pace e di Libertà dei popolo Alieni che nei millenni popoleranno questo magnifico ed enorme Luogo e questa sarà, per ora e per l'eternità, la vostra missione. La nostra fiducia è riposta in voi, non ci deludete.~

dei Super Sorveglianti, con lo scopo di difendere e preservare, da ogni tipo di pericolo, la bellezza dell'Universo e i popoli che lo vivranno, ma una notte il potente Tic, dopo aver fatto un sogno che gli ha mostrato come diventerà l'Universo, lui ha iniziato ad avere degli sbagliati pensieri di bramosia; così quella sera stessa, nel cuore della notte, si alza dal letto ed entra di soppiatto nella silenziosa ed elegante stanza rosa, dal buonissimo odore di rose, della bella Ledis, per assassinarla, ma prima che riesca a compiere quel pazzo e brutale gesto,

SIGNORE DELLO SPAZIO:~Tic, fermati! Perché vuoi commettere questo tremendo delitto? Noi ti abbiamo dato tutto, ti abbiamo dato questi eccezionali poteri e tu ci ripaghi così!? Ci hai veramente deluso, tu eri il prescelto. Non meriti la nostra grazia; quindi vivrai rinchiuso in quella prigione che era destinata ai più spietati criminali, fino alla fine dei tuoi giorni.~

i sapienti Signori dello Spazio lo colpiscono, ZAM con un potentissimo fulmine, PATAPUM facendolo svenire e dopodiché lo catturano e lo rinchiudono a Legtriz, diventando in questo modo il primo Super Cattivo, nella storia dell'Universo, ad essere rinchiuso nell'inviolabile prigione e il giorno seguente, dopo che la Super Sorvegliante, dai ricci capelli rossi, ha saputo dell'accaduto, per non rischiare che un altro la tentasse di uccidere, rimanendo così lo Spazio incustodito, decide di forgiare, con le sue stesse mani, delle statuette a forma di Fenice che, nel corso dei millenni, ha donato agli Eroi più meritevoli, coraggiosi, giusti e leali, affinché l'aiutassero nel suo arduo ed essenziale compito di garantire Pace e Libertà all'infinito spazio, luogo di miliardi e miliardi di civiltà aliene.

CAPITOLO II

"FUORI DA LEGTRIZ."

Il super sorvegliato carcere di maggior sicurezza dell'intera Galassia, Legtriz, come sempre è immerso nel buio, ma all'insaputa dei tonti e possenti Tamiriani, la malvagia Daiki Hao, insieme alla spietata strega Okita Draki e al prepotente Spike Snader, all'interno delle loro anguste, oscure e inviolabili celle, in grafene, organizzano un piano di evasione

DAIKI HAO:~Ragazzi, siete pronti? Al mio segnale, ipnotizzate e controllate la mente a queste sciocchi Alieni. Ok?~,

allora dopo che l'astuta stregatta, con una scusa, fa avvicinare alla sua cella uno di quegli Alieni, dalla testa a forma di mela, fa passare, furbescamente, la sua coda prensile attraverso una piccola fessura, dal quale le guardie gli passano da mangiare e con una rapidità e una forza inaudita gliela stringe intorno al collo

DAIKI HAO:~Forza Ragazzi! Ora!~,

permettendo in questo modo ai suoi crudeli alleati di ipnotizzare e di controllare la mente di quei Tamiriani creduloni

OKITA DRAKI:~Tu, sciocco mostro, ora sei un mio suddito e ti ordino di liberami!~

SPIKE SNADER:~Ora sei mio, sei sotto al mio controllo e ti ordino di liberame me e la grande Daiki Hao.~

e perciò, senza opporre alcuna resistenza, due di quelle idiote guardie, di cui una era andata in soccorso del collega, a causa di quei subdoli e crudeli sortilegi, liberano quei tre Super Cattivi

DAIKI HAO:~Ottimo lavoro compagni! Che stupidi questi Alieni! Mi fanno schifo!~

e subito dopo essere usciti, liberano anche altri violenti e spietati criminali, come: Zù, Wilter Lum, Laku, Dred, Daxaf, Umag Dili E Maistog e alcune delle loro creature, come: Rattors, gli Shinji e i Caciari e guidati da quei due sottomessi sorveglianti, si fanno guidare, attraverso i bui, circolari e stretti corridoi di quell'inespugnabile prigione, verso la segreta cella del feroce Tic

Tlivo, però durante il tragitto vengono bloccati da due guardie

TAMIRIANO:~BIU! BIU! BI! BI! BI! BIU!~

OKITA DRAKI:~Schiavo, digli che ci state portando in isolamento~,

tuttavia prima che l'addomesticato Tamiriano riuscisse a parlare, Spike, violento come sempre, ordina al suo BANG KAPAOW di sparare, dritto al petto di quei due, un potente colpo di fucile che CRASH li fa cadere, morti, a terra,

DAIKI HAO:~Bel colpo! Bravo Spike! Vedo che non sei cambiato affatto, in tutti questi anni di prigionia!~

OKITA DRAKI:~HA! HA! Spike, gli anni passano, ma la tua feroce è sempre la stessa, anzi aumenta. Sei formidabile!~

SPIKE:~HEH! HEH! Grazie! Non c'è bisogno dei complimenti, so già di essere il migliore!~,

consentendo perciò alla sua squadra di poter arrivare indisturbata e rapidamente da Tic

DAIKI HAO:~EHI Tic! Sono Daiki Hai. Sei pronto ad uscire?~

TIC TLIVO:~HEH! Certo che sono pronto! È da 13 miliardi di anni che aspetto questo momento, ma perché vuoi liberami?~

DAIKI HAO:~Perchè voglio rifondare la mia prestigiosa Dominator Army, andata in frantumi, per colpa di quegli stolti e fastidiosi eroi della Smile Crew, per governare l'Universo intero, ma per farlo ho bisogno, oltre alla lealtà di questi miei malvagi e fenomenali alleati, che tu guida il mio esercito.~

TIC TLIVO:~HEH! Allora che aspetti!? Aprimi e governeremo la Galassia intera MUAHAHAHAH!~

e senza farselo ripetere due volte, la folle Stregatta CLUNK libera il leggendario Tamiriano e dopo che il viscido Wilter Lum cancella, grazie alla sua tenebrosa capacità, la memoria a quegli sventurati guardiani, successivamente si dirigono sul tetto di Legtriz, dove, senza fastidi, grazie alla spaventosa ed incredibile facoltà di Dred e di Laku di connettersi, con i loro speciali quattro occhi, al loro terribile e nomade popolo, questi 11 Super Cattivi BIP BOP BIP BOP BIP BOP si imbarcano FLASH sulla rapidissima e tenebrosa astronave degli Orrigl

DAIKI HAO:~Super Cattivi, grazie per il vostro aiuto, è stato fondamentale. Tutti voi siete stati eccezionali e vista la vostra lealtà, vi do il benvenuto nella mia Incredibile Dominator Army! Ora però che siamo evasi, c'è ancora una cosa da fare: Rubare e distruggere le statuette a forma di Fenice, sparse nella Via Lattea, per poter realizzare, senza l'intervento della Smile Crew, il nostro grandioso piano di dominare lo Spazio Intero! Forza, nuovi membri Dominator Army! Qui le mani!~

TUTTI INSIEME:~DOMINATOR ARMY! DOMINATOR ARMY! DOMINATOR ARMY!~.

CAPITOLO III

"NIENTE PIÙ SMILE CREW?"

Gli spietati Super Cattivi della Dominator Army, a bordo BIP BOP BIP BOP BIP BOP della spaventosa astronave dei feroci Orrigl, FIOOOW sfrecciano a grande velocità nel vasto Universo, in cerca delle Statuette a forma di Fenice, per distruggerle, ma per farlo si devono dividere, per non rischiare che uno degli eroi li scopra e avverta gli altri; perciò dopo aver localizzato le Statuette, grazie ad uno speciale apparecchio super tecnologico del codardo Wilter, gli elementi della Dominator Army si dividono: Laku e Dred vanno su Marte, da Jason Poof, Daxaf e Umag Dili vanno su Saturno, da Tef Melcoi, Maistog e Zù vanno su Sole, da Sun Ley, I Caciari e gli Shinji vanno su Venere, da Vanessa Scarr, Okita Draki e il suo fedele Coleottero, Click, vanno su Midresso, dagli incredibili 4 Gemelli-Guardiani, Spike Snader e Rattors vanno sulla Terra, da Smile-Man, Phoenily, Emonji, Nebbia, Betep, Colisseum, Cesaria e Desde, Chefforz e Ultradog e Chat Girl, Paperack ed El Fogonazo e infine Daiki HAO e Tic Tlivo vanno su Giomare, da Mee Hao, Roselawer e Peddy.

DAIKI HAO:~Super Cattivi, ascoltatemi! Ognuno di voi verrà teletrasportato sul Pianeta assegnato e dopo aver recuperato l'infame Fenice, con questi telecomandi che ora vi darò, contatterete Wilter che rimarrà sull'astronave e che vi riporterà qui. ok?~

TUTTI INSIEME:~SIII! LA DOMINATOR ARMY È PRONTA!~

DAIKI HAO:~ Allora Forza! Andiamo e rubiamo!~.

I primi ad arrivare a destinazione sono i brutali Laku e Dred che appena giunti sul famoso Pianeta rosso, non perdono tempo e localizzano quasi immediatamente il buio, sotterraneo e angusto covo segreto, dalla terribile puzza di carne putrefatta e IIIH IIIH IIIH IIIH dal fastidioso verso di pipistrelli urlanti, del lunatico Vampiro, dal singolare corpo di licantropo, che mettono sotto sopra, indisturbati, trovando quasi subito il prezioso oggetto, all'intero di una bislacca bara, senza che Jason si accorga di nulla, perché essendo una bellissima e serena notte di luna piena, ha assunto la sua incredibile forma di pipistrello e FLAP FLAP FLAP FLAP FLAP sta volando, tranquillamente, all'aria aperta,

poi Daxaf e Umag Dili raggiungono Saturno, dove, di soppiatto, entrano nella *modesta casa di campagna dell'umile Tef Melcoi, dal pungente odore di formaggio e dal rumoroso suono DROWWW di motori di macchine, che non si accorge della loro presenza, perché è impegnato a riparare TR TR TR TR TR un trattore, consentendo quindi a quei due di perlustrare, senza problemi, ogni angolo della casa e di trovare la Fenice che si trova nascosta nella stanza della piccola figlia che fortunatamente è a scuola, dietro ad un bellissimo quadro che raffigura una gloriosa Fenice che si alza in volo, dietro al quale c'è una cassaforte che Daxaf rompe, facilmente, CLACKITTY con un poderoso colpo della sua speciale spada,*

dopodiché Maistog e Zù atterrano su Sole, dove, mentre il prepotente Cinghiale mercenario gli fa da palo, il dispettoso folletto, dal nero ciuffo spelacchiato sulla testa, si intrufola, senza farsi vedere, grazie alla sua formidabile capacità di diventare invisibile, nella lussuosa, rossa e grande casa, incastonata nelle rocce solari, dal buonissimo odore di cocco e CI CI CI CI CI CI dal continuo verso delle cicale, della soliana, dai vivi capelli rossi; cominciando a frugare dappertutto, in cerca della statuetta che trova dentro ad un favoloso scrigno in oro, senza però che la sensibile Aliena, dagli attenti occhi rossi, se ne accorga, perché in quell'istante si trova nella cameretta di suo figlio, di appena 5 anni

SUN-LEY:~Macchinina rossa dove vai?~

RED-RISE:~ Sulla Terra!~

SUN-LEY:~Quanti chilometri farai?~

RED-RISE:~5.~

SUN-LEY:~1-2-3-4-5. AH! Cacchio ho perso! Red, sei un fenomeno, mi batti sempre!~

a giocare con lui,

in seguito i Caciari e gli Shinji raggiungono la verde e florida Venere, dalla spettacolare fragranza di erba fresca e dal rilassante suono LA LA LA LA LA LA LA LA della melodica voce delle graziose e gentili ninfe, luogo di milioni e milioni di incredibili essersi animali e vegetali, dove si trova l'affascinante Vanessa Scarr che ha nascosto la sua Fenice all'interno di una scura, stretta e tonda caverna, RONF RONF RONF RONF, dalla obbrobriosa puzza di cavolfiore e dalle pesanti russa di un mastodontico e GRRR selvaggio Camadisauro che protegge la statuetta, ma nonostante ciò i malvagi Shinji non si fanno intimorire, perché mentre i Caciari sono appostati fuori da quel raccapricciante nascondiglio, i verdi e pelati mostri che conoscono moltissime, rapide ed efficaci mosse di soffocamento, BLAST con la velocità che li contraddistingue, gli si avvicinano e con una repentina presa intorno al collo, lo fanno svenire, facendogli perdere, furbescamente, quella decisa presa che aveva sulla preziosa statuetta;

successivamente Okita Draki e il suo fedele Coleottero, Click, vanno su Midresso, il Pianeta Arcobaleno della Via Lattea, da Dreamer, Ea, Jasper e Mitch che da quando si sono ricongiunti, hanno costruito uno spazioso e luminoso covo segreto, dal fantastico profumo di camelia e dall'energica musica Hip-Hop, in cui incontrarsi e dove hanno nascosto la rara Fenice che i due sono riusciti a rubare, utilizzando lo stesso stratagemma che la prepotente strega, dai corti capelli fucsia, utilizzò molti anni fa; cioè ha mandato BZZZT il suo fido coleottero TIN TIN TIN TIN a pungerli, con il suo suporifero pungiglione, per ZZZZ farli assopire, impedendogli così di intromettersi.

OKITA DRAKI:~Guardiani, stavolta vi lascio stare, perché ho delle faccende da sbrigare, ma vi assicuro che ritornerò e farò di voi i miei più leali schiavi. IHIHIHIH! IHIHIHIH! IHIHIHIH!~,

tuttavia prima di andarsene e ritornare sulla nave degli Orrigl la crudele Strega, dalle imbronciate labbra blu e Click fanno tappa su Gognodra, il grandioso Regno dei Draghi, per reclutare il tranquillo Rahass che dopo quel folle e insensato gesto, ha ripulito la sua anima, dedicando la sua vita alla sua florida campagna e all'affettuosa e bella moglie, Mary che con l'aiuto del dolce e bambinesco Allegrino, ha ripreso la voglia di vivere; infatti qualche anno dopo è rimasta, con gran sorpresa, incinta, dando alla luce NGHE NGHE NGHE NGHE due formidabili gemellini, una femminuccia e un maschietto, ma la loro pace viene un'altra volta sconvolta, quando la spietata Okita va dall'umile gognodriano che si trova a curare le sue rigogliose colture di peperoncini e gli controlla, per mezzo delle suo tenebrose abilità, la mente

OKITA:~Terribile Rahass, da adesso in avanti, ti dimenticherai di tua moglie, dei tuoi figli e del tuo stupido Zotto e dedicherai a me e alla potente Dominator Army la tua vita: Ciò che ti chiederò di fare, qualsiasi cosa sarà, dalla più semplice a quella più pericolosa, la farai, senza batter ciglio, perché io sarò la tua Regina e tu il mio più leale schiavo!~

RAHASS:~Eminente Regina, cosa vuole che io faccia? Rahass è a sua completa disposizione!~

OKITA:~Benissimo! Per ora voglio che tu mi segua, abbiamo una missione da concludere!~,

dopodiché Spike Snader e Rattors vanno sulla Terra, dove devono recuperare ben 5 statuette a forma di Fenice:

La prima si trova nel nascondiglio di Smile-Man, Phoenily, Emonji, Nebbia, Colisseum e Betep che questa sera, mentre il terribile Mago e il suo pauroso e fedele topo gigante, grazie alle oscure abilità dell'Alieno, dalla faccia blu, disattivano l'allarme, per entrare, senza che gli Eroi se ne possano accorgere, nel loro nascondiglio, dalle moderne e sofisticate apparecchiature, che si trova sotto ad un favolistico negozio di fumetti, dal caratteristico odore di carta stampata e dalla cazzuta musica rap, per rubare la loro preziosa Fenice dorata, Joe ed Emily e David e Catie sono al concerto di Natale dei loro figli che vanno alle elementari insieme, mentre Stephan, ogni sera, da un po' di anni, si trascina fuori Smith, per insegnargli alcune strategie di rimorchio, ma tutte le volte, come questa sera, va a finire che l'unico a rimorchiare è l'atteggioso uomo del Massachusetts che lascia il tenace avvocato sempre a bocca asciutta,

e immediatamente dopo i due neo membri della Dominator Army, si dirigono nella suggestiva, fantastica ed immortale città più bella del mondo, Roma, dove Cesaria, per i primi anni, ha tarscorso giornate intere in mezzo alla calorosa e caotica gente romana, per difenderli e aiutarli da un qualsiasi tipo di imprevisto, ma soprattutto per imparare il più possibile gli usi e i costumi di questa nuova Roma, a lei sconosciuta, finché un giorno ha incontrato un simpatico e cordiale ragazzo di 25 anni, da cui ha avuto tre splendidi gemelli, con il quale trascorre, indaffarata, le giornate, BLAST correndo avanti e indietro per la casa e quindi anche in questo caso i due Super Cattivi, senza particolari difficoltà, riescono ad impossessarsi della sua Fenice, incustodita, che si trova in un compartimento nascosto di una delle panche del magico tempio del Campidoglio,

poi vanno nella florida e colorata città di Guadalajara, in Messico, da Chefforz, fidanzato con l'intelligente e dolce Duran Pan, e Ultradog che da qualche anno hanno aperto un loro grande e splendido ristorante italiano, MMMH! dal buonissimo odore di lasagne e ~OOOH!~ ~TED BUONISSIMO!~ ~YEEE!~

~WHOOHO!~ ~IUUUH!~ dalla tipica confusione che contraddistingue il popolo italiano, premiato già con tre Stelle Michelin, purtroppo però, visto che i due Super Amici, come ogni giorno, sono nel loro ristorante a lavorare, duramente, quei fortunati e astuti Alieni riescono ad intrufolarsi, con estrema facilità, in casa loro e a saccheggiargli la preziosa Statuetta che custodiscono, gelosamente, nella loro incedibile stanza dei trofei,

e infine raggiungono Kanazawa, la città Giapponese del favoloso giardino di Kenrokuen, dove vivono Chat Girl ed El Fogonazo che dopo quel loro sorprendente e indimenticabile incontro, si sono fidanzati, iniziando a convivere e che hanno nascosto la loro Fenice tra PUF PUF PUF i morbidi pupazzi di Paperack, che incredibilmente, persino in questo frangente se ne appropriati, senza alcun problema, perché quella mittana stessa, i tre eroi erano partiti per Parigi, dove Aurora è stata chiamata, per presentare, durante la settimana della moda, una sua linea di vestiti,

ma prima di ricontattare Wilter e risalire sull'oscura astronave, vanno nel Minnesota, da Mike Manson che in questi anni, dopo quel suo folle momento d'oscurità, si è dedicato alla comunità, aprendo un'associazione di sostegno per le persone in difficoltà, a cui presta, giorno e notte, le sue attenzioni, tuttavia mentre va, per un momento, in bagno SSSHHH, a lavarsi le mani, il terribile Stregone, prende alle spalle l'ex caporale dell'esercito americano, ipnotizzandolo, con la sua tenebrosa vista

SPIKE:~Battlecrime, risvegliati! Il tuo capo ha bisogna un'altra volta del tuo aiuto.~

e TIC TAC TIC TAC TIC TAC dopo pochi istanti

BATTLECRIME:~Grandissimo e potente Capo, grazie per avermi risvegliato. Battlecrime è tornato ed è di nuovo a tuo servizio.~,

e in Namibia, nella splendida e incredibile Riserva Naturale della Wald Von Lebenden Bäumen, a reclutare anche il buon Pin Özun che mentre si trova, insieme agli altri Guanpantiani, a lodare, LA LA LA LA LA LA con il loro canto, SSSHHH la profumata e magica pioggia viola, Rattors gli si avvicina, di soppiatto e lo distoglie, bruscamente, dalla sua sacra lode, permettendo così al suo arrogante capo di compiere la sua oscura magia

SPIKE:~ Intelligente Pin Özun, vedo che in te c'è una grande oscurità che cerca di uscire e io la liberarò, perché ho bisogno della tua super Intelligenza; quindi oscurità esci!~

e subito dopo

PIN ÖZUN:~MUAHAHAHA! Grazie Potente e Leggendario Spike, la ferocia e l'intelligenza del vero Pin Özun è al tuo servizio! Finalmente sono ritornato! MUAHAHAHAH!~,

e infine i due più spietati e malvagi Super Cattivi di tutti i tempi, uniti, Daiki Hao e Tic Tlivo, si dirigono sulla piccola e multietnica Giomare, dal saggio Mee Hao e dalla gentile e autoritaria Roselawer che oltre a lavorare insieme, per difendere il loro tranquillo e pacifico Pianeta di Maghi, convivono ormai, insieme, da 30 lunghi anni; per rubare l'ultima preziosa Statuetta, a forma di Fenice, che è astutamente nascosta sott'acqua, dentro ad un Ghiter, una speciale conchiglia protettiva, ZAK ZAK ZAK ZAK CRUNCH dagli affilati e terrificanti denti, però sfortunatamente, nonostante le precauzioni, grazie al loro tecnologico ed avanzato apparecchio "cerca Fenice", la riescono, indisturbati, a trovare e a depredare subito, ma ignari del fatto che proprio in quel momento, il coraggioso Magatto, insieme alla sua attenta compagna, dalle speciali e meravigliose ali argentate, stanno perlustarndo, FLAP FLAP FLAP FLAP in volo, l'area, accorgendosi quindi del misfatto, tuttavia nonostante l'abbiano visti, decidono di non voler intervenire, ma di spiarli da lontano, perché dopo qualche momento di esitazione, si rendono conto che quell'oscuro Alieno, dagli spiritati occhi marroni, che si trova a canto alla cattiva gemella, è il violento e mitologico Tic Tlivo e per non rischiare di bruciarsi l'opportunità di risolvere tutto in un secondo momento, li lasciano PUFF ritornare sull'astronave, tranquillamente.

DAIKI HAO:~Super Cattivi, ci siete tutti?~

TUTTI:~SI! Potente Stergatta! Ci siamo tutti!~

DAIKI HAO:~ Rahass, Pin Özun e Battlecrime, benvenuti nella fenomenale e gloriosa Dominator Army. Avete tutti quanti la statuetta?~

TUTTI:~SÌ! Eccole, sono tutte qui!~

e le alzano, tutti, al cielo

DAIKI HAO:~Perfetto! Sapevo di aver puntato sui Migliori e Speitati Super

Cattivi dell'Intera Galassia. Ora gettatele lì, che è arrivato il momento di distruggerle!~.

allora tutti quanti, con gran disprezzo, le buttano via, dove gli è stato indicato e FLASH SBAM CIAK WHAMMM BONK SMASH CRICCH CLACKITTY SPLUT SMACK STOCK CRACK con dei potenti attacchi simultanei, sotto lo sguardo vigile della tiranna Maga e del violento e dispotico Tic, BOOM KAPAOW le polverizzano.

CAPITOLO IV

"RICORDATEVI COSA SIGNIFICA ESSERE EROI."

Mentre Emily, Joe, Catie e David, tutti insieme, stanno ritornando a casa, DROOOW BEEP BEEP a bordo della grande e spaziosa utilitaria dell'uomo, dai capelli incasinati, Emonji riceve un'improvvisa e terrificante visione

SMILE-MAN:~EH! David! Tutto bene? È da tanto tempo che non vedevo più quella tua espressione di paura. Che succede?~

EMONJI:~GLU! Raga sta per succedere qualcosa di spaventoso. Ho visto che un gruppo di Super Cattivi, tra cui ci sono, purtroppo, anche Rahass, Più Özun, Spike Snader e Battlecrime, sottometterà l'intero Universo, spazzando via ogni tipo di libertà, facendo arruolare miliardi e miliardi di Alieni, sparsi in questa vasta Galassia, a cui ne controlleranno la mente, in un inarrestabile esercito, chiamato "Dominator Army".~

PHOENILY:~ORC! Dobbiamo agire in fretta, prima che sia troppo tardi. Abbiamo questo piccolo vantaggio di sapere, grazie ai speciali doni di David, cosa accadrà e lo dobbiamo sfruttare; quindi accompagnamo i nostri bimbi dalle nonne e andiamo nel nostro covo a recuperare la Fenice, con il quale andremo da Mee Hao, a raccontargli della visione, lui saprà sicuramente cosa fare.~

allora BEEP BEEP DROOOW FIOOOW sfrecciando alla massima velocità, ma sempre con estrema prudenza, accompagnano ZZZZ RONF RONF i loro stanchi figli, dalle amorevoli nonne e dopo aver contattato anche Betep e Colisseum, raggiungono il loro segreto e super tecnologico nascondiglio, per prendere la speciale e magica Statuetta, ma si accorgono, stupiti, che è sparita

NEBBIA:~OH! NO! Raga, la statuetta non c'è. È sparita!~

SMILE-MAN:~NO! È impossibile, fino a stamattina stava lì, proprio sotto ai miei occhi~

e appena finisce di parlare una sapiente e profonda voce gli dice:~Cari Amici della Smile Crew, purtroppo è vero. La vostra Fenice e non solo, anche quelle degli altri eccezionali eroi, non ci sono più, le hanno rapite, per evitare che ci intromettessimo, dei crudeli criminali, capitanati dalla mia malvagia gemella, Daiki Hao, e dal Super Cattivo mai esistito nell'Universo, dagli albori dei *tempi,Tic Tlivo, che non so come sono riusciti ad evadere da Legtriz e nonostante, io e Roselawer, li abbiamo colti in fragrante, abbiamo deciso di non intervenire, perché molto probabilmente potevamo essere gli unici a sapere cosa stava accadendo.~*

EMONJI:~OOOH! Che piacere vederti Magatto, mi sei mancato. Stavamo appunto venendo da te, a chiederti aiuto, perchè ho ricevuto una terribile visione, in cui ho visto che degli spietati criminali sottomettevano l'intera Galassia.~

SMILE-MAN:~Magatto mi dispiace, ma non sono degno dei poteri che mi hai dato, perché avevo un solo compito da eseguire: Proteggere, a costo della mia stessa vita, la Fenice e SOB! non ci sono riuscito. Sono un fallito...~

EMONJI:~È Vero! Ha ragione Joe: Siamo dei Falliti e non meritiamo la tua sapienza.~

COLISSEUM:~ORC! Siamo proprio degli stupidi, con tutte queste apparecchiature, non ci siamo accorti di nulla, ce l'hanno fatta sotto al naso, non meritiamo questi poteri...~

e tutta la squadra, sconfitta, abbassa lo sgraudo

MEE HAO:~Raga coraggio! Alzate lo squardo e siate fieri di voi stessi. È incredibile anche ora che siete adulti, vi devo dire io che l'importante non è sbagliare, ma è come si reagisce alle sconfitte. Forza! Tiratevi su e ricoradtevi che non avete questi poteri, perché il fato così ha voluto, ma perché siete delle persone speciali che negli anni hanno saputo dimostrare di meritarseli; quindi combattete, ci sono miliardi e miliardi di vite da salvare. È inutile piangersi addosso!~

BETEP:~DAI RAGA! Ha ragione Mee: Noi non dobbiamo mai arrenderci, perché siamo i fantastici Eroi della Smile Crew e se ci arrendiamo noi, tutta questa povera gente non avrà più nessuno, a cui affidare le proprie speranze; quindi combattiamo!~

PHOENILY:~ Giusto! Abbiamo queste incredibili doti e le dobbiamo onorare, perché sono un privilegio, non una condanna.~

NEBBIA:~SIII! FORZA! Non dobbiamo dimenticare che il modo migliore che abbiamo per usare questi spettacolari poteri, è quello di metterli al servizio di chi ne ha più bisogno!~

SMILE-MAN:~ Mee, sei sempre il migliore! Grazie per averci ricordato qual'è il nostro destino, ma qual'è il tuo piano? Conoscendoti, sono sicuro che ne hai già uno.~

MEE HAO:~ EH! Mi conosci bene Smile-Man; infatti già so cosa fare.~

PHOENILY:~ Saggio Magatto, scusa se ti interrompo, ma perché non ci hai mai detto che avevi una gemella?~

MEE HAO:~ EHM! Non ve ne ho mai parlato, perché è una ferita che mi fa ancora male, perché noi, da piccoli, eravamo legatissimi, fino a quando fu il momento di partecipare al prestigioso Torneo "Magie Galattiche", a cui però vi poteva partecipare solo un membro della famiglia e il prescelto fui io e da quel momento mi odiò, con tutto il suo cuore e si allontanò da me, avvicinandosi alla magia oscura che l'ha portata a compiere azioni indegne e ad essere rinchiusa, per decenni, a Legtriz, come una delle più spietate Maghe dell'Universo e vi assicuro che non passa giorno, in cui non mi rammarico di non essere riuscito ad aiutarla...~

e nonostante SNIF SNIF gli occhi piene di lacrime, io Magatto riprende la parola

MEE HAO:~...AHEM! OK Eroi! Basta perdere tempo. Pensiamo alle cose importanti: Il mio piano è quello di riunire, per la prima volta, tutti insieme, i membri della Smile Crew, nella mia segreta fortezza di Giomare e tenerci pronti a qualsiasi eventualità.~

NEBBIA:~ Gattuomo, ma come facciamo senza le Fenici?~

MEE HAO:~ Eroi, a questo non vi dovete preoccupare, perché ci penserò io!~

PHOENILY:~Mee, sei sicuro di farcela? Quello che hai in mente di fare, richiederà molto dispendio di energie!~

MEE HAO:~Certo che ce la faccio! Se no non sarei qui. FORZA! Indossate i costumi che vi teletrasporto nella mia fortezza, dove ad aspettarvi ci saranno la mia dolce Roselawer e il vecchio amico Peddy.~

perciò dopo essersi, rapidamente vestiti, si prendono per mano e PUFF come per magia, si ritrovano teletrasportati nel gigantesco e luminossissimo nascondiglio del saggio Gattuomo, dall'intensa luce azzurra, dall'insolita forma di sommergibile, dal rilassante odore di rosmarino e DROOOOOOOW dal potente rumore delle eliche che girano, che vaga, nascosto, tra i profondi, ignoti e bugli abissi dello splendido mare di Giomare; dove con grande sforzo e impegno, Mee Hao porta, uno ad uno, tutti i membri della Smile Crew, compresi i 4 Speciali Guardiani di Midresso che qualche istante prima del suo arrivo, vengono sconvolti, anche loro, da un terrificante sogno della lunatica Dreamer

DREAMER:~AAAH!!!~

EA:~EHI Ellie! Che è successo? Perché hai urlato così all'improvviso?~

DREAMER:~AHEM! EA l'Universo è in pericolo! Dobbiamo contattare assolutamente Mee Hao e informarlo che la Spietata Dominator Army è ritornata e che ha in mente di sottomettere l'intera Galassia, facendo arruolare qualsiasi Alieno, nel suo feroce esercito.~,

ma prima che la sua ammaliante gemella le potesse rispondere, FLASH ecco che davanti a loro compare, come d'incanto, il caparbio Giomaniano che vedendo le facce impaurite delle due affascinanti sorelle, capisce che la Guardiana dei Sogni ha appena avuto una delle sue formidabili visioni

MEE HAO:~Ragazze, scusatemi se mi sono permesso di entrare così, ma dalle vostre facce, intuisco che sapete già tutto: Lo Spazio intero è in inpericolo e sono qui, per portarvi nel mio covo segreto, su Giomare, riunendo così, per la prima volta, tutti insieme, i membri della Smile Crew. Dove sono i vostri fratelli?~

EA:~JASPER! MITCH! VENITE SUBITO. È IMPORTANTE!~

e senza dargli neanche il tempo di rendersi conto di ciò che sta accadendo e del perché l'anziano Giomaniano fosse lì, i 5 Super Eroi si prendono per mano e PUFF si ritrovano teletrasportati in quel fantastico e super moderno sommergibile, purtroppo però, all'arrivo, Mee Hao crolla per terra, dallo sforzo e tutti quanti, preoccupati, gli si avvicinano, per soccorrerlo, il primo è El Fogonazo che lo porta immediatamente da Peddy che con un deciso ~Eroi, ora ci penso io. Lasciateci soli!~, li congeda.

PEDDY:~ EHI Mee! Come ti senti? Va meglio?~

MEE HAO:~ Sì! Ora va meglio, grazie!~

PEDDY:~HMMM! Amico, glielo devi dire che ti rimangono solo pochi mesi di vita? Come pensi si possano sentire, quando scopriranno che tu gliel'hai tenuto nascosto?~

MEE HAO:~Lo so Peddy, ma questo è il momento meno adatto, per dare a questi formidabili e speciali Eroi questa inutile notizia, perché ora si devono concentrare, non si possono permettere nessuna distrazione, ne vale la vita di miliardi e miliardi di persone. Ti prometto che glielo dirò, ma non ora...~.

CAPITOLO V

"L'ADDESTRAMENTO PIÙ IMPORTANTE."

MEE HAO:~ Fantastici Eroi, ascoltatemi! È arrivato il momento dell'addestramento, ma non sarà un comune allenameto, sarà l'addestramento più intenso e importante che farete in vita vostra, perché vi metterò duramente alla prova, per far uscire tutte le vostre, ancora nascoste, potenzialità e per farlo, per ognuno di voi, ho allestito delle sale speciali. Io, Eroi, vi chiedo solo una cosa: Di impegnarvi come non avete mai fatto fin'ora, perché solo se darete il 110%, sarete in grado di salvare l'intero Universo. Allora Eroi, Siete Pronti?~

TUTTI:~ SÌ! La Smile Crew è Pronta!~;

perciò tutti gli Eroi, carichi e determinati, come non mai, entrano nelle loro sale speciali, personalizzate, dove le prove si concluderanno, soltanto, quando avranno superato, con il massimo del punteggio, tutte le prove che gli aspetteranno e ogni volta che ne falliranno una, saranno costretti a ricominciare da capo, ma con avversari e avversità diverse;

La Sala di Smile-Man si chiama: "La Sala della bontà" ed è allestita con dei particolari macchinari che permettono all'Uomo del Sorriso di entrare in un mondo virtuale, ma che di virtuale ha poco, in cui deve affrontare, uno alla volta, una serie di nemici, alleati con dei super robot, KRASH SMACK TUMP BONK WHOCK che deve sconfiggere, utilizzando unicamente le sue visioni, la sua dote di leggere nell'animo delle persone, le sue abilità di lotta, la sua astuzia e il suo magico Boomerang del Sorriso.

La Sala di EMONJI si chiama: "Visioni" ed è allestita con un enorme computer, a cui è collegato uno speciale casco che porta l'Uomo delle Visioni in un particolare campo di battaglia, cosparso di pesanti ed enormi oggetti che attraverso le sue visioni e la sua eccezionale capacità della levitazione, deve riuscire a sfruttare, STOCK SBAM CIAK TUMP per sventare un innumerevole serie di insidie;

La Sala di Sun-Ley si chiama: "On Fire!" ed è allestita con un virtuale campo di battaglia, in cui uno per uno, si susseguono degli spietati eserciti che la tenace Soliana SPLUT SMACK CHOK CRASH BOOM WHAMMM deve affrontare e vincere, facendo uso solamente delle sue fiammanti abilità;

La sala di Tef Melcoi si chiama: "Prendi vita!" ed è allestita con uno speciale computer che teletrasporta il Saturniano, per mezzo di un casco, in vari paesaggi (in monatagna, in pianura, nel deserto, sulla neve, sull'asfalto ecc.), su cui sono sparsi innumerevoli oggetti che l'esperto saturniano deve FLASH PUFF far prendere vita, per affrontare le avversità che gli si presentano davanti, ma non tutti gli oggetti sono "buoni", perché tra di essi ce ne sono alcuni, "cattivi", che FLASH si trasformano in brutali bestie che TUMP CIACK SMASH STOCK deve sconfiggere;

La Sala di Vanessa Scarr si chiama: "Flora e Fauna" ed è allestita con un modernissimo e particolare macchinario che porta la graziosa Ninfa, indossando degli incredibili occhiali, in boschi, in vaste praterie, in savane, nelle foreste che sono abitati da un numero indecifrabile di esseri viventi, con il quale deve comunicare, per capire quale problema li affligge e aiutarli a risolverli, ma gli inganni provengono sempre da degli esseri, animati o inanimati, che la Venerina deve rianimare, con il suo FWWD eccezionale soffio e che si rivelano degli spietati killer che con l'aiuto della flora e della fauna circostante, SLAP SBAM ZAK CHOK KRASH deve sconfiggere;

La Sala di Jason Poof si chiama: "Giorno e Notte" ed è allestita con delle formidabili luci che simulano quelle del Sole e della Luna che il solitario Vampiro, dal corpo di licantropo, deve sfruttare, FLAP FLAP FLAP BONK BLAT SMACK WHOCK per abbattere numerosi, violenti e inarrestabili soldati, provenienti dalle parti più oscure dell'Universo;

La Sala di Phoenily si chiama: "La Fenice" ed è allestita con una speciale stanza che immerge la Donna Fenice in un'incredibile realtà virtuale, in cui ha il compito FLASH di guarire tutti coloro che ne hanno bisogno, ne sono più di 1000, e che poi BANG CIAK CRACK SPLUT ZAM STOCK CRASH le si rivoltano tutti contro, ferendola gravemente e lei facendo uso della sua fantastica abilità della rigenerazione, si deve autoguarire e poi UAAAA con il suo urlo super sonico, BOOM PATAPUM deve abbatterli tutti;

La Sala di Nebbia si chiama: "Sono invisibile!" ed è allestita con delle cupe stanze, al cui interno ci sono dei preziosi oggetti che la Donna Invisibile deve recuperare, HOP TUMP KRASH CHOOOM superando una serie di pericolosi e mortali ostacoli, grazie alla sua formidabile dote della vaporizzazione, e che poi deve aprire e CIACK BONK ZAK SMASH vincere il terrificante mostro che ne esce;

La Sala di Betep si chiama: "Clima" ed è allestita con dei giganteschi schermi quadridimensionali che ricoprono interamente le pareti della stanza e che proiettano in maniera, quasi realistica, SSSHHH CHOOOM WHAMMM CRICCH ZAM delle spaventose calamità climatiche che L'Uomo del Clima deve risolvere, con i suoi sorprendenti poteri, mentre si ritrova SBAM BONK WHOCK KRASH a lottare contro una feroce schiera di rapidissimi Plipi;

La Sala di Colisseum si chiama: "Il Gigante" ed è allestita con dei particolari ring, da combattimento, sul quale, uno dopo l'altro, si susseguono dei violenti e inarrestabili lottatori che Il Gigante, BONK WHOCK TUMP CIAK CRACK SMACK a suon di colpi, deve battere, per raggiungere la finale del torneo che lo vedrà poi affrontare, tutti insieme, i combattenti appena sconfitti;

La Sala di Dreamer si chiama:"Il Sogno" ed è allestita con un semplice e PUF comodo letto suporifero, sul quale la Donna dei Sogni si sdraia, cadendo in un sogno virtuale, dove riceve delle spaventose visioni, in cui degli Spietati Super Cattivi sottomettono e SMASH STOCK SLAP picchiano dei pacifici popoli che deve salvare, disegnando BANG proiettili, FIOOOW frecce, dardi e BOOM bombe che PATAPUM atterrano quei barbari nemici e modificando la realtà;

La Sala di Ea si chiama: "Il Mare" ed è allestita con un'enorme vasca, popolata da numerosissime specie di animali acquatici, con il quale la Sirena deve comunicare, per chiedere il loro sostegno nell'affrontare e SPLASH SSSHHH CIAF CIAF SOALSH sconfiggere dei malvagi Alieni che hanno causato delle terrificanti sventure, sia in Acqua che sulla terra ferma, utilizzando la sua fantastica abilità di controllare le acque;

La Sala di Jasper si chiama: " La Terra"ed è allestita con un'enorme stanza ricoperta, da cima a fondo, da milioni di tipi diversi di rocce che il possente Guardiano delle Terre deve governare, TUMP SBAM CIAK KRASH STOCK CHOOOM per battere una serie di barbari nemici che hanno schiavizzato le indifese creature terrestri che popolano quelle terre inventate e con le quali, facendo uso del suo speciale dono di comunicare con loro, li deve istruire, affinché lo aiutino nella sua ardua missione;

La Sala di Mitch si chiama: "I Cieli" ed è allestita con una sbalorditiva attrezzatura all'avanguardia che usando degli speciali effetti coreografici, riproduce, in maniera quasi perfetta, la magnificenza e la vastità del cielo, con delle bellissime nuvole, con un bellissimo e limpido cielo azzurro, ma anche con delle tenebrose nuvole grigie, con uno spaventoso cielo nero ecc..., dove il potente Guardiano dei Cieli ha il compito, grazie i suoi fantastici poteri, di governare i cieli, di comunicare con le creature che li popolano e SWOOOSH SSSHHH CRICCH ZAM FWWD di sgomberarlo dalle brutali minacce aeree che lo stanno radendo al suolo;

La Sala di Gaia Giulia Cesaria e di Desde si chiama: "Roma Caput Mundi!" ed è allestita con delle realistiche immagini, a quattro dimensioni, che immergono La Super-Guerriera e la Lupa in terribili scenari di guerra che le due devono, da sole, solo per mezzo delle loro incredibili abilità, del SWOOOSH magico soffio che trasforma i nemici in fedeli lupi, della trasmutazione in una potentissima gladiatrice, dell'incantato AUUU abbaio che blocca il tempo e WUSSSH del volo, WHAMMM BOOM CLACKITTY SMACK SWOOOSH KRASH AUUU WHOCK WUSSSH BONK affrontare e battere i Super Cattivi, riportando così pace e serenità nelle povere città colpite;

La Sala di Ultradog e di Chefforz si chiama: "Super Amici" ed è allestita con due PUF comode poltrone, sulle quali appena i due Super Amici BOING si siedono, RONF RONF RONF cadono in un sonno profondo che li porta dentro ad una serie di inquietanti incubi, in cui si ritrovano a doversi battere, incredibilmente, uno contro l'altro, ma l'obiettivo non è quello di trovare un vincitore, tra i due, bensì è quello della riappacificazione, perché nello spaventoso sogno, all'improvviso, compaiono tantissimi bestiali Alieni che solamente unendo le loro fantastiche abilità, SBAM della super forza, WHAMMM della vista laser, BAUUU dell'abbaio a ultrasuoni, WUSSSH del volo, BLA BLA BLA BLA della parola e della telepatia, possono PATAPUM sconfiggere;

La Sala di Chat Girl e di Paperack si chiama: "Social" ed è allestita con dei particolari monitor che sono accesi su alcuni social, come Instagram, You tube, Facebook, Twitter, Netflix, ecc..., in cui i due Super Eroi vengono FLASH teletrasportati, ritrovandosi nel bel mezzo di una sanguinosa lotta all'ultimo sangue, tra un numero indecifrabile di Alieni che loro devono, usando le loro super tute, ZAM ZAM ZAM WUSSSH BOOM KAPAOW ZAK CRASH SMASH fornteggiare e sconfiggere;

e infine la Sala di El Fogonazo si chiama: "Speed" ed è allestita con un grandissimo tunnel rotondo, nel quale BLAST deve correre, per raggiunge la massima velocità possibile, per viaggiare nel tempo di una realtà virtuale e una volta raggiunti i vari luoghi del passato e del futuro, impiegando FLASH tutte le sue doti da corridore, SBAM STOC SMASH WHOCK BONK CIACK deve sventare, lottando, i vari pericoli, causati da dei malvagi Super Cattivi,

CAPITOLO VI

"IL VASTO REGNO DI DAIKI HAO."

Mentre l'impavida e altruista Smile Crew è impegnata nel suo duro ed estenuante allenamento, la terribile Dominator Army, capeggiata dalla malvagia Daiki Hao e dallo Spietato Tic Tlivo, indisturbata, vaga nel vasto spazio, BIP BOP BIP BOP BIP BOP DROOOW FIOOOW a bordo dell'oscura nave Aliena degli Orrigl, in cerca di Pianeti da sottomettere; infatti TIC TAC TIC TAC durante il loro lungo viaggio TUMP KAPAOW atterrano sulla pacifica e serena Giomare che dopo aver conquistato, con estrema BOOM SMACK CIACK TUMP KRASH CHOK SMASH brutalità e arroganza, la perfida Stregatta, seduta su un imperioso trono in oro, PUF dai morbidissimi cuscini color porpora, alzata al centro della famosa piazza di Corner Craft, dai muscolosi Laku e Rahass, parla loro

DAIKI HAO:~Insulsi Giomaniani vi starete chiedendo perché sono qui, BÈ! La risposta è facile, per riportare in questa caotica e menefreghista Galassia ordine e rispetto e per farlo, con l'aiuto di Maistog e di Battlecrime, inciderò sulle pareti della piazza centrale di ogni Pianeta, anche il più piccolo e insignificanete, 7 Fondamentali e Infragibili Regole che se infrante, porteranno alla condanna a morte e queste sono:

1.Adorazione assoluta per la gloriosa Dominator Army.

2. È obbligatorio l'addestramento militare, pena la condanna a morte.

3. È obbligatorio l'arruolamento alla Dominator Army, pena la condanna a morte.

4. Lavoro obbligatorio, dai più piccoli ai più grandi, nessuno escluso.

5. È obbligatoria, per chiunque, la divisa militare della Dominator Army.

6. È vietato ogni tipo di divertimento: Giochi, Musica, Arte, Spettacolo,ecc...

7. Sono severamente vietate le parole: Amore, Sorriso, Libertà e Fantasia.

Perché solo rispettando queste essenziali regole, è possibile eliminare ogni tipo di disuguaglianza, di soprusi, di violenza e di razzismo.

Vai Okita, tocca a te o...~.

ma non riesce a concludere di parlare, perché un giovane giomaniano ribelle, coraggiosamente, alza la testa e comincia ad urlare:~ Vai via Strega! Tutto questo non porterà affatto ordine nell'Universo, porterà soltanto terrore. Noi non ci arrenderemo mai a voi! La Smile Crew ci salverà, come ha sempre fatto.~

e dopo averlo fatto finire di parlare

DAIKI HAO:~Giomaniani fate attenzione, vi farò vedere cosa vi succederà se mancate di rispetto a me e alla Dominator Army: Vai Daxaf, è il tuo momento. Giustizia quel ribelle!~

e dopo averlo catturato, grazie all'aiuto dei Caciari

GIOMANIANO:~Io potrò pure morire, ma l'Amore, la Fantasia e la libertà non moriranno mai!!!~

ZAK con un brutale colpo di spada sul collo, gli taglia la testa

DAIKI HAO:~IHIHIHIHIH! Ben fatto Daxaf! Avete visto!? Non vi conviene mettervi contro di me! Forza Okita, è il tuo momento!~

OKITA DRAKI:~Giomaniani fate attenzione, è la Regina delle Streghe che vi sta parlando. Da oggi in poi, adorerete e vi arruolerete, senza obiezioni, alla gloriosa Dominator Army, a cui presterete, fino alla fine dei vostri giorni, la massima fedeltà.~

e FLASH come per magia, in un attimo, l'intera popolazione, per mezzo dell'oscuro potere della Strega di Liniglius, è sotto al loro controllo dei Super Cattivi, tuttavia Giomare non è l'unico Pianeta assediato e vinto, perché uno dopo l'altro invadono e controllano, utilizzando anche le capacità ipnotiche del brutale Spike Snader, pure altri Pianeti dell'Universo, come: la Terra, Sole, Ieie, Gognodra, Midresso, i Guanpantiani e Ryper Chep, tuttavia questi non sono gli unici Pianeti oppressi, perché l'ultimo e più importante Astro conquistato, è la speciale Tamiria

LEDIS REAL:~ Tic, ti stavo aspettando! Non mi arrenderò mai a voi. Tamiria non sarà mai comandata da un delinquente, accecato dal potere, come te! Io sono nata, per difendere la libertà di tutti gli Alieni che popolano questo meraviglioso e vasto Universo e quindi sono pronta a lottare, con tutte le mie forze, pur di fermarvi, a costo della mia stessa vita! Forza Tamiriani, *all'attacco!~*

~YAAAH!~ ~UAAA!~ ~AAAAH!~,

ma sfortunatamente dopo BANG, ZAK, STOCK, BOOM, FLASH, CLACKITTY, BOOM, CRICCH, PUFF, SBAM, SMASH, WHAMMM, SPLUT, BONK, CIAK, KRASH una lunga ed estenuante lotta, contro i robusti e impavidi Tamiriani e la mitica Ledis, la spietata Dominator Army, grazie soprattutto al sostegno di tutti quei popoli sottomessi, riesce ad avere la meglio, però il piano della Stregatta e di Tic Tlivo non va come dovrebbe, perché nonostante Okita Draki e Spike Snader ~Tu, potente e leggendaria Ledis Real, da oggi fino alla fine dei giorni, ti unirai e combatterai, insieme a noi, nel nome della grandiosa Dominator Army!~ uniscano la forza per controllare la mente alla potente Custode dell'Universo, non ci riescono; perciò

TIC TLIVO:~ E tu saresti la formidabile Custode dell'Universo!? Non sei nient'altro che la debole prediletta dei Signore dello Spazio. PTUH!~

il leggendario Super Cattivo per impedire una sua possibile intromissione, STOCK con un potente colpo sulla nuca, la fa svenire e poi le blocca mani e piedi, con delle speciali manette "Togli poteri"

DAIKI HAO:~MUAHAHAHAHA! Ora sì che siamo imbattibili. Nessuno ci potrà fermare! Finalmente la mia Potentissima Dominator Army domina, incontrastata, l'intero Universo! MUAHAHAHAH!~.

Nel frattempo, mentre la Dominator Army sta terrorizzando e sottomettendo l'intero Universo, i fantastici Eroi della Smile Crew hanno appena concluso, però solo per riposarsi, un'altra intensa e difficile giornata di addestramento, ma ZZZZ RONF RONF RONF ZZZZ il loro sonno viene bruscamente interrotto, da una spaventosa visione che ricevono Dreamer ed Emonji.

CAPITOLO VI

"SMILE CREW vs DOMINATOR ARMY."

Dreamer ed Emonji, grazie ai loro incredibili poteri di prevedere il futuro, si incontrano in una spaventosa visione, in cui vedono che la brutale Dominator Army che si trova su Tamiria, guidata dai malvagi Daiki Hao e Tic Tlivo, e che ha anche catturato l'iconica e formidabile Ledis, ha sottomesso al loro potere ogni Alieno, presente nell'infinito Universo, e fatto diventare ogni Pianeta di un cupo colore grigiastro, su cui, senza distinzioni, regna l'austerità, la tristezza e la paura; allora i due visionari Eroi si svegliano e senza perdere tempo, allarmati, BLAST corrono EOOOH EOOOH EOOOH EOOOH a suonare la sirena di pericolo, per svegliare tutti i loro compagni e raccontargli ciò che hanno appena visto

MEE HAO:~Perfetto Eroi! State tranquilli, non vi agitate. È questo che stavamo aspettando. È per questo che vi siete allenati tanto duramente. Siete pronti, non vi preoccupate. Adesso indossate tutti le tute, che andiamo su Tamiria, a salvare l'Universo. Coraggio Smile Crew è tempo di sconfiggere il male e per farlo ho ideato un piano: Prima di tutto bisogna liberare la potente Ledis che ci potrà essere di grande aiuto ed El Fogonazo sarai tu a farlo, con l'aiuto di Desde che bloccherà il tempo e tu in quei pochi minuti che avrai a disposizione, la dovrai liberare e la dovrai portare vicino a noi, dove Phoenily potrà provvedere a guarirle tutte le ferite e poi sempre tu, El Fogonazo, dovrai porterai Smile-Man vicino a Battlecrime, a Pin Özun e a Rahass che attraverso i suoi speciali poteri, dovrà farli ritornare in loro, togliendo in questo modo, alla Dominator Army, tre forti, intelligenti e scomodi nemici che in fondo sono buoni e guadagnando così tre formidabili alleati, nel frattempo tu, Roselawer, ti dovrai alzare in cielo e dovrai provare a riportare, con la magia delle tue ali, l'Amore nel cuore dei vari popoli Alieni sottomessi, impedendo così la morte di milioni di vite innocenti che io stesso provvederò a portare in salvo, teletrasportandoli in un luogo sicuro e dopo aver fatto questo, Eroi, dovremmo combattere, combattere, combattere! È tutto chiaro? Siete pronti?~

TUTTI INSIEME:~ SÌ!!! Siamo nati Pronti!~

MEE HAO:~ Allora forza! Andiamo a salvare la Galassia!!!~

TUTTI INSIEME:~ SMILE CREW! SMILE CREW! SMILE CREW!~

e dopo aver indossato i formidabili costumi, da battaglia, e dopo aver ascoltato, con attenzione, il piano del loro saggio Magatto, si prendono per mano e PUFF, grazie alla magia dell'anziano giomaniano, si teletrasportano su Tamiria, dove ad attenderli, arrogante, c'è la Spietata Dominator Army, composta da una schiera infinita di popoli Alieni, tutti vestiti uguali, con delle robuste divise nere, costruite dagli operosi Chepkers, ed equipaggiate ZAM ZAM da un'asta che lancia scariche elettriche e da un robusto scudo che ha la particolare capacità di respingere al mittente i colpi, e come pianificato, appena messo piede sul mitologico Pianeta piatto, Desde, AUUUU con il suo ululato, blocca il tempo, permettendo in questo modo a El Fogonazo, FLASH rapido come una saetta, di liberare, immediatamente, la massacrata Ledis Real e di portarla dalla Donna Fenice che sfruttando i suoi fantastici doni, rimette in sesto la gloriosa Sorvegliante e nel frattempo, Roselawer, per mezzo FLAP FLAP FLAP FLAP FLAP delle sue incantate ali, risveglia dall'oscuro maleficio quella terrificante schiera di milioni di Alieni che PUFF vengono prontamente portati in salvo dal Gattuomo, attraverso il suo magnifico potere del teletrasporto, su Giomare, lontano dal pericolo e poi subito dopo, El Fogonazo porta Smile-Man da quei tre sottomessi "Amici", prima da Battlecrime

SMILE-MAN:~EHI Mike! Ti ricordi di me? Sono qui, perché questo non sei tu.~

BATTLECRIME:~ARGH! Che ci fai qui microbo!? Vattene, se non vuoi assaggiare tutta la mia collera!~

SMILE-MAN:~ Mike, tu sei buono. Combatti l'oscurità. Non ti arrendere a lei, perché porta solo a delle tragiche conseguenze. Pensa a tuo figlio, pensa a tutti i sacrifici che hai fatto per cambiare vita. Vuoi buttare tutto via così!? Non ne vale la pena!~ e al sentire quelle parole, quell'orribile mostro, dalla squamata faccia di serpente, dopo aver visto, nella sua testa, delle foto sfocate del suo amato figliolo e dopo essersi ricordato della promessa che gli fece: di non cedere mai più a qualsiasi istinto violento, inizia a fissare l'Eroe del Minnesota, intensamente, per 5 interminabili secondi, finché scuote la testa e

BATTLECRIME:~GULP! Che mi è successo!? Smile-Man, perché sei dentro la mia testa?~

SMILE-MAN:~ Mike, perché sei stato ipnotizzato un'altra volta dal crudele Spike Snader che ti ha usato, per raggiungere il suo scopo di governare l'Universo.~

BATTLECRIME:~ARGH! Stavolta gliela farò pagare a quel mostro! Non si deve più permettere di manipolarmi!~

SMILE-MAN:~Perfetto! Così ti voglio! Unisciti a noi e insieme lo sconfiggeremo!~

poi da Rahass

SMILE-MAN:~EHI Rahass! Svegliati! Ti ricordi l'ultima volta che hai fatto sopraffare la parte cattiva su quella buona, cos'è successo? Ti prego, non ti arrendere al male!~

e sorprendentemente, nella sua testa iniziano a scorrere, velocemente, delle confuse immagini che gli mostrano cosa accadde, quando assetato di rabbia, andò su Zlavotto e lo stava per annientare, per una questione personale

RAHASS:~OH! Ma cosa sto combinando!? Hai ragione Smile-Man, devo combattere! Non mi devo arrendere all'oscurità!~

SMILE-MAN:~EEEH! Bravo Rahass! Combatti! Vieni con noi e a questi della Dominator Army li distruggiamo, una volta per tutte!~

RAHASS:~SI!!! Vai! Distruggiamoli! Facciamogli vedere chi siamo!~

e infine va da Pin Özun

SMILE-MAN:~Pin, ricordati chi sei: Tu sei il formidabile capo dei Guanpantiani, ma soprattutto sei un comprensivo ed eccezionale padre.~

e ascoltando quelle parole, gli ritorna in mente di quando, sulla Terra, a causa delle sue sconsiderate azioni, dovute dalla disperazione, la sua dolce figlia, Piaf stava per morire, salvandosi solo grazie al lesto e provvidenziale intervento di Chefforz

PIN ÖZUN:~ Grazie Smile-Man, per avermi ricordato cos'è importante nella vita. Sono tanto intelligente, ma SOB! faccio sempre gli stessi errori...~

SMILE-MAN:~ Pin, non è colpa tua, ti hanno imbrogliato e se vuoi rimediare, c'è un modo ed è quello di unirti alla Smile Crew e sconfiggere questi dispotici Cattivi! Sei con me?~

PIN ÖZUN:~Sì! Sono con te! Battiamoli e facciamo trionfare il bene!~

e proprio al termine di quei pochi minuti che avevano a disposizione, E

Fogonazo riesce appena in tempo a riportare indietro l'Uomo del Sorriso e i tre nuovi alleati e Mee Hao a portare tutti gli innocenti Alieni, liberi dall'oscuro maleficio, in salvo.

DAIKI HAO:~AAAH! ORC! Come vi siete permessi a decimare il mio esercito. La pagherete cara, per la vostra mancanza di rispetto!~

MEE HAO:~Daiki ti prego, non è tardi per arrendersi. Qualunque cosa tu creda che io abbia sbagliato, ti chiedo scusa, ma fermati, non vedi cosa avete causato!? Qui intorno si respirano dolore e paura. Si può evitare di combattere, le guerre non hanno mai risolto nulla.~

DAIKI HAO:~Mee, io non le voglio le tue scuse. Io volevo solamente essere la maga più potente di tutta la Galassia e visto che, da ragazza, mi hai rubato la possibilità di diventarlo, ho trovato un'altra strada, per esserlo e non mi tirerò indietro, per nessuna ragione al mondo. FORZA DOMINATOR ARMY, ATTACCATE!~

MEE HAO:~Mi dispiace, ma ti devo fermare. Non posso lasciare che voi comandiate e terrorizziate l'Universo intero e visto che non ci sono riuscito con le buone... CORAGGIO SMILE CREW COMBATTIAMO!~

e dopo un breve, ma intenso confronto, faccia a faccia, tra i due gemelli capo-squadra, i loro eserciti PUFF SWOOOSH WUSSSH STOCK BONK WHAMMM FLAP FLAP FLAP BOING CRACK FWWD BLAT WHOCK UAAA SMASH SSSHHH SWOOOSH CIAK SMACK FIOOOW BOOM BANG SPLASH TUMP CLACKITTY SBAM BAUUU ZAM ZAM ZAM FLASH ZAK KRASH SPLUT CRICCH GRRR CHOK cominciano uno dei più incredibili e spaventosi combattimenti di tutti i tempi, in cui ogni membro della squadra collabora con un altro, facendo degli attacchi combo, affinché i colpi inferti agli avversari, possano essere più precisi e violenti possibili, ma i due imperterriti e determinati gruppi di soldati essendo alla pari, finiscono per l'annientarsi a vicenda; infatti gli unici due a rimanere in piedi sono i leggendari sorveglianti.

TIC TLIVO:~HEH! Ledis, alla fine siamo rimasti solo noi eh? Gli Alieni più potenti dell'intero Universo! È da anni che aspettavo questo momento e grazie all'ingenuitá e alla sete di potere di Daiki, finalmente, è arrivato; così dimostrerò, a te e ai Signori dello Spazio, una volta per tutte, che sono io il più forte! ARGH!~

e mentre parla, si avvicina, con sguardo arcigno e soddisfatto, alla sfinita stregatta, per rubarle il suo magico amuleto in quarzo che si mette al collo, ricevendo in questo modo lo spaventoso dono dell'immortalità

LEDIS REAL:~ Tic, sei un Alieno vile e spregevole. Non hai rispetto per nessuno, nemmeno per chi ti ha aiutato ad evadere e si fidava di te. Mi fai schifo! Erano tuoi alleati.~

TIC TLIVO:~A me non mi è mai importato niente di loro, per me contava solo arrivare a questo momento e ora che l'ho raggiunto, sono pronto a farti fuori!~

e per dimostrare la sua forza e la sua indifferenza, il crudele Criminale sferra WHAMMM una potentissima onda oscura contro l'indifesa Stregatta che però, con gran sorpresa di tutti, viene prontamente salvata dal suo saggio gemello che, facendo uso delle sue ultime forze, PUFF si teltresporta lì e BOOM prende quel terribile colpo, al posto suo, dritto sul petto, morendo all'istante e scatenando ~NOOO!~ uno straziante e corale grido di dolore, su tutto il campo di battaglia che, improvvisamente, si illumina di un'intensa luce gialla, proveniente dalla formidabile Ledis che prendendo forza dall'Amore dei suoi alleati, ma soprattutto dalla Stregatta, raggiunge la massima potenza mai raggiunta prima, ~AAAAH! AAAAAH! AAAAAH! AAAAAH! YAAAAH!~ e WHAMMM scaraventa, contro quel mostro, l'onda di Luce più potente che l'Universo abbia mai visto, BOOM KRASH desintegrandolo, insieme a quel prezioso amuleto e subito dopo quel formidabile colpo, senza nemmeno rendersi conto di aver vinto la battaglia, tutti gli Eroi, preoccupati, rattristiti e addolorati, BLAST corrono da Mee Hao

DAIKI HAO:~Nooo! Mee! WUAAAH! Scusami. Non volevo finisse così. Non me la merito la tua grazia, perché ti sei sacrificato per me? Vi prego Eroi, salvatelo! El Fogonazo, ho sentito che puoi tornare indietro nel tempo, ti scongiuro, salvalo!~

EL FOGONAZO:~WUAAAH! Mi dispiace, per quanto desideri aiutarlo, non posso, sulla morte non mi posso intromettere...~

DAIKI HAO:~E tu Dreamer? Ho sentito che con il tuo disegno, puoi alterare la realtà...~

DREAMER:~WUAAAH! Purtroppo vale lo stesso per me, con la morte non ci si può intromettere.~

LEDIS REAL:~Daiki mi dispiace, ma alla morte non c'è rimedio, neanche Phoenily, con i suoi poteri, può fare nulla. L'unica cosa che posso fare è dargli una nuova vita, ma come Fenice.~

allora con una delicata carezza sul viso, Ledis lo tocca, PUFF trasformandolo in una maestosa Fenice che subito FLAP FLAP FLAP FLAP si alza in volo, spalancando le sue imperiose ali, ma prima di andare accanto alla sua amata Roselawer, si avvicina all'afflitta gemella e le dà un commovente abbraccio

DAIKI HAO:~WUAAAH! Mee, grazie! Sei stato il fratello migliore che potevo desiderare.Ti prometto che cambierò, non sarò mai più cattiva. WUAAAH!~

LEDIS REAL:~ Daiki, lo so che è difficile, ma ora devo portarvi a Legtriz e quella, ti assicuro, che sarà la vostra casa fino alla fine dei vostri giorni. Non vi permetterò più di fare del male nemmeno al più piccolo organismo che vive in questo vasto Universo.~

DAIKI HAO:~WUAAAH! SNIF! Ledis, scusami, per tutto il male che ho fatto...~

così senza opporre alcuna resistenza, tutti i crudeli membri della Dominator Army si lasciano prendere e rinchiudere, un'altra volta, a Legtriz, dal quale però stavolta SBAM CLUNK non usciranno più e dopo essersi assicurati che nessun cattivo fosse sfuggito alla propria sorte, attraverso il suo magico disegno, la Guardiana dei Sogni rimette tutto a posto, riportando l'Universo come era prima, o quasi, perché alla morte, purtroppo, non c'è rimedio.

TIC TAC TIC TAC TIC TAC TIC TAC passate un paio di settimane, da quello spaventoso scontro, la fenomenale Ledis riunisce, compresa l'Imperiosa Fenice dorata, inspiegabilmente, i membri della Smile Crew, su Giomare, davanti ad una gigantesca, favolosa e magica scuola

LEDIS REAL:~Ciao Eroi, grazie per aver accettato il mio invito. Credo che vi stiate domandando, perché vi ho chiesto di raggiungermi qui, davanti a questa scuola. Il motivo è che questa sarà la scuola, in cui cresceranno dei nuovi e fantastici Eroi, come lo è stato il nostro Mee che ho voluto onorare, dando a questo magnifico edificio il suo nome, perché fosse, per i futuri studenti, un'ispirazione, ora però è arrivato il momento di svelarvi il vero motivo, per il quale vi ho voluto fortemente qui oggi: Fantastici Eroi sarei davvero onorata se ad insegnare e a forgiare i futuri Super Eroi siate voi, perché chi meglio di voi che avete appreso tutte le vostre conoscenze, essendo i prescelti, dal mago più *sapiente e potente di tutto l'Universo, può insegnare come essere dei veri Eroi!?~*

e senza darle una risposta ben precisa, le rispondono, mentre la Gloriosa Fenice FLAP FLAP FLAP FLAP si alza in volo, gridando in coro:~SMILE CREW! SMILE CREW! SMILE CREW! Finché ci sarà la Smile Crew, lo spirito di Mee Hao sarà per sempre vivo!~.

PROF:~Faccialegra? Faccialegra svegliati! Non ti assentare come al tuo solito. È da cinque minuti che sei imbambolato, a guardare il vuoto. Sù! Dimmi cosa stavo dicendo.~

FACCIALLEGRA:~EHM! EHM! Non lo so! Mi scusi, ma non stavo seguendo.~

PROF:~ UFFF! Lo sapevo. Devi iniziare a concentrarti, se vorrai realizzare qualcosa in questa vita, perché di sogni non si campa.~

FACCIALLEGRA(in mente):~EH! Ma ci si diverte un sacco! E poi una vita senza sogni non ha senso di essere vissuta.~ .

SUPER EROI.

NOME: LEDIS REAL.
POTERI: POSSIEDE, AL SUO INTERNO, LA FORZA DI MILIONI E MILIONI DI STELLE CHE VIENE ALIMENTATA DALL'AMORE E CHE GLI CONSENTE WHAMMM DI LANCIARE, DALLE MANI, DAGLI OCCHI E DALLA BOCCA CHE LE SI ILLUMINANO DI UNA ACCECANTE E SORPRENDENTE LUCE GIALLA, DELLE FORMIDABILI ONDE DI LUCE GIALLA E DI DARE AI MORTI UNA NUOVA VITA, PUFF TRASFORMANDOLI IN FENICI, AL SOLO TOCCO.

NOME: MEE HAO.
POTERI: HA GLI ECCEZIONALI DONI DELLE ARTI MAGICHE, DEL TELETRASPORTO, DELLA TRASMUTAZIONE IN GATTO E DEL VOLO.

NOME: SMILE-MAN.
POTERI: POSSIEDE LE STRAORDINARIE CAPACITÀ DI LEGGERE NELL'ANIMO DELLE PERSONE, DI PERCEPIRE DELLE VISIONI, SE TOCCA UNA PERSONA CHE VUOLE COMMETTERE DELLE ORRIBILI MALVAGITÀ E DI TELECOMANDARE, CON LA MENTE, SWOOOSH IL BOOMERANG DEL SORRISO.

NOME: EMONJI.
POTERI: HA LE FANTASTICHE ABILITÀ DI PREVEDERE IL FUTURO E DELLA LEVITAZIONE E INOLTRE POSSIEDE UNA MASCHERA ELETTRONICA, CONNESSA AI SERVER DELLA POLIZIA.

NOME: SUN LEY.
POTERI: HA LE STRAORDINARIE CAPACITÀ WHAMMM DI LANCIARE DAGLI OCCHI E DALLE MANI DEI POTENTI FULMINI DI FUOCO E POSSIEDE DEI FIAMMANTI, RICCI E VIVI CAPELLI, RIVOLTI ALL'INSÙ, CHE LA DIFENDONO.

NOME: ROSELAWER.
POTERI: HA L'ECCEZIONALE CAPACITÀ DI RIPORTARE, CON IL SOLO FLAP FLAP FLAP FLAP SVENTOLIO DELLE SUE MAGICHE ALI, L'AMORE NEL CUORE DELLE PERSONE AFFLITTE E I SUOI SPECIALI CAPELLI LA TENGONO IN VITA, PERCHÉ RACCHIUDONO TUTTA LA SUA FORZA VITALE.

NOME: TEF MELCOI.
POTERI: POSSIEDE LA SORPRENDENTE FACOLTÀ PUFF DI FAR PRENDERE VITA AGLI OGGETTI, GRAZIE AL SUO MAGICO E STRAVAGANTE CACCIAVITE BLU.

NOME:VANESSA SCARR.
POTERI: HA L'INCREDIBILE POTERE DI COMUNICARE CON GLI ANIMALI E CON LE PIANTE E DI DARE VITA A QUALSIASI ESSERE ANIMATO O INANIMATO, CON LA SOLA FWWD DOLCEZZA DEL SUO SOFFIO.

NOME: JASON POOF.
POTERI: POSSIEDE LE FORMIDABILI DOTI PUFF DI TRASFORMARSI IN PIPISTRELLO, DURANTE LE GIORNATE DI LUNA PIENA E DI DIVENTARE BLAST SUPER VELOCE, SE ILLUMINATO DAL SOLE CHE GLI FA ANCHE DIVENTARE IL PELO DI UN BELLISSIMO E LUMINOSO COLOR ORO.

NOME: PEDDY EAG.
POTERI:HA DELLE
ECCEZIONALI DOTI
MEDICHE.

NOME: PHOENILY.
SUPER POTERI: POSSIEDE I SORPRENDENTI POTERI DELLA RIGENERAZIONE, DI GUARIRE GLI ALTRI E UAAA DELLA SUPER VOCE.

NOME: NEBBIA.
SUPER POTERI: POSSIEDE LE SPECIALI ABILITÀ, GRAZIE ALLA PREZIOSA COLLANA DEL POTERE, WUUUSH DI VAPORIZZARSI IN NEBBIA CHE LE PERMETTE DI DIVENTARE INVISIBILE E DI INTRUFOLARSI DOVUNQUE.

NOME: BETEP.
SUPER POTERI: HA L'ECCEZIONALE DOTE, GRAZIE AL MAGICO ANELLO DEL POTERE, DI CONTROLLARE I CAMBIAMENTI CLIMATICI, SOLE, SSSHHH PIOGGIA, CRICCH NEVE, GRANDINE E SWOOOSH VENTO, A PROPRIO PIACIMENTO.

NOME: COLISSEUM.
SUPER POTERI: HA L'INCREDIBILE FACOLTÀ, GRAZIE ALLA POTENTE COLLANA DEL POTERE, DI AUMENTARE LA PROPRIA ALTEZZA, A PROPRIO PIACIMENTO, FINO A DIVENTARE UN ENORME E MUSCOLOSO GIGANTE DI 3 METRI.

NOME: DREAMER- LA GUARDIANA DEI SOGNI.
SUPER POTERI: POSSIEDE LE INCREDIBILI DOTI DI PREVEDERE IL FUTURO, ATTRAVERSO I SUOI MAGICI SOGNI E DI MODIFICARE LA REALTÀ, GRAZIE AL SUO INCANTATO DISEGNO.

NOME: EA-LA GUARDIANA DEI MARI.
SUPER POTERI: HA GLI ECCEZIONALI POTERI SPLASH DI CONTROLLARE LE ACQUE E DI COMUNICARE CON QUALSIASI CREATURA ACQUATICA.

NOME: JASPER-IL GUARDIANO DELLE TERRE.
SUPER POTERI: POSSIEDE LE SORPRENDENTI CAPACITÀ TUMP DI DOMINARE LE TERRE E DI COMUNICARE CON TUTTE LE CREATURE TERRESTRI.

NOME:MITCH-IL GUARDIANO DEI CIELI.
SUPER POTERI: HA LE SPETTACOLARI FACOLTÀ SWOOOSH DI GOVERNARE I CIELI E DI COMUNICARE CON QUALSIASI CREATURA DEL CIELO.

NOME: GAIA GIULIA CESARIA.
SUPER POTERI: HA I FORMIDABILI POTERI FLASH DI TRASFORMARSI IN UNA SUPER GUERRIERA, DAI LUCENTI, LUNGHI E LISCI CAPELLI BIONDI, WHAMMM DALLA FIAMMANTE, ZAK AFFILATA E DORATA SPADA E DA UNA DURA E IMPERFORABILE ARMATURA, ANCH'ESSA D'ORO E DI TRASFORMARE I SUOI NEMICI IN FEDELI LUPI, GRAZIE FWWD AL SUO FENOMENALE SOFFIO.

NOME: DESDE.
SUPER POTERI: È DOTATA DI AUUU UN FORTISSIMO E INCANTATO ULULATO CHE BLOCCA IL TEMPO, È IN GRADO WUSSSH DI VOLARE E POSSIEDE UN MAGICO LATTE CHE SE BEVUTO, DONA DELLE FANTASTICHE ABILITÀ.

NOME:CHEFFORZ & ULTRADOG.
POTERI:CHEFFORZ POSSIEDE LE SORPRENDENTI CAPACITÀ SBAM DELLA SUPER FORZA E WHAMMM DELLA VISTA LASER, INVECE ULTRADOG HA LE SPECIALI DOTI BAUUU DELL'ABBAIO A ULTRASUONI, DEL VOLO, BLA BLA BLA BLA DELLA PAROLA E DELLA TELEPATIA.

NOME:CHAT GIRL E PAPERACK.
POTERI: CHAT GIRL POSSIEDE UN PAIO DI ELETTRONICI E QUADRATI OCCHIALI ROSA, IN GRADO DI VEDERE AL BUIO E DA LONTANO E DI STUDIARE I PUNTI DEBOLI DEGLI AVVERSARI, UNA ROSA SCOPA VOLANTE ELETTRICA, UN PAIO DI PARTICOLARI SCARPE VIOLA PALMATE CHE ZAM ZAM ZAM ZAM LANCIANO DELLE POTENTI SCARICHE ELETTRICHE E UN PAIO DI SPECIALI GUANTI VIOLA, DOTATI ZAK DI AFFILATE UNGHIE ALLUNGABILI, MENTRE INVECE PAPERACK HA UN ROBUSTO ELMETTO IN ORO CHE ZAM ZAM ZAM ZAM LANCIA DELLE FORTISSIME SCARICHE ELETTRICHE, CON LA SOLA FORZA DEL PENSIERO, UNA POTENZIATA TUTA GIALLA A POIS ROSSI, IN KEVLAR, MUNITA TIN DI APPUNTITE E PARALIZZANTI PIUME, DA LANCIARE E UNA SPECIALE COLLANA, COLLEGATA ALLE CORDE VOCALI CHE GLI PERMETTE ZAM ZAM ZAM ZAM DI SPARARE DEI FORMIDABILI FULMINI.

NOME:EL FOGONAZO.
POTERI:POSSIEDE UNA SPECIALE TUTA CHE GLI HA DONATO LA SORPRENDENTE FACOLTÀ DELLA SUPER VELOCITÀ CHE GLI PERMETTE ANCHE DI POTER VIAGGIARE AVANTI O INDIETRO NEL TEMPO.

SUPER CATTIVI.

NOME:TIC TLIVO.
POTERI: HA I TERRIBILI POTERI DI LANCIARE DALLA BOCCA, DALLE MANI E DAGLI OCCHI CHE GLI DIVENTANO NERI, PERCHÉ IL SUO POTERE VIENE ALIMENTATO DALLA PAURA DEGLI ALTRI ALIENI, SPLUT DELLE DEVASTANTI ONDE NERE E FWWD UN'ASFISSIANTE E MORTALE FUMO NERO.

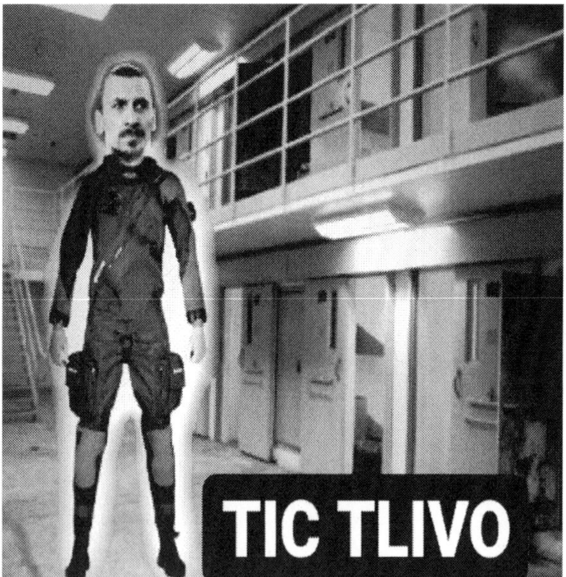

NOME: SPIKE SNADER.
POTERI: HA LE TERRIBILI DOTI DELLE ARTI OSCURE E DELLA VISTA IPNOTICA.

NOME: BATTLECRIME.
POTERI: HA LE TREMENDE
ABILITÀ DELLA SUPER FORZA E
DELL'INSENSIBILITÀ AI COLPI E
POSSIEDE ANCHE ZAK DELLE
AFFILATE ALI OSSUTE
ALLUNGABILI.

NOME: ZÙ.
POTERI: POSSIEDE LA SORPRENDENTE ABILITÀ PUFF DELL'INVISIBILITÀ.

NOME: WILTER LUM.
POTERI: HA L'INFIMA DOTE DI
CANCELLARE LA MEMORIA DEI
SUOI NEMICI, AL SOLO SGUARDO.

NOME: RAHASS.
POTERI: È IN GRADO WHAMMM DI SPARARE, DAL MUSO E DALLE MANI, DELLE POTENTISSIME SFERE DI FUOCO E DI RIGENERARSI, GRAZIE ALL'ECCEZIONALE CAPACITÀ DI SQUAMARE LA PROPRIA PELLE.

NOME: LAKU.
SUPER POTERI: È DOTATO DI UN FORMIDABILE E POTENTISSIMO BONK PUGNO, DI UN'INDISTRUTTIBILE CORAZZA IN DOGONE E DI SORPRENDENTI OCCHI CHE GLI PERMETTONO DI CONNETTERSI CON IL SUO FEROCE POPOLO.

NOME: DRED.
SUPER POTERI: POSSIEDE LA FORMIDABILE CAPACITÀ PUFF DELLA MOLTIPLICAZIONE, UN'INDISTRUTTIBILE CORAZZA IN DOGONE E COME TUTTI GLI ORRIGL È IN GRADO, GRAZIE AI SUOI 4 SPECIALI OCCHI, DI CONNETTERSI CON GLI ALTRI COMBATTENTI.

NOME: OKITA DRAKI.
SUPER POTERI: POSSIEDE GLI OSCURI E TERRIFICANTI POTERI CRICCH DI CONGELARE LE PROPRIE VITTIME E DI CONTROLLARNE LA MENTE.

NOME: DAXAF.
SUPER POTERI: POSSIEDE, OLTRE A DELLE STRAORDINARIE DOTI COMBATTIVE, UNA ROBUSTA ARMATURA IN FERRO, MUNITA DI 2 VERDI E TERRIFICANTI SERPENTI CHE SI TRASFORMANO: UNO ZAK IN UN'AFFILATA E INDISTRUTTIBILE SPADA, MENTRE L'ALTRO IN UN TONDO, MASSICCIO E IMPERFORABILE SCUDO.

NOME: UMAG DILI.
SUPER POTERI: È IN GRADO DI TRASFORMARE, CHIUNQUE LO DESIDERI, IN UN ORRENDO E SPAVENTOSO MOSTRO A 4 ZAMPE, DALLO STRANO SANGUE GIALLO, DALL'ISPIDO PELO BLU, DAGLI SGRANATI OCCHI GRIGI, ZAK DAGLI APPUNTITI E PERICOLOSI ARTIGLI E DAGLI AGUZZI DENTI, GRAZIE AL SUO POTENTE E OSCURO CUBO STREGATO, CON IL QUALE CATTURA DELLE POVERE E INNOCENTI VITTIME, A CUI NE RISUCCHIA TUTTE LE FORZE VITALI, RICAVANDO IN QUESTO MODO L'ENERGIA NECESSARIA PER LA TENEBROSA MAGIA.

NOME:PIN ÖZUN.
POTERI: È IN GRADO DI COLLEGARSI ALLA TERRA, GRAZIE AL SUO MAGICO CORNO BLU CHE HA SULLA FRONTE, DI MUTARE LA PROPRIA FORMA, ASSUMENDO QUELLA DI ALTRI INDIVUDI E DI COMUNICARE CON I PROPRIO CARI, DEFUNTI, DI CUI NE CONSERVA L'ESSENZA, ALL'INTERNO DELLE SUE VERDI E PROFUMATE FOGLIE.

NOME:DAIKI HAO.
POTERI:POSSIEDE UNA LUNGA CODA VIOLA PRENSILE, IL SORPRENDENTE DONO DELLA TRASMUTAZIONE IN GATTA, DAL FOLTO E MORBIDO PELO VIOLA E LA SPAVENTOSA FACOLTÀ DELL'IMMORTALITÀ CHE HA ACQUISITO GRAZIE AD UN INCANTATO AMULETO IN QUARZO.

NOME:MAISTOG.
POTERI:HA UNA GRIGIASTRA E MALEODORANTE ARMATURA A GIROMANICHE, IN FERRO, CORAZZATA DA UNA PESANTE, PERICOLOSA E ARRUGGINITA ASCIA, DA UN AMMACCATO ELMETTO E DA UN PAIO DI ROBUSTE SCARPE.

LE CREATURE.

NOME: RATTORS.
POTERI: POSSIEDE
LA SUPER PAURA.

NOME: SHINJI.
POTERI: SONO DOTATI DI UN'INCREDIBILE VELOCITÀ, DI SORPRENDENTI ED EFFICACI MOSSE E TATTICHE DI LOTTA.

NOME:I CACIARI.
POTERI:SONO IN GRADO PUFF DI
TRASFORMARSI IN MASTODONTICI E
TERRIFICANTI TOPI NERI, DAGLI INQUIETANTI
OCCHI ROSSI, ZAK DAGLI AFFILATI DENTI
GIALLASTRI E SMACK DALLA FURIOSA FORZA
DISTRUTTRICE, QUANDO GLI VIENE ZAK
TAGLIATA LA LUNGA CODA.

I PIANETI.

NOME:TAMIRIA.
ABITANTI: OLTRE AI MALVAGI DETENUTI DI LEGTRIZ, È POPOLATO DAI TAMIRIANI, UN SORVEGLIANTE POPOLO DI STUPIDI ALIENI, ALTI PIÙ DI TRE METRI, DALLA MUSCOLOSA CORPORATURA, DALLA STRAVAGANTE TESTA A FORMA DI MELA, DAI PARTICOLARI OCCHI A FORMA DI CILIEGIE, DAL SIMPATICO NASO A FORMA D'AGLIO, DALLE SFIZIOSE LABBRA A FORME DI 2 MINI BANANINE, DALLA FOLTA CHIOMA, FATTA DA SOTTILI STRISCE DI VERZA, DAL ROBUSTO CORPO A FORMA DI PEPERONE, DALLE POSSENTI BRACCIA A FORMA DI MELANZANA, DALLE BUFFE DITA A FORMA DI PICCOLE CAROTINE, DALLE POTENTI GAMBE A FORMA DI ZUCCHINE E VESTITI DA UNA DURA E RESISTENTE CORAZZA, FATTA DAL ROBUSTO MATERIALE RICAVATO DAL GUSCIO DELLE NOCI DI COCCO E CHE SONO EQUIPAGGIATI BANG DA UN POTENTISSIMO FUCILE A FORMA DI BANANA CHE SPARA DEI FLASH RAPIDISSIMI E PERFORANTI NOCCIOLI DI PESCA, BOOM DA UNA BIZZARRA CINTURA DI PERE-BOMBA E DA UN MASSICCIO SCUDO, REALIZZATO DA FOGLIE DI CARCIOFI E CHE HANNO L'ARDUO COMPITO DI SORVEGLIARE GIORNO E NOTTE, SENZA SOSTA, I SUPER-CATTIVI RINCHIUSI A LEGTRIZ.

TAMIRIA

TAMIRIANI

NOME: GIOMARE.
ABITANTI: GIOMANIANI, UN MULTIETNICO E SOCIEVOLE POPOLO DI MAGHI ALIENI.

NOME: SOLE.
ABITANTI: I SOLIANI, ALIENI DAI VIVI CAPELLI FIAMMANTI CHE LI DIFENDONO, DAGLI ACCESI OCCHI ROSSI, VESTITI IN COSTUME E CAPACI WHAMMM DI LANCIARE DALLE MANI E DAGLI OCCHI POTENTI FULMINI DI FUOCO.

01
SOLIANI

NOME: IEIE O PIANETA DELLA TRISTEZZA.
ABITANTI: IEKERI, MALINCONICI ALIENI, RICOPERTI DA TRISTI STRISCE BIANCONERE, DAGLI SPENTI OCCHI BIANCHI, DAI CORTI CAPELLI BIANCHI, DALLE SOTTILI LABBRA BIANCONERE, DAL PICCOLO NASO NERO E VESTITI DA ORDINARI GREMBIULI NERI.

NOME: GOGNODRA.
ABITANTI: GOGNODRIANI, UN SOLITARIO, COMBATTIVO E TEMUTO POPOLO DI ALIENI METÀ UMANI METÀ DRAGHI CHE VIVONO IN CLAN, DAL PARTICOLARE MUSO DI DRAGO, DALLA POSSENTE CORPORATURA, DALLE IMPERIOSE E POTENTI ALI, DALLA LUNGA E SINUOSA CODA, VESTITI DA ROBUSTE E INDISTRUTTIBILI TUTE IN CUOIO E CHE HANNO, OGNUNO DI LORO, DELLE SPECIALI E SOPRANNATURALI CAPACITÀ.

NOME: ORRIGL.
ABITANTI: ORRIGL, UNO SPAVENTOSO E FEROCE POPOLO DI ALIENI NOMADI CHE VAGANO, BIP BOP BIP BOP BIP BOP A BORDO DELLA LORO VROOOM VELOCISSIMA E TERRIFICANTE ASTRONAVE, IN CERCA DI TESORI E DI POTERE E CHE INOLTRE POSSIEDONO UN'INDISTRUTTIBILE CORAZZA IN DOGONE, UN MATERIALE RICAVATO DA UNO SPECIALE ALLEVAMENTO DI TERRIBILI SCARAFAGGI GIGANTI E IL POTERE, GRAZIE AI LORO DISGUSTOSI 4 OCCHI, DI CONNETTERSI L'UNO ALL'ALTRO.

NOME: MIDRESSO.
ABITANTI: È UN MULTIETNICO POPOLO COMPOSTO DA:

I MARIANI, UNA DOLCE E TRANQUILLA POPOLAZIONE DI ALIENI BLU, DALLE MANI E DAI PIEDI PALMATI, DALLA CARATTERISTICA PINNA SUL DORSO DELLA SCHIENA E VESTITI DA UNO STRAVAGANTE COSTUME, FATTO DI ALGHE.

I CELIANI, UNA POPOLAZIONE DI FANTASTICI ALIENI, DAL VOLTO UMANO, DALLO STRANO CORPO D'AIRONE, DALLE BELLISSIME PIUME LEOPARDATE E DALL'APPARISCENTE CRESTA GIALLA.

I TERRESTRIANI, UNA PARTICOLARE POPOLAZIONE DI PICCOLISSIMI ALIENI, ALTI 30 cm, DAL TONDO E BUFFO CORPO DI ROCCIA, COLOR SABBIA, DA UN SECCO E LUNGO VOLTO MARRONE IN LEGNO, DAI VERDI CAPELLI A CESPUGLIO E DA STRAVAGANTI MANI E PIEDI A FORMA DI RAMETTI.

I LINIGLIUSIANI, UN
TERRIFICANTE E POTENTE
POPOLO DI STREGHE, DAGLI
OSCURI POTERI, VESTITE DA UN
LUNGO E PAUROSO ABITO NERO E
CHE VIAGGIANO A BORDO
FIOOOW DELLE LORO
RAPIDISSIME SCOPE VOLANTI.

BOB

CELIANI

MARIANI

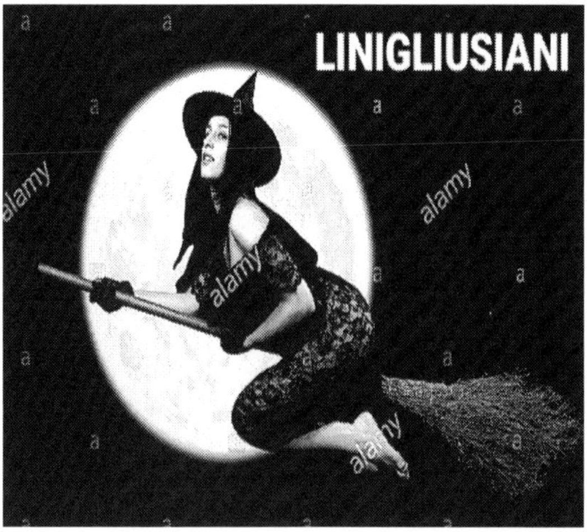
LINIGLIUSIANI

NOME:GUANPANT.
ABITANTI: È UNO SCALTRO E SUPER INTELLIGENTE POPOLO DI ALBERI ALIENI PARLANTI, DAL CARATTERISTICO E MAGICO CORNO BLU SULLA FRONTE, CON IL QUALE SI COLLEGANO ALLA TERRA E CHE POSSIEDONO LE ECCEZIONALI CAPACITÀ DI MUTAFORMA E DI COMINUCARE CON I PROPRIO CARI, DEFUNTI, DI CUI NE CONSERVANO L'ESSENZA, ALL'INTERNO DELLE LORO VERDI E PROFUMATE FOGLIE.

NOME:RYPER CHEP.
ABITANTI:CHEPKERS, UN POPOLO DI PACIFICHE, OPEROSE, ENORMI E GIALLE PAPERE MECCANICHE, DAL BUFFO BECCO BLU, DALLE GRIGIE ALI ROBOT CHE POSSONO TRASFORMARSI IN GROSSE MANI PRENSILI E DALLE GRANDI ZAMPE PALMATE BLU, CON LE QUALI OGNI VOLTA CHE CAMMINANO, PRODUCONO, A CONTATTO CON IL LORO SPECIALE PAVIMENTO, IN ARGENTO, ZAM ZAM ZAM ZAM ENERGIA ECOLOGICA CHE GLI CONSENTE DI TENERE IN VITA L'INTERO ASTRO.

NOME: TERRA.
ABITANTI: TERRESTRI, UNA STRANA E MULTIETNICA POPOLAZIONE DI ALIENI, COMPOSTO DAL 50% D' AMORE E DAL 50% DI ODIO.

FINE. :-)

FANTASMILY? Vi state domandando che cos'è gisto!? BE'! È semplice, non è altro che l'insieme di fantastiche e sbalorditive LETTURAVVENTURE che non bisogna confondere con una semplice lettura di piacere, perché è qualcosa di più: È un modo di sognare, di viaggiare sulle meravigliose e incantate ali della FANTASIA, ma soprattutto è un modo di svago, è un confortevole posto, in cui rifugiarsi, per distrarsi, per qualche ora, dagli innumerevoli e stressati problemi della vita; in conclusione FANTASMILY non è altro che:
FANTASIA+SMILE(sorriso).

BIOGRAFIA DELL'AUTORE.

MI2K3TTO FACCIALLEGRA:

Nato a Disneyland, il fantastico mondo della fantasia, il 02/01/1998, ha studiato presso Winnie the pooh's School(elementari), Bagheera's and Baloo's School(medie) e Stan lee's School(superiori). Ha una grande passione per gli animali; ha una cagnolina di nome Dolce, un gattino di nome Ninja e una coniglietta di nome Oscar, per la musica pop e Hip-Hop, i suoi artisti preferiti sono: Annalisa, Emis Killa e Bruno Mars, e per il calcio, in particolare per la Roma; infatti ci ha giocato, nei sogni, per ben 10 anni, coronando il sogno di qualsiasi romanista: Giocare con i mitologici Francesco Totti e Daniele De Rossi e conoscere il grandissimo Bruno Conti e poi da quando si è ritirato, ha iniziato lavorare presso "Fantasia", una delle più prestigiose case editrici, inventate, di tutti i sogni e la sua ultima e prima LETTURAVVENTURA è "FANTASMILY-IL SOGNO AD OCCHI APERTI.".

Printed in Poland
by Amazon Fulfillment
Poland Sp. z o.o., Wrocław

61465995R00280